SV

FRIEDRICH ANI
ERMORDUNG DES GLÜCKS

Roman

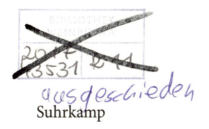

Suhrkamp

Erste Auflage 2017
© Suhrkamp Verlag Berlin 2017
Alle Rechte vorbehalten, insbesondere das der Übersetzung, des öffentlichen Vortrags sowie der Übertragung durch Rundfunk und Fernsehen, auch einzelner Teile. Kein Teil des Werkes darf in irgendeiner Form (durch Fotografie, Mikrofilm oder andere Verfahren) ohne schriftliche Genehmigung des Verlages reproduziert oder unter Verwendung elektronischer Systeme verarbeitet, vervielfältigt oder verbreitet werden.
Druck: CPI – Ebner & Spiegel, Ulm
Printed in Germany
ISBN 978-3-518-42755-2

ERMORDUNG DES GLÜCKS

When there is no more
You cut to the core
Quicker than anyone I knew
When I'm all alone
In the great unknown
I'll remember you

Bob Dylan,
»I'll remember you«

I

In Reichweite das Meer

1

Aus der Spiegelung der Eingangstür schaute ihr eine abblätternde Frau entgegen.

Je länger sie hinsah, desto stärker wurde ihre Verwunderung darüber, dass sie noch da war, nach so vielen Tagen absoluter Abwesenheit in ihrer Welt; genau vierunddreißig Tage waren es heute.

Hier stand sie, nah an der Scheibe, als wäre es das Allereinfachste, nach der Klinke zu greifen und die Tür zu öffnen. Leute gafften sie an; Feiglinge, die keinen Finger rührten, die stehen blieben und den Schnee störten, der ihr allein gehörte.

Das war schon so gewesen, als sie noch ein kleines Mädchen war: Wenn der erste Schnee fiel, dann nur für sie; sie sammelte die Flocken in ihrer Schürze und brachte sie nach Hause und sagte, schau, Mama, ich hab dir Sterntaler mitgebracht, die sind noch ganz frisch.

Daran dachte sie fast jedes Jahr. Sie erzählte niemandem davon, nicht einmal Lennard.

Der Gedanke an ihn entfachte einen Brand in ihr. Sie sog die kalte Luft ein und vermisste den Geschmack nach Schnee. Da stimmt doch was nicht, rief sie, aber ihre Stimme erhörte sie nicht.

Sie legte den Kopf schief und lauschte; lautlos klopften

die Flocken an die Tür. Die Gesichter verschwanden, eins ums andere. Schließlich kam niemand mehr die Straße entlang, kein Auto fuhr; in wabernder Dunkelheit wirbelte Schnee an den Häuserwänden empor. Wie ein unverdienter Segen erschien ihr die Stille.

Für ein paar Sekunden vergaß sie den Schmerz und kehrte noch einmal zu dem Mädchen mit der Schürze voller geschmolzener Sterntaler zurück.

Da tauchte der Mann vor ihr auf und verscheuchte ihr Spiegelbild und jede flüchtige Geborgenheit.

Unwillkürlich machte sie einen Schritt nach hinten in Richtung Kuchentheke. Das Gesicht des Mannes auf der Straße wirkte alt und grau und bedrohlich. Der schwarze Schal quoll aus dem Kragen der braunen Lederjacke, der Riemen seiner Umhängetasche verlief quer über die Jacke, wie eine schwarze Narbe.

Nachdem sie das alles registriert hatte, drückte sie die Augen zu und ballte die Fäuste. Als ihr bewusst wurde, was sie tat, riss sie die Augen wieder auf. In einem Anfall von Panik glaubte sie, der Fremde hätte in der Zwischenzeit das Café betreten. Dann fiel ihr ein, dass die Tür verriegelt war, der Schlüssel steckte. Sie sah hin. Im selben Moment klopfte der Mann an die Tür.

Wieder zuckte sie zusammen; diesmal aber bewegte sie sich nicht von der Stelle. Im Nebenraum mit den Tischen, dem Zeitungsständer und dem Strandkorb brannte Licht, ein milchiger Schein fiel bis zur Kuchentheke. Die zitternde Frau kam sich vor wie auf einem Präsentierteller.

Der Mann klopfte erneut an die Tür, nicht laut, beinah behutsam und ohne seine ausdruckslose Miene zu verändern oder ein Zeichen von Ungeduld erkennen zu lassen. Gleichzeitig vermittelte er den Eindruck unbedingter Entschlossenheit, dachte die Frau und wagte einen Schritt nach vorn.

Sofort streckte der Mann, auf dessen Haaren und Wangen sich Schneeflocken sammelten, den Rücken und faltete die Hände vor dem Bauch. Diese Geste irritierte die Frau.

Sie zögerte. Aus einem geschäftsmäßigen Impuls heraus überlegte sie, wie spät es sein mochte und ob sie um die Zeit gewöhnlich noch geöffnet hatten; lächerlich; das Café hatte seit einer Woche geschlossen.

Wenn es nach ihr gegangen wäre, hätten sie an jenem Freitag vor mehr als einem Monat schon zugesperrt; Stephan war dagegen gewesen, und Claire, ihre Angestellte, hatte versprochen, jeden Tag von morgens bis abends durchzuarbeiten.

Fast hatte sie die Tür erreicht, da erschrak sie ein drittes Mal. Ihr Blick krallte sich in das Gesicht hinter der Glasscheibe. Sie kannte die Sorte von Mann, die Art, wie er sie ansah, wie er dastand, aufrecht, selbstbewusst, zielstrebig; sein gepflegtes Äußeres, das perfekt rasierte Gesicht, die kurz geschnittenen Haare; die Lederjacke.

Männern in solchen Lederjacken, mit dieser Körperhaltung, diesen ebenso ruhigen wie lauernden Augen war sie in den zurückliegenden Wochen häufig begegnet, anfangs täglich. Meist traten sie zu zweit auf, und jedes Mal fühlte sie sich von ihnen eingekreist und eingeengt. Obwohl sie sich Mühe gaben, freundlichen Frieden zu verbreiten, feuerten sie damit das Toben ihrer Angst erst an.

Der Mann da draußen war ein Kripomann.

Sie hatte ihn nie zuvor gesehen. Vermutlich gehörte er nicht zu der Abteilung, die nach ihrem verschwundenen Sohn suchte; andernfalls hätte der Chefermittler, dessen Name ihr gerade nicht einfiel, seinen Kollegen telefonisch angekündigt.

Das bedeutete, dachte sie und streckte die Hand nach dem Schlüssel aus, der Mann war für die Suche nach Lennard nicht direkt zuständig, sondern hatte andere Fragen auf Lager – wie schon einmal ein Kommissar, der sich für Belange aus Lennards Schule interessiert hatte.

Mit einem Seufzer fast vergessener Erleichterung öffnete sie die Tür.

Schneeflocken wehten ihr in die Augen; sie blinzelte und lächelte und rieb hastig über ihr Gesicht, wie die neugierigen Leute, die sie von drinnen beobachtet hatte. Mit unerwarteter Munterkeit wollte sie den Polizisten begrüßen und hereinbitten. Doch er kam ihr zuvor.

»Sie sind Tanja Grabbe?«

Seine Stimme hatte nichts vom Übermut des Schnees.

»Ja, natürlich, ich bin Frau Grabbe, und Sie sind von der Polizei?«

»Mein Name ist Jakob Franck. Ich bin ein ehemaliger Kripobeamter. Können wir reingehen und uns an einen Tisch setzen? Ich habe Ihnen und Ihrem Mann eine schlimme Nachricht zu überbringen.«

Dann verschwand die Welt um sie herum.

Als die Welt wieder da war, gehörte Tanja Grabbe nicht mehr dazu. Neben ihr saß Stephan und hielt ihre Hand. Warum er das tat, begriff sie nicht. Er hatte den Arm auf den Tisch gelegt und schaute sie an, als würde er sie nicht erkennen; fast hätte sie ihm ihren Namen gesagt.

Wahrscheinlich, dachte sie vage, war der Mann gar nicht Stephan, sondern einer, der ihm ähnlich sah, mit den lockigen, silbrig schimmernden schwarzen Haaren, die schon wieder zu lang waren und bis auf den Kragen seines weißen Hemdes fielen. (Seit Jahr und Tag musste sie ihn ermahnen, regelmäßig zum Friseur zu gehen und darauf zu achten, dass dieser nicht nur wieder eine seiner Geschichten erzählte, vielmehr einen ordentlichen Schnitt zustande brachte; ein Konditor hatte gepflegt auszusehen; wehe, ein Haar landete in der Glasur oder im Teig oder sonst wo in der Auslage). Rasiert war er auch nicht.

Wer war dieser Mann neben ihr, der unaufhörlich ihre Hand hielt?

Erschrocken wandte sie den Blick von seinem Gesicht ab zum Tisch; aus dem Ärmel ihres blauen Kleides ragte eine farblose Hand, umklammert von Fingern mit sehr kurz geschnittenen Fingernägeln; ihre Hand; Stephans Hand. Sie glaubte nicht, was sie sah. Sie hob den Kopf und geriet in das Blickfeld eines Mannes, den sie schon einmal gesehen hatte. Sie überlegte, wann das gewesen sein mochte. Sie kam nicht drauf.

Dann fiel ihr auf, dass sie die einzigen Gäste waren. Sie saßen am ersten Tisch beim Durchgang zum Verkaufsraum, der halb im Dunkeln lag, und niemand kam herein. Etwas stimmte mit der Stille nicht, die gehörte nicht hierher, genauso wenig wie sie, dachte Tanja Grabbe und sah wieder auf ihre Hand, die in den Fingern mit den dunklen Härchen eingeschlossen war, als hätte der Mann ein Recht dazu.

Allmählich kehrte die Zeit in sie zurück.

Sie erinnerte sich, wie sie dagestanden hatte, ungefähr in der Mitte des Raumes, zwischen Kuchentheke und Tür, und die Leute auf der Straße im wirbelnden Schnee innegehalten hatten, um sie anzustarren wie ein Tier im Zoo. Sie hatte keine Reaktion gezeigt, das wusste sie noch, und der Gedanke daran löste sekundenlang Genugtuung in ihr aus; die Gaffer verschwanden, und die Schneeflocken tanzten für sie allein, wie sie es gernhatte.

Der Mann mit der ledernen Umhängetasche hatte das zaubrische Spiel vor ihren Augen zerstört, und alles war tot.

»Sie sind schuld.«

»Sollen wir nicht doch einen Arzt verständigen?«, sagte der Mann ihr gegenüber. Ihn anzusehen, schaffte sie nicht. Die Umklammerung durch die fremde Hand löste eine Starre in ihr aus, die ihr bis in den Nacken reichte.

Ihr wurde schwindlig; seltsamerweise befürchtete sie nicht, ohnmächtig zu werden, so, wie es ihr früher in verwirrenden Situationen passiert war, wofür sie sich hinterher maßlos geschämt hatte.

Stattdessen breitete sich eine ungeahnte Ruhe in ihr aus, als habe sie ein Medikament von Doktor Horn eingenommen oder zwei Gläser des schweren Rotweins getrunken, mit dem sie ihre Hochzeitstage feierte.

Auch wenn sie fürchtete, einen peinlichen Eindruck zu machen, so schief, wie sie dasaß, in ihrem abgetragenen Kleid und mit den splissigen Haaren – die plötzliche Tonlosigkeit ihrer Gedanken versöhnte sie fast mit der Anwesenheit der beiden ungebetenen Gäste.

Nur die Stille, drinnen wie draußen, störte sie immer noch, sie traute ihr nicht, sie kam ihr verlogen vor.

»Frau Grabbe«, sagte der Mann in der Lederjacke. Er sprach in ihr linkes Ohr; sie sah ihn aus den Augenwinkeln. »Haben Sie verstanden, was ich Ihnen und Ihrem Mann mitgeteilt habe?«

»Mein Sohn ist tot.«

Tanja Grabbe hörte ihre Stimme und war gleichzeitig überzeugt, nicht gemeint zu sein. Unvermittelt sah sie den Mann neben sich an und hätte ihn am liebsten umarmt, weil er wie erfroren dasaß, die Hände in den Hosentaschen, mit lichtlosem Blick. Im gelben Schein der Deckenbeleuchtung wirkte sein Gesicht, als sei es mit Wachs überzogen, sie hätte es abgeschabt, wenn sie gewusst hätte, wie.

»Sag doch was.« Behutsam strich sie ihm durch die Haare; sie beugte sich vor und gab ihm mit der Wimper ihres rechten Auges einen Schmetterlingskuss auf die Wange. Sie sog den vertrauten Geruch seines Rasierwassers ein, schnupperte ihm nach und lehnte sich zurück.

Einen Moment später holten die Erinnerungen sie ein.

Sie rang nach Luft, warf dem Mann auf der anderen Seite des Tisches einen ungläubigen Blick zu; sogar sein Name fiel ihr wieder ein und das, was er zu ihr gesagt hatte, nachdem sie ihn mit einem unschuldigen Kommissar verwechselt hatte.

Als hätte ein Dämon ihren Schlaf vernichtet, von dem sie endlich einen Wimpernschlag lang hatte kosten dürfen, schreckte sie auf.

Sie blickte um sich, erkannte die Welt wieder und begann, mit aufgerissenem Mund Laute auszustoßen, die in Francks Ohren wie das Keuchen eines Tieres klangen. Das waren, wusste er, die Echos seiner Worte, die erst jetzt, eine Stunde nach seinem Erscheinen, in ihr widerhallten, mit kaum zu bändigender Wucht.

Da sie ihren Mann im Augenblick des jähen Begreifens losgelassen hatte, griff Franck nach ihren Händen; sie zuckte, wie schon mehrmals, zusammen und versteckte die Hände im Schoß.

»Wollen wir wieder miteinander sprechen?« Franck spürte den Blick von Stephan Grabbe, aber er konzentrierte sich auf die Frau.

»Tun wir das nicht die ganze Zeit?«, fragte sie abwesend, weiter keuchend.

»Nein, Sie wollten lieber still sein.«

Ihr Versuch, den Mund zu schließen, gelang ihr erst beim

vierten oder fünften Mal. Als sie das Geräusch bemerkte – mit aufeinandergepressten Lippen schnaubte sie durch die Nase –, senkte sie verschämt den Kopf.

Bisher hatte Franck dem Ehepaar nur mitgeteilt, dass der Leichnam ihres vermissten elfjährigen Sohnes aufgefunden worden war, nichts weiter, keine Details der Umstände und des Ortes. Ein Freund aus der Mordkommission hatte ihn darum gebeten.

Schon während seiner Dienstzeit hatte Franck es sich zur Aufgabe gemacht, Hinterbliebenen die Nachricht vom Tod eines Angehörigen zu überbringen, unabhängig davon, ob er als Ermittler direkt an dem Fall beteiligt war. Eines Tages hatte er – ausgelöst durch ein Verbrechen, das so war wie alle anderen – die Entscheidung getroffen; wann immer er seither gefragt wurde, nahm er das Überbringen auf sich. Seine Pensionierung hatte nichts daran geändert.

Sein Beileid und das seiner ehemaligen Kollegen hatte er bereits ausgesprochen und die Worte beim Eintreffen des Ehemanns wiederholt. Grabbe hatte erklärt, er habe die Enge nicht mehr ertragen und sei zwei Stunden ziellos an der Isar entlanggelaufen, »abseits des schrecklichen Weihnachtsgedöns«, hatte er hinzugefügt.

Mit einer entschlossenen Bewegung nahm Grabbe die Hände aus den Hosentaschen und legte sie auf den Tisch. »Danke, dass Sie sich so viel Zeit nehmen, Herr ...«, sagte er.

»Franck.«

»Unser Lennard ist also nicht einfach gestorben, sondern er ist ...«

»Hast du nicht zugehört? Lennard ist tot.« Ohne das geringste Aufhebens von ihrer Stimme gemacht zu haben, verstummte Tanja Grabbe wieder. Sowohl Franck als auch ihr Mann sahen sie an; sie hatte den Kopf gesenkt und kaute auf den Lippen.

»Ihr Sohn«, sagte Franck, »wird im Gerichtsmedizinischen Institut untersucht, erst danach wissen wir, was mit ihm passiert ist.«

»Er wurde ermordet«, sagte Grabbe.

»Das steht noch nicht fest.«

Das war keine Lüge, dachte Franck. Eine Lüge wäre gewesen, wenn er nein gesagt hätte.

Andererseits ging sein Kollege, der die Ermittlungen leitete, mit hoher Wahrscheinlichkeit davon aus, dass der Junge nicht Opfer eines Unfalls, sondern eines Gewaltverbrechens geworden war. Dem ersten Augenschein nach hatte der Täter mit brachialer Wucht zugeschlagen, dem Schüler direkt ins Gesicht, woraufhin dessen Hinterkopf gegen einen Widerstand geprallt war. Die genaue Todesursache würde in mehreren Stunden oder erst im Lauf des morgigen Tages feststehen. Auf seine Frage, ob der Fundort der Leiche zugleich der Tatort war, hatte Franck keine klare Antwort erhalten, die Ermittler zweifelten eher daran.

»Und der Wald«, sagte Stephan Grabbe, »wo er gefunden wurde, wo ist der?«

Er hatte es schon einmal gesagt. »Im Süden, an der Stadtgrenze.«

»Wo, Herr Kommissar?«

»Einfach Franck, bitte. Sie erfahren alles, was wichtig ist, wenn die ersten Untersuchungen abgeschlossen sind. Haben Sie Vertrauen. Möchten Sie mir etwas von Ihrem Sohn erzählen? Möchten Sie, dass wir gemeinsam beten?«

Tanja Grabbe hob den Kopf.

In ihren Augen sah Franck etwas, das er das Ewige Licht nannte – ein Flackern, das sich vielleicht von der unverbrüchlichen Liebe zwischen dem Toten und seinem Nächsten nährte; ein Sichaufbäumen gegen die allumfassende Finsternis.

»Ich möchte ihn sehen«, sagte sie. »Und Sie bringen mich zu ihm, jetzt gleich.«

Wie schon oft in ähnlichen Situationen nahm Franck den Blick seines Gegenübers wie seinen eigenen an; er zelebrierte ein kurzes Schweigen und achtete auf seinen Tonfall. »Ich werde Sie begleiten, wenn Sie das wünschen, aber wir müssen noch warten; wenn Sie wollen, warte ich mit Ihnen.«

»Wie lang?« Ihre Stimme huschte aus dem Mund, der sich sofort wieder verschloss.

Franck sagte: »Das weiß ich nicht.«

Eine Minute verging, vielleicht zwei. Auf einmal streckte Tanja Grabbe die Hand aus, wartete, dass Franck sie ergriff, und stand auf. »Dann kommen Sie mit, Sie haben's versprochen.«

Franck ging um den Tisch herum, Hand in Hand mit der Frau. Sie gingen hinter Stephan Grabbe vorbei, der eine Weile brauchte, bis er die Situation erfasste und sich umdrehte. Da hatte seine Frau schon den blauweiß gestreiften Strandkorb an der hinteren Wand erreicht. Sie ließ Francks Hand los und sank auf die Knie; sie legte die Hände wie zum Gebet aneinander und blickte in das verschattete Möbelstück, dessen Bambusgeflecht und Schaumstoffpolster neu und unbenutzt aussahen.

Nach einer Weile, während niemand ein Wort sprach, streifte Tanja Grabbe ihre weißen, plüschigen Hausschuhe ab – sie bildeten einen kuriosen Kontrast zu dem zerknitterten, aber aus feinem Stoff gewebten, ultramarinblauen Kleid.

Franck bemerkte, dass Grabbe auf seinem Stuhl hin und her rutschte; er trat einen Schritt zur Seite, um nicht weiter in Grabbes Blickfeld zu stehen.

Eine Aura von Andacht umhüllte die stumme, kniende Frau mit den blonden Haaren. Ihr Mund berührte die Fingerspitzen, ihr Blick galt der leeren, überdachten Sitzecke.

Franck dachte an den Namen des Cafés, in dem sie sich befanden – Café Strandhaus –, und sein Blick fiel auf die gerahmte Fotografie an der Wand gegenüber dem Strandkorb; die Vergrößerung einer Aufnahme, die einen weißen Strand und Dünen im Wind zeigte, ein wenig unscharf und verwackelt. Franck versetzte sich in die Position des Fotografen und bildete sich ein, in seinem Rücken das Rauschen des Meeres zu hören.

Und als existierte ein Zusammenhang mit der Menschenlosigkeit des Bildes, kehrte Franck zu der einen Frage zurück, die Tanja und Stephan Grabbe noch nicht gestellt hatten und deren Beantwortung nicht in seiner Macht lag, sosehr er es sich für seinen Besuch bei den Eltern gewünscht hätte.

Wann, an welchem Tag, zu welcher Stunde nach seinem Verschwinden am Abend des achtzehnten November hatte der elfjährige Lennard Grabbe sterben müssen?

An nichts anderes dachte auch Tanja Grabbe, vor dem Strandkorb kniend, scheinbar betend. Sie sah ihn da sitzen, ihren Jungen, in kurzen Hosen und mit bloßem Oberkörper; seine Beine reichten über das Polster nicht hinaus, er freute sich so, weil seine Eltern ihm einen echten Strandkorb ins Café gestellt hatten. Er wollte, dass sie sich neben ihn fläzten, doch dafür reichte der Platz nicht; also nahm seine Mutter ihn auf den Schoß, sein Vater setzte sich zu ihnen, und Lennard streckte den Arm aus und zeigte aufs

Meer, das die Wand war; und von draußen schien die Sonne herein.

Wie Sommer an der Nordsee waren diese Momente; wie eine Zeit, die nie verging.

Daran dachte Tanja Grabbe und gleichzeitig an die Frage, die sie sich nicht zu stellen getraute. Insgeheim hatte sie erwartet, Stephan würde ihr die Frage abnehmen. Wo war er überhaupt?

Sie wandte sich vom Strandkorb ab und erschrak schon wieder. Sie hatte den Mann vergessen, der nah bei ihr stand; der an allem schuld war; der ihr die Antwort auf eine Frage verweigerte, von der er doch wissen musste, wie sehr diese in ihr wütete.

Stephan saß immer noch am Tisch, weit weg von ihr.

Die Knie taten ihr weh vom Steinboden.

Vor dem Fenster fiel Schnee.

Vor vierunddreißig Tagen war Lennard verschwunden, und heute war er wieder aufgetaucht.

Wo war er denn?

»Ich will ihn sehen«, sagte sie zum zweiten Mal.

»Woran denkst du? Und sag nicht, an nichts.«

»Ich denke an dich.«

»Hier bin ich.«

»Ich denke an dich, wie du früher gewesen sein mochtest, als kleines Mädchen.«

»Fang nicht wieder mit deinem Alter an. Und mit meinem schon gar nicht, verstanden?« Marion Siedler schob das Bierglas näher zu ihm. »Trink endlich aus, dann hol ich dir ein frisches. Was ist denn mit dir? Ich dachte, wir schauen den Film an.« Sie war schon dabei, aufzustehen. »Du denkst an den Jungen. An seine Mutter, die die ganze Nacht im Strandkorb verbracht hat, nachdem du bei ihr warst. Hast du in den vergangenen Tagen noch mal Kontakt mit ihr gehabt?«

Franck trank einen Schluck, stellte das leere Glas auf den Tisch, ohne es loszulassen.

Seit seinem Besuch im Café Strandhaus waren acht Tage vergangen. Ohne seinen Beistand einzufordern, hatten die Eltern einen Tag nach seinem Besuch den Leichnam ihres Sohnes identifiziert. Die Ursache von Lennards Tod war weitgehend geklärt.

Aufgrund eines massiven Schlages hatte er einen Schädelbruch erlitten und war innerlich verblutet. Der Täter hatte die Leiche in einem Waldstück bei Höllriegelskreuth am Isarkanal abgelegt und unter Ästen und Holzresten versteckt, wo ihn der Hund einer Spaziergängerin entdeckte. Nach dem vorläufigen Abschluss seiner Untersuchungen hielt der Gerichtsarzt es für wahrscheinlich, dass Lennard noch am Abend seines Verschwindens getötet worden war. Hinweise auf den Tatort fehlten bisher, genauso wie auf den Täter. Die Beisetzung des Jungen fand am morgigen Samstag, an Silvester, auf dem Ostfriedhof statt. Franck würde dort sein.

Darüber wollte er nicht sprechen.

»Wie war das, in Germering aufzuwachsen?« Er fragte nicht, um sich abzulenken; er hatte andere Gründe.

Vom ersten Gespräch an, das er im Zusammenhang mit dem Fall Lennard Grabbe geführt hatte, bestimmte ein anderes Verbrechen nicht minder seine Gegenwart, eines, von dem er geglaubt hatte, er wäre damit im Reinen.

»Wieso in Germering?«

»Weil du dort aufgewachsen bist.«

»Ich bin nicht in Germering aufgewachsen«, sagte seine Exfrau. »Bist du betrunken?«

»Nein.«

»Würde es dir viel Mühe bereiten, diesen polizistischen Blick sein zu lassen?«

»Seit wann bist du nicht in Germering aufgewachsen?«

»Ich schick dich gleich nach Hause, wenn du weiter so wirr daherredest.«

»Ich habe dir nur eine Frage gestellt.«

»Wer hat jemals behauptet, ich wär in Germering aufgewachsen?«

»Du.«

»Ich nicht.«

»Natürlich.«

»Du hörst mir nie zu.«

»Ich höre dir zu.«

»Du hörst deinen Verdächtigen zu, deinen Tätern, deinen Zeugen, nicht zu vergessen: den Angehörigen. Mir offensichtlich nicht. Sonst wüsstest du, dass ich nicht in Germering geboren und aufgewachsen bin, sondern ...?«

»Sondern?«

»Sondern in Unterpfaffenhofen. Wie lang kennst du mich?«

»Unterpfaffenhofen, Germering, das ist doch dasselbe.«

»Das ist nicht dasselbe. Zu meiner Zeit waren Germering und Unterpfaffenhofen getrennte Orte, und das weißt du auch.«

»Das habe ich vergessen.«

»Wie viel hast du getrunken, bevor du zu mir gekommen bist? Sei ehrlich.«

»Nichts.«

»Du lügst.«

»Ich lüge nicht. Ich frage dich, weil ... weil ... Lass uns den Film anschauen.«

Marion Siedler stellte ihr Rotweinglas, das sie während des Gesprächs in der Hand gehalten hatte, auf den Tisch und streckte die Hand aus. »Du denkst gar nicht an mich«, sagte sie. Er sah weiter zur Wand, wie ertappt. »Du denkst an deine Schwester. Das Schicksal des Jungen hat dich an sie erinnert. Schau mich an.«

Er tat es. »Ich habe wirklich an dich gedacht.«

»Wieso hast du an mich gedacht, Hannes?«

»Weil … weil …« Er kam sich vor wie ein stotternder Junge, der sich für etwas rechtfertigte und nicht einsah, wieso. Wieder wich er ihrem Blick aus.

In seiner Vorstellung war Marion das Mädchen, das er vom Fenster aus im Hinterhof stehen sieht, in einem braunen Mantel und mit einer rosafarbenen Mütze, deren Bommel so weiß ist wie ein Schneeball. Seit einer Stunde starrt er durch die beschlagene Scheibe ins Schneegestöber, als könnte er darin ein Muster erkennen, eine Botschaft, einen Hinweis auf das Monster, das seine Familie heimgesucht hat und dann spurlos verschwunden ist.

Je mehr Zeit verging, desto stärker fühlte er sich in der Pflicht zu handeln, seinen Eltern Erlösung zu schenken; doch er wusste nicht, wie.

Am Fenster stehend, die Hände in den Taschen seiner ausgefransten Lieblingsjeans, das Mädchen im Hof und den uniformierten Polizisten anstarrend, der mit ihr redete, vergaß er das Fußballtraining, die Hausaufgaben in Physik und Geschichte, die bevorstehende Schulaufgabe in Englisch und alles, was seine Mutter zu ihm gesagt hatte, bevor sie ihn bat, in sein Zimmer zu gehen und abzuwarten.

Er hätte ihr nicht folgen dürfen, dachte er. Er hätte in den Hof hinuntergehen und den Polizisten zwingen müssen, die Wahrheit zu sagen.

Nie zuvor hatte er seinen Vater weinen sehen. Sein Vater hatte nicht einfach geweint, wie seine Mutter, er hatte geprustet und geschluchzt, aus seinen Augen schienen die Tränen zu spritzen, und die Laute, die er ausstieß, waren das Unheimlichste, was sein Sohn je gehört hatte.

Das Weinen seines Vaters erfüllte auch das Kinderzimmer; Jakob wagte nicht, sich umzudrehen, aus Furcht, sein Vater stünde in der Tür, aufgedunsen vom Schmerz, mit vor ohnmächtigem Zorn zuckenden Händen.

Wie gebannt blickt er hinunter zu dem Mädchen im Wintermantel. Als sie den Kopf hebt und ihm ihr blasses, schneenasses Gesicht zuwendet, erschrickt er maßlos, und sein Herz schlägt über ihn hinaus.

»Du warst das«, sagte Franck. »Du, und niemand anderes.«

Sein Blick, seine Stimme, sein Schweigen verrieten Marion Siedler, dass er keine Erwiderung erwartete; er nickte, als bedanke er sich für ihr Verständnis. »Die ganze Zeit habe ich dich vor mir gesehen. Bestimmt hast du im Winter Bommelmützen getragen. Wie das Mädchen im Hof. Ich weiß ihren Namen nicht mehr. Sie war aus der Nachbarschaft, sie kam wohl zufällig vorbei und sah den Streifenwagen. Du hast zu mir hochgesehen, da wäre ich beinah in Ohnmacht gefallen.«

»Damals kannten wir uns noch nicht. Und du warst in deiner Kindheit bestimmt kein einziges Mal in Unterpfaffenhofen.«

»Bestimmt nicht.«

»Nein«, sagte sie und wollte nicht verstummen.

Von jenem Wintertag in seiner Jugend hatte er ihr erzählt, als sie noch unentwegt ihre Nähe neu erfanden. Später verschloss er das Unglück in seiner Erinnerung, und sie drängte ihn nicht. Jetzt jedoch, so schien ihr, forderte er sie ungelenk auf, ihm das Sprechen zu erleichtern.

Sie sagte: »Euch beide hätt ich gern kennengelernt. Nach allem, was ich weiß, wart ihr ein eingeschworenes Team, du und deine kleine Schwester.«

»Sie war größer als ich. Aber zwei Jahre jünger. Manchmal küsste sie mich auf den Kopf.«

»Lina.«

»Du hast ihren Namen nicht vergessen«, sagte Franck.

»Das hat dir gefallen, wenn sie dich auf den Kopf geküsst hat. Das hab ich übrigens auch ab und zu getan, wenn du geschlafen hast; meist hast du dann aufgehört zu schnarchen.«

Etwas in seiner Erinnerung erschrak; er wollte nichts davon wissen. »Ich musste die ganze Woche an sie denken«, sagte er schnell. »An jedem einzelnen Tag. Wie schon lange nicht mehr.«

»Was ist passiert?«

Er verfiel in ein Schweigen, das Marion verwunderte. Aus der Zeit ihrer Ehe kannte sie ihn als einen von Berufs wegen verschlossenen Menschen. Im Lauf der Zeit – er hatte begonnen, in der Welt der Toten, für die er als Hauptkommissar im Morddezernat zuständig war, ein und aus zu gehen, und darüber allmählich das Liebesein vergessen – akzeptierte sie sein Gebaren als eine ebenso unheimliche wie ernstzunehmende Eigentümlichkeit, untauglich allerdings für die Ehe.

Gleichwohl hatte sie ihn nie als jemanden gekannt, der ihr etwas verheimlichte oder dem vor Eigennutz die Worte ausgingen. Hannes – seit ihren gemeinsamen Kinotagen nannte sie ihn so und er sie Gisa – lehnte ein bewusstes, manipulatives Schweigen geradezu körperlich ab; jeden, der sich so verhielt, betrachtete er grundsätzlich als Lügner, und Lügner raubten ihm schon in der Arbeit jegliche Geduld.

»Was schaust du so?«, fragte er.
»Jetzt hab ich an dich gedacht.«
»Und was?«

Sie stand auf, lächelte flüchtig, nahm das Bierglas und ging in die Küche. Sie lehnte sich gegen den Kühlschrank und verbot ihren Gedanken, in Herznähe zu geraten.

II

Hörst du, wie sie schweigen?

Das Jahr verschwand hinter einer weißen Wand.

Tanja Grabbe, die Frau im schwarzen Kleid mit dem blauen Stein an der Halskette, legte die Hand an die Fensterscheibe und wünschte, der Schnee nähme sie mit, dorthin, wo ihr Sohn jetzt war, in einem Strandkorb am Meer.
Das Geschirrklappern hallte in ihr wider.
Seit sie sich hingesetzt hatte – jemand hatte sie dazu gezwungen, vermutlich der Polizist oder ihr Mann, sie wusste es nicht mehr –, rieb sie die Knöchel ihrer zur Faust geballten Hände aneinander, gequält von Fragen: Wieso machen die Leute so viel Krach? Wieso reden sie so laut? Wieso rasselt die Kaffeemaschine die ganze Zeit? Wieso muss ich hier sein? Wieso ist alles so?
Durch die Gardinen vor den Gasthausfenstern sah sie das dichte Schneetreiben. Wenn sie die Augen fest schloss, spürte sie das harte Holz des Schlittens unter sich und Lennards Gewicht auf ihr und den Wind, der ihnen ins Gesicht schlug; wenn sie die Augen wieder öffnete, saß ein Mann in einem schwarzen Anzug neben ihr; er starrte auf ihre Hände.
Einige Sekunden lang empfand sie das Geräusch ihrer sich wie mechanisch auf und ab schiebenden Knöchel als lästig. Dann nahm sie wieder dieses Pochen wahr, das vor-

hin auf dem Friedhof an der Stelle ihres Körpers begonnen hatte, an der sie vor ungefähr zwölf Jahren zum ersten Mal seine Anwesenheit gespürt hatte.

Von diesem Moment an, hatte sie damals Dr. Horn erklärt und ihn an seine Schweigepflicht erinnert, würde ihr Leben zur Vollendung reifen. Vorher sei sie nichts als eine Schattenfrau gewesen. Mit Dr. Horn traute sie sich offen zu sprechen.

Jetzt sah sie den Arzt da sitzen, an einem Tisch beim Tresen; die grauhaarige Frau neben ihm ließ ihn nicht zu Wort kommen; er hörte zu, wie er es immer tat, wie er auch Lenny, dessen Redefluss manchmal endlos schien, immer hatte ausreden lassen.

Nichts als das Pochen in ihr. Ihr Körper, dachte sie, erinnerte sich.

Eine Zeitlang wurde sie die Frage nicht los, wer den Arzt gezwungen hatte, sich an einen anderen Tisch zu setzen. Bestimmt hatte er neben ihr Platz nehmen wollen, und jemand hatte ihn daran gehindert. So wie jemand ihr den Wunsch verwehrt hatte, in der Aussegnungshalle auf einem Stuhl am Kopfende des Sarges zu sitzen.

»Möchtest du nicht doch was essen?«, fragte der Mann neben ihr. Sie wandte ihm den Kopf zu, betrachtete sein Gesicht mit den seltsam vertrauten Augen, seine viel zu schwarzen, wie gefärbt wirkenden Haare, die sie anders in Erinnerung hatte, länger, lockiger.

Stephan, dachte sie, was machst du für Sachen, wenn man nicht auf dich aufpasst?

Vor ihr stand ein Teller mit grünem Salat und einer Tomatenscheibe auf dem obersten Blatt; der Anblick löste Übelkeit in ihr aus. Hastig griff sie nach der Hand ihres Mannes, krallte ihre Nägel in seine Haut und hörte erst damit auf, als sie, wie aus einer Eingebung heraus, wieder in sein Gesicht sah. Er biss sich auf die Lippen, hielt offensichtlich die Luft an. Sofort ließ sie ihn los. Er riss die Augen auf, atmete hektisch ein und aus und pustete dann, wie ein verletztes Kind, auf die Innenseite seiner Hand. Die verschämte Geste jagte Tanja Grabbe einen solchen Schrecken ein, dass sie anfing, laut zu schluchzen.

Die Gespräche verstummten. Der Arzt warf einen besorgten Blick herüber. Ein Mann mit Vollbart, der am selben Tisch saß wie sie, erhob sich und zwängte sich auf die Bank neben sie. Er legte den Arm um sie, und sie schmiegte den Kopf an seine Schulter. Er streichelte ihr Gesicht und nickte den Gästen zu. In leiserem Ton gingen die Gespräche weiter.

Die Nähe ihres Bruders versöhnte Tanja Grabbe ein wenig mit dem Alleinsein. Das war schon so gewesen, als sie zehn oder elf war; wenn Max sie in den Arm nahm oder bloß hochhob – ohne Anlass, aus purem Übermut –, fiel alles Gewicht von ihr ab, dachte sie dann, alle Schüchternheit und Furcht.

Jeder in der Gaststätte kannte Maximilian Hofmeister; die meisten wussten von der vertrauensvollen Beziehung der Geschwister, die offensichtlich auch nach Tanjas Heirat unverändert geblieben war; der eine oder andere aus ihrem Bekanntenkreis mochte sich im Lauf der Jahre gefragt haben, welche Position der Vater des Jungen, Stephan Grabbe, dabei einnahm und ob der Umgang der beiden ihn gelegentlich bedrücke oder gar verletze.

Obwohl Grabbe als Geschäftsmann – er führte mit seiner Frau das Café nahe der Münchner Freiheit – jeden Tag Präsenz zeigen musste, galt er im Umgang mit Leuten als zurückhaltend, fast arrogant. Seinen Sohn begleitete er, ganz gleich bei welchem Wetter, jedes Wochenende zum Fußballspielen; im Sommer fuhr er mit Frau und Kind an die Nordsee; nach den Ferien erzählte Lennard in seiner allseits bekannten, Worte sprudelnden Art jedem, den er kannte, wie toll sein Vater und er im Meer geschwommen seien und wie sie Hunderte von Muscheln und Steinen gesammelt und am Hundestrand gekickt hätten, bis alle Hunde total fertig gewesen seien, weil sie dauernd dem Ball hinterhergerannt waren. Über seinen Vater verlor Lennard nie ein schlechtes Wort.

»Ich möcht was sagen.«

Tanja Grabbe nahm ihre Gabel und klopfte an ein Wasserglas. Alle verstummten. »Ich möcht was sagen«, wiederholte sie. »Aufstehen kann ich nicht.« Sie schloss für einen Moment die Augen. Auch aus der Küche war kein Geräusch mehr zu hören.

Beinah lautlos, nur von einem matten Brummen begleitet, glitt draußen eine Straßenbahn auf den verschneiten Schienen vorüber.

Von der unerwarteten Entscheidung seiner Schwester überrascht, rutschte Maximilian Hofmeister ein Stück von ihr weg und rieb verwundert seinen Bart, bis er das Geräusch bemerkte und damit aufhörte.

In den Augen von Pfarrer Olbrich, der am Kopfende der langen Tischreihe saß, umgab die schwarz gekleidete Frau mit dem seidenen Schleier im blonden, kaum gebändigten Haar eine Aura tragischer Jugendlichkeit und gealterter Sehnsüchte. In diesem Moment war er sich nicht sicher, ob sie je eine Erfüllung im Leben erfahren hatte. Über die seelische Katastrophe, die der Tod eines Kindes bei jeder Mutter auslöste, hatte sie in den Gesprächen, die Olbrich mit ihr und ihrem Mann zu führen versuchte, nicht ein Wort verloren. Stattdessen hatte sie ihn gebeten, sowohl in der Kirche als auch in der Aussegnungshalle allein auf einem Stuhl vor dem mit weißen Rosen geschmückten Sarg sitzen zu dürfen. Da ihm kein überzeugendes Argument dagegen eingefallen war, hatte Olbrich zugestimmt, doch Grabbe verweigerte seiner Frau die Bitte, was sie widerspruchslos hinzunehmen schien.

Als Lennards Mutter im Gasthaus ansetzte zu sprechen, faltete Arthur Olbrich die Hände vor der Brust und bemerkte, dass zwei Tische weiter ein anderer Trauergast dasselbe tat. Als dieser den Kopf hob, erinnerte sich der Pfarrer daran, dass der Vater des Jungen erwähnt hatte, dieser Mann habe ihnen zwei Tage vor Weihnachten die Todesnachricht überbracht und sei bis Mitternacht geblieben.

Dann passierte noch etwas, das dem erfahrenen Priester fast ein Lächeln abgerungen hätte. Nachdem er die Hände gefaltet hatte, kam ihm ein Psalm in den Sinn, den er in Gedanken sprechen wollte; gleichzeitig fiel ihm ein Absatz aus dem Koran ein, den er vor kurzem gelesen hatte: Alle gehören wir Gott; unsere Reise geht zu ihm; o du zur Ruhe zurückgefundene Seele; du warst anderen ein Wohltäter, kehre nun in Frieden zu deinem Herrn zurück; schließe dich dem Kreis meiner Diener an, gehe also in mein Paradies ein.

Während Olbrich sich noch wunderte, was Gott nach der Beerdigung eines katholischen Jungen mit diesem Gedankensprung bei ihm bezweckte, rezitierte Hauptkommissar a. D. Jakob Franck jenen Psalm für sich, den er schon öfter bei seinen Begegnungen mit Hinterbliebenen gebetet und den ursprünglich auch der Priester im Sinn gehabt hatte: Ehe die Berge geboren wurden, die Erde entstand und das Weltall, bist du, o Gott, von Ewigkeit zu Ewigkeit; du lässt die Menschen zurückkehren zum Staub und sprichst: kommt wieder, ihr Menschen; denn tausend Jahre sind für dich wie der Tag, der gestern vergangen ist, wie eine Wache in der Nacht.

»Mein Sohn ist nicht gestorben«, sagte Tanja Grabbe. »Er

sitzt an diesem Tisch und sieht uns an, weil wir alle schuld sind.«

Sie sah niemanden an, nur das gerahmte Foto mit der schwarzen Schleife, das vor ihr auf dem Tisch stand, neben der Vase mit den weißen Rosen.

»Welcher Elefant hat größere Ohrwascheln?«, sagte sie. »Der afrikanische oder der asiatische? Hat's immer durcheinandergebracht, mein Lennard, er war sich ganz sicher, dass der asiatische richtig ist. Lauter so Fragen. Bin auch nicht viel gescheiter als er; im Fußball weiß ich nichts, da ist er unschlagbar, besser als jeder seiner Mitschüler.

Er ist Mittelstürmer, das wissen Sie ja; schon siebenundfünfzig Tore hat er in diesem Jahr geschossen und dreiunddreißig Vorlagen gegeben, oder wie man das nennt, damit ein anderer das Tor schießen kann. Die Zahlen hat er mir extra aufgeschrieben, ich muss sie mir merken, weil er mich abgefragt hat. Siebenundfünfzig Tore, das ist Schulrekord, und er bekam eine Urkunde dafür.«

Sie streckte die Hand nach dem Foto aus, ohne es zu berühren. »Ist ein Mann aufgetaucht aus dem Schnee und hat an die Tür geklopft.«

Sie ballte die Hand zur Faust und klopfte vier Mal auf die Tischdecke. »Hab gleich gewusst, wer da ist. Ein Polizist. Woran erkennt man einen Polizisten? An der Uniform, sagt Lennard, das stimmt; aber Uniform ist nicht nur Kleidung, Uniform ist auch, wie einer schaut und sich gibt und Dinge sagt, wie: Ihr Kind ist gestorben. So was sagt sonst niemand, nur ein Polizist.

Hab ihn gleich erkannt; und verwechselt. Bin so dumm. Wieso hast du das nicht gleich kapiert?, hat Lennard zu mir gesagt, in seinem Strandkorb, wo er immer sitzt. Ich bin so dumm, so dumm, er hat ganz recht.

Alles voller Schnee; die Leute sind am Café vorbeigesaust, Gott sei Dank alle weg. Da fällt der Mann vom Himmel, eine Ledertasche umgehängt, und ich denk: ein Polizist, der will wieder Sachen wissen, was aus der Schule, oder der Direktor hat ihn geschickt, weil er mir die Fußball-Urkunde bringen soll. Wegen der siebenundfünfzig Tore. War doch der letzte Schultag vor den Weihnachtsferien.

So was hab ich gedacht und aufgesperrt und den Mann reingelassen; er war ganz weiß und hatte eine rote Nasenspitze. An der Tür hat er was zu mir gesagt, ich hab nicht hingehört; später auch nicht. Doch, später schon, aber ich kann mich nicht mehr dran erinnern. Stephan kam dann auch, weiß nicht, wo er vorher war, hat vielleicht einen Schneemann gebaut. Weiß man oft nicht, was Stephan so treibt, wenn er nicht kocht oder backt. Meistens kocht und backt er, das ist bekannt.

So getäuscht in jemand hab ich mich schon ewig nicht mehr. Polizist hat noch gestimmt, aber den Rest hab ich mir zusammengereimt; das verzeiht mir Lennard nie.«

»Kein Wort von dem, was der Polizist sagt, ist wahr. Wir beide wissen das. Ich hab mir gedacht, dass wir die Urkunde, wenn du einverstanden bist, ins Wohnzimmer hängen, an die Wand neben dem Fernseher, dann haben wir sie immer im Blick. Kannst es dir ja noch überlegen.

Nicht, dass Sie meinen, Lennard ist ein Fernsehkind; er schaut gern Fußball, auch schon mal spät in der Nacht, aber nur, wenn am nächsten Tag schulfrei ist. Da achten wir drauf, Stephan und ich. Das ist mein Mann, hier neben mir, und das ist mein Bruder, hier auch neben mir, er leitet den Friseursalon Hofmeister in der Fraunhoferstraße, unser Familienunternehmen. Da ist meine Mutter, hallo, Mama, hoffentlich genierst du dich nicht für mich; weil ich so red und allen Leuten Sachen aus unserem Leben erzähl. Das muss sein; sonst versteht niemand, was passiert ist.

Der Polizist aus dem Schnee ist schuld. Wenn er nicht gekommen wär, hätten wir alle länger leben können, du auch, Mama, du auch, Max, du auch, Stephan, ich auch. Jetzt lebt nur noch unser Lennard.

Da ist er, an der Isar nach dem gewonnenen Spiel gegen die Mannschaft aus Pullach, vier zu eins, und er hat zwei Tore geschossen. Schau, wie er sein weißes Trikot durchgeschwitzt hat; erschöpft sieht er aus; er rennt und rennt immer noch, wenn die anderen längst am Boden liegen; wo mag er bloß die Kondition herhaben, von mir bestimmt nicht, wahrscheinlich von seinem Vater. An dem Nachmittag hab ich ihn während des Spiels fotografiert, auch hinterher, da standen alle im Kreis und haben sich gegenseitig bejubelt, weil sie ihren Angstgegner besiegt hatten. Schau, wie er lacht. Hat sich noch nie gern fotografieren lassen, aber da hab ich ihn erwischt, und das war ein Glück. Torschützenkönig Lennard Grabbe.

Du bist nicht nach Haus gekommen, niemand weiß, wieso, nicht einmal der siebengescheite Polizist; der kennt sich im Totsein aus, im Lebendigsein nicht so. Wenn er nämlich wirklich was wüsst, könnt er mir sagen, welchen Weg Lennard von der Schule aus gegangen ist und wo genau dann was passiert ist, was sowieso nicht stimmt. Kann nicht stimmen, weil's keinen Beweis gibt, und was man nicht beweisen kann, existiert nirgendwo auf der Welt.«

Daraufhin schwieg sie.

Niemand gab einen Mucks von sich. Der Koch, der Ehemann der Wirtin, und sein dunkelhäutiger Gehilfe waren lautlos aus der Küche gekommen; sie hatten sich hinterm Tresen an die Wand gelehnt und verfolgten die immer wieder abbrechenden, mit ebenso stockender wie eindringlicher Stimme vorgetragenen Sätze der Frau, die ihre rechte Hand wieder zur Faust geballt hatte. Jede ihrer noch so unscheinbaren Bewegungen verursachte ein eigentümliches Rascheln ihres Kleides – als würde der Stoff sich an der Stille reiben. Auf den jungen Äthiopier, der geduckt, seine Hände versteckt unter der Kochschürze, hinter seinem Chef stand, machte sie einen Unheil verkündenden Eindruck.

Lange sah sie Pfarrer Olbrich ins Gesicht. Da er seine Augen nicht senkte, was ihr angemessen erschienen wäre, wandte sie den Kopf ab. Beim Anblick des Mannes, dessen Anwesenheit sie vergessen hatte, erschrak sie. Ihre Reaktion blieb niemandem verborgen, so dass Jakob Franck keine Wahl hatte, als die auf ihn gerichteten Augenpaare gleichmütig zu ertragen.

Franck war hier, weil Stephan Grabbe ihn eingeladen hatte, und er würde – nicht zum ersten Mal bei einer solchen Gelegenheit – ein paar Worte sagen, falls ein Angehöriger ihn dazu aufforderte; Polizeiworte; mit den Kollegen abgestimmte Aussagen zu den laufenden Ermittlungen; Trostworte, geschöpft aus jahrelanger Erfahrung als Verteiler von Sätzen in den Nächten allumfassender Sprachlosigkeit.

»Die Wahrheit möcht ich wissen«, sagte Tanja Grabbe, an Franck gerichtet.

Mit einer Antwort rechnete sie nicht; ihre Aufmerksamkeit galt schon wieder dem Foto, den Rosen, der Welt in ihr allein. »Ich möcht wissen, mit wem Lennard nach Höllriegelskreuth gefahren ist. Was soll er denn da? Was gibt's da zu sehen? Wohnt da ein Ork, den er treffen wollt? Glaub ich nie und nimmer. Jemand hat ihn gezwungen, mitzukommen, aber wer? Das verschweigen die Kommissare, sie stellen immer nur Fragen und behaupten Sachen, die ich nicht versteh. Wenn man was sagt, was niemand versteht, denken alle, das muss bedeutend sein. So eine Lüge und Gemeinheit! Wer ist der Mensch, der Lennard von der Schule abgeholt und nach Höllriegelskreuth gebracht hat? Hat sich in Luft aufgelöst; oder sich in einem Erdloch vergraben; oder ist nach Amerika ausgewandert. Dieser Mensch hat meinen Sohn angeblich umgebracht. Wie denn?

In der Zeitung steht, Lennard ist erschlagen worden. Von wem denn? Von einem Unsichtbaren. Oder hat einer von euch ihn gesehen? Nein. Niemand hat ihn gesehen, erst recht nicht die Polizei.

Ich bin Lennards Mutter, woher nehmt ihr das Recht, mich anzulügen? In der Zeitung steht, jemand hätt sein Fahrrad geklaut, deswegen musst er zu Fuß nach Haus gehen; deswegen ist alles so gekommen; das alles. Wenn er mit dem Fahrrad gefahren wär, hätt ich das ganze Toastbrot nicht wegschmeißen müssen. Das war nicht schlimm; sonst darf man kein Essen wegwerfen; das tun wir auch nicht, stimmt's, Stephan?

Toast Hawaii mit Ananas und Schinken; isst er genauso gern wie Fischstäbchen und Nudeln mit Ketchup; waren im Ofen, die Toastbrote; Ankunftszeit halb acht. Ich hab gewartet; stimmt überhaupt nicht. Wieso hätt ich denn warten sollen, ich wusst ja, dass er gleich kommt.

Weiß nicht mehr, was ich getan hab, aufgeräumt wahrscheinlich, die Wäsche aus dem Trockner geholt. Den Regen hab ich verflucht, den Wind, den ekelhaften November. Kann sein, dass ich den Fernseher angeschaltet hab, um rauszukriegen, ob das Wetter irgendwann besser wird oder ob's durchregnet bis zum Ende des Jahres. Kein Schirm. Lennard hasst Schirme. Er hat den Regen gern; wenn der Regen auf seinen Kopf trommelt, lacht er; wie auf dem Foto nach dem gewonnenen Spiel. Schaut, wie glücklich er ist.

Niemand schaut hin. Er schaut bloß mich an. Weil er mich kennt und weiß, dass ich nie lügen würd. Ehrlichkeit, das hab ich ihn gelehrt, ist das tägliche Brot, das wir uns gegenseitig schenken, und also ist er ein aufrichtiger Mensch geworden; ohne Ehrlichkeit verhungern wir auf die Dauer.

Sie sagen mir nicht, was auf dem Heimweg meines Sohnes geschehen ist, Herr Kommissar, Sie haben versprochen, das Rätsel zu lösen. Wir warten immer noch auf das erlösende Wort, mein Sohn und ich, wir sitzen hier und warten, und ich weiß nicht, ob ich noch länger Geduld haben mag.

Dunkel war's, es regnete unaufhörlich, und der Regen und sein Mittäter, der Wind, verwischten alle Spuren, war's nicht so? Zwei Stunden hab ich Ihrem Kollegen zugehört; er hat mir erklärt, wie die Polizei mit Supertechnik die Gegend durchsucht hat, stundenlang, tagelang, klang eindrucksvoll. Aber der Regen halt; und der Sturm halt; und die Sonne war auch schon untergegangen; und kein Zeuge weit und breit; kein Mensch hat halt was gesehen.

Kannst du das glauben, Lennard? Dass niemand auf der Straße war, als du aus der Schule kamst und im strömenden Regen dein Radl gesucht hast; der ganze Stadtteil menschenleer? Hab den Kommissar gefragt, ob denn keine Straßenbahnen gefahren sind, er sagte: dochdoch, auch Taxis, Autos überhaupt, dochdoch. Wahrscheinlich saßen in allen Fahrzeugen Blinde oder Insassen mit siebzehn Dioptrien und beschlagenen Brillen.«

»Wir gehen den Weg allein, Herr Pfarrer, im Vertrauen auf Gott, den Herrn, heißt's. Was kann Gott, der Herr, gegen ein Unwetter ausrichten? Offensichtlich nichts; wehrlos im Himmel, schlechte Sicht, lausiger Tag. Ich kam an einem Supermarkt vorbei; da kaufst du dir manchmal eine Cola oder was Süßes, was genau, verrätst du mir nicht. Musst du nicht; fällt nicht unter Unehrlichkeit, ist bloß ein Spiel; wenn ich rausfind, was du dir gekauft hast, gibst du's gleich zu und musst gestehen, dass ich schlauer bin als du, zumindest ab und zu. Die Kassiererin kennt dich, hab ihr ein Foto von dir gezeigt, sie sagt, du bist ein höflicher Junge, auch ein wenig schüchtern; sie sieht dich oft; nicht oft genug; am Abend vom achtzehnten November saß sie bis acht an der Kasse, du kamst nicht rein; sie ging nicht raus zum Rauchen, wie sonst, hat sie gesagt, draußen hat's gestürmt, und sie blieb im Trocknen, das kann man gut verstehen.

Ging den Weg allein, die Eintrachtstraße runter, am Gasthaus vorbei, in dem wir jetzt sind, und ich hab überlegt, ob ich reingehen und mich aufwärmen soll, einen Tee mit Rum oder einen Obstler trinken. Hab's nicht getan; hatte keine Zeit; hab meinen Schirm mit beiden Händen festgehalten, damit er nicht wegfliegt. Nicht weinen, hab ich zu mir gesagt, wieso weinst du denn? Dann hab ich begriffen, dass ich gar nicht wein, sondern der Regen mir dauernd seine Tränen ins Gesicht wirft. Das musst du mir schon glauben, wenn ich's sag.

An der Friedhofsmauer entlang bin ich gegangen, in die Regerstraße eingebogen, bis ich wieder zu Haus war. Unterwegs hab ich jeden gefragt, der mir entgegenkam: Haben Sie meinen Sohn gesehen? Haben Sie meinen Sohn gesehen? Haben Sie meinen Sohn gesehen? Und sie sagten: neinnein; alle sagten: neinein. Sie haben mich belogen, hab ich recht, Lennard?

Und der Junge, der dein Radl geklaut hat, behauptet, er würd dich nicht kennen; die Polizei ließ ihn laufen, er ist bloß ein Dieb, sagen sie, außerdem hätt er das Radl freiwillig wieder zurückgebracht. Kann schon sein. Mag ja sein. Er hat das Radl zurückgebracht, aber ohne dich drauf.

Was nützt mir denn das Radl, wenn du nicht auf dem Sattel sitzt und fährst? Was hat so ein Radl dann für einen Sinn? Können Sie mir das erklären, Herr Kommissar? Herr Pfarrer? Ist einer hier, der ehrlich zu mir ist?
Hörst du, wie sie schweigen, Lennard?«

Der Junge hieß Hendrik Zeil, war vierzehn Jahre alt und machte auf blöd. Das forderte Francks Geduld erst recht heraus. Vom Chefermittler der Sonderkommission, seinem ehemaligen Kollegen und Freund André Block, hatte er die Erlaubnis erhalten, dem Schüler einige Fragen zu stellen.

Hendrik hatte bei der Polizei angerufen, nachdem der seit Wochen vermisste elfjährige Lennard, der auf dieselbe Schule wie Hendrik ging, tot aufgefunden worden war.

Er habe, erklärte Hendrik in der Vernehmung gegenüber Hauptkommissar Block, an jenem Abend das Fahrrad einfach mitgenommen, »weil's so geschifft hat und ich schneller daheim sein wollt«.

Wie sich herausstellte, wurden am Asam-Gymnasium in regelmäßigen Abständen Fahrräder gestohlen, ohne dass je ein Dieb erwischt worden wäre.

»Ist Standard bei uns«, sagte Hendrik, »muss man mit leben.« An dem Abend habe er sich irgendeines der noch auf dem Schulhof abgestellten Räder »gekrallt«. Auf die Frage, ob er das Schloss geknackt habe, erwiderte er: »War nicht nötig, kein Schloss vorhanden.« Den verschwundenen Jungen aus der sechsten Klasse kenne er nicht.

Nach dem Abend sei er keinen Meter mehr mit dem Rad gefahren; er habe es bei einem Kumpel in der Nachbarschaft abgestellt und dann nicht mehr dran gedacht. Erst, als seine Mutter irgendwann den verschwundenen Jungen erwähnt und gemeint habe, wie tragisch es sei, dass der immer noch nicht aufgetaucht »und, kann sein, inzwischen tot ist, was dann ja auch stimmte«, habe er »irgendwie ein schlechtes Gewissen gekriegt«. Eine Weile habe er noch »hin und her überlegt«, bevor er sich entschlossen habe, bei der Polizei anzurufen und den Diebstahl zu melden.

»Mehr ist nicht«, sagte der Schüler zu Hauptkommissar Block. »Das Ding ist unbeschädigt, schwör's, kein Kratzer, der Gepäckträger war vorher schon verbogen.« Block fragte ihn, ob er früher schon mal ein Fahrrad gestohlen habe, worauf Hendrik die Arme ausbreitete und den Kopf hin und her warf. »Echt nicht, schwör's, so was mach ich nicht, ich klau niemandem was, noch nie gemacht; das Wetter war so scheiße an dem Abend und ich hatte den ganzen Tag nur Stress in der Schule; wenn das Ding abgeschlossen gewesen wär, hätt ich's eh stehenlassen, da sind ein paar ungute Dinge zusammengekommen, ist nicht meine Schuld; tut mir auch echt leid, dass der Junge gestorben ist.«

Nach einer eindringlichen Ermahnung an Hendrik Zeil, sich für den Rest seiner Schulzeit nicht mehr das Geringste zuschulden kommen zu lassen – andernfalls werde er »ungute Dinge« im Zusammenhang mit dem Jugendarrest erleben –, verzichtete Block auf eine Anzeige und schickte den Vierzehnjährigen nach Hause.

Franck hatte Hendrik einen Tag später zu einem nach Meinung des Jugendlichen »superungünstigen Zeitpunkt« aufgesucht; der Junge war gerade dabei, seine Legionen – oder was immer es war, das Franck nicht wissen wollte – zu versammeln, um seine Gegner zu vernichten; den Namen des Computerspiels hatte Franck gleich wieder vergessen.

»An dem achtzehnten November kamst du gegen sechs Uhr aus dem Schulgebäude«, sagte Franck. »Du hast das Fahrrad genommen und den Schulhof sofort verlassen.«

Hendrik trommelte mit den Händen auf seine Knie und schwang auf seinem roten Swopper hin und her; zwischen-

durch warf er einen Blick auf den Bildschirm. »Wiederholungsseminar? Das hab ich dem Scharfschützen im Revier schon alles erzählt.«
»Welchem Scharfschützen?«
»Dem Typ mit dem Schnäuzer.«
»Hauptkommissar André Block.«
»Exakt.«
»Hältst du ihn für einen Scharfschützen?«
»Die Knarre dazu hat er immer dabei.«
»Hast du jemanden gesehen, Hendrik? Auf dem Schulhof? Auf dem Bürgersteig? Jemanden, der einfach nur rumstand? Der aussah, als würde er auf jemanden warten?«
»Nein. Steht alles im Protokoll.«
»Das weiß ich«, sagte Franck. »Da steht auch, dass du mit dem gestohlenen Fahrrad nur in der einen Nacht gefahren bist, danach nie wieder.«
»Und?«
Franck stand an der Tür des Kinderzimmers, dessen chaotische Anmutung ihn an ein Zimmer denken ließ, das nur in seiner Vorstellung existierte und in der seiner Exfrau.
Er sah dem Jungen, der immer zappliger auf und ab wippte, eine Zeitlang mit Interesse zu. Die Show, die Hendrik auf seinem ergonomischen Thron, inmitten des Verhaus aus Kleidungsstücken, Schuhen, Schachteln, Kabeln, Lautsprecherboxen, ausrangierten Elektroteilen und ausgeblichenen, aus einer fernen Kindheit übrig gebliebenen Kuscheltieren seinem Besucher bot, nötigte dem ehemaligen Kommissar einen gewissen professionellen Respekt ab. Dabei hielt er den Jungen nicht für einen bösartigen Lügner; sondern für jemanden, der gern spielte, egal, ob mit dem Computer oder einem Menschen.
»Und du hast das Fahrrad dann vergessen«, sagte Franck.
»Passiert.«

»Und du kanntest den verschwundenen Schüler nicht.«
»Nein.«
»Und niemand war da an dem Abend, auf dem Schulhof, nur du.«
»Sie nerven langsam. Die anderen warten auf mich.« Er deutete zum Bildschirm. »Was wollen Sie von mir? Sie sind nicht mal ein richtiger Polizist, haben Sie selber vorhin gesagt.«
»Ich habe der Familie die Todesnachricht überbracht …«
»Weiß ich doch. Respekt.«
»Kommst du zur Beerdigung?«
»Keine Ahnung. Wann ist die?«
»In drei Tagen. An Silvester.«
»Wird schwierig«, sagte Hendrik.
»Hast du Termine an dem Tag?«
»Und wenn?«
Franck machte einen Schritt ins Zimmer und achtete darauf, nicht auf einen Gegenstand zu treten. »Du solltest hingehen.«
»Ich schau mal …«
»Du solltest den Eltern sagen, dass du ihren Sohn gekannt hast und dass es dir sehr leidtut, dass du sein Fahrrad gestohlen hast, und dass du dafür um Verzeihung bitten möchtest.«
»Spinnst du? Spinnen Sie?«
»Ich begleite dich, wenn du möchtest.«
Hendrik riss die Arme in die Höhe und fuchtelte durch die Luft. Franck war nicht klar, was der Junge damit ausdrücken wollte.
»Hey …«, begann Hendrik und verstummte. »Jetzt mal ehrlich … Ehrlich jetzt … Ja?«
»Sei einfach ehrlich, Hendrik.« Franck kam noch einen Schritt näher; aufrecht dastehend, die Hände hinter dem

Rücken verschränkt, den Blick auf sein Gegenüber gerichtet, vermittelte er eine Form von Autorität, die keinen Widerspruch duldete; wer es trotzdem versuchte, das wusste er aus seiner jahrzehntelangen Arbeit bei der Mordkommission, war kein Laientrickser in der Nähe des Unrechts, sondern würde am Ende vor Gericht stehen.

»Bin ehrlich.« Hendrik glitt von dem sich drehenden, schwingenden Hocker und wich dem Blick seines Besuchers armselig aus.

»Niemand gibt dir eine Mitschuld am Verschwinden des Jungen und schon gar nicht an seiner Ermordung«, sagte Franck.

Hendrik brauchte eine Weile, bis er seine Gedanken wieder halbwegs im Griff hatte. »Der ist echt ermordet worden, oder was?«

»Ja.«

»So was von Scheiße.«

»Hast du an dem Tag im November mit Lennard gesprochen?«

»Nein. Vielleicht. Keine Ahnung. Der wollt immer in unserer Mannschaft mitspielen, der Winzling. Entschuldigung. Superstürmer, klar. Bestreitet niemand. Am Tag vorher haben wir ein Spiel gehabt, macht zwei Tore, der Typ. Mit seinem linken Fuß, Mann. Passt schon. Der hat sein Radl nie abgeschlossen oder nur so, dass jeder Depp das Schloss knacken kann. Das Ding ist schwarz mit grünen Streifen dran, schaut super aus, optimal. Er hätt's mir geliehen, wenn ich ihn gefragt hätt, hundertpro. Ich hab nichts gegen ihn, ich respektier den als Stürmer, ehrlich, tut jeder. Ist doch scheiße, was da passiert ist.«

»Du bist natürlich auch in den Tagen nach dem Diebstahl mit dem Superfahrrad unterwegs gewesen.«

»Von mir aus, ja. Ich wollt's zurückbringen, schwör's,

aber dann hieß es, der Lenny ist weg, spurlos verschwunden. Was soll ich machen? Wie steh ich da? Beschissen steh ich da. Hab nichts gesagt, abgewartet. Mein Kumpel, der Tom, hat gemeint, das Ding muss in die alte Garage bei ihm im Hinterhof, da ist es sicher. Hab's stehenlassen. Ehrlich, ich weiß noch, ich hab das Radl genommen, da war Freitag. Oder?«

»Ja.«

»Exakt. Freitag. Dann bin ich am Samstag damit gefahren und am Sonntag, jeweils höchstens eine Stunde, schwör's. Dann in die Garage gestellt und dort gelassen, da ist bloß Gerümpel drin, vom Tom seinem Vater; der ist Busfahrer, eigentlich ein Messie, sammelt jeden Schrott, den kein Mensch braucht. Scheiß drauf. Und am Montag hieß es dann, der Lenny ist weg, und dann taucht er nicht wieder auf. Da fahr ich doch mit seinem Radl nicht durch die Stadt, bin doch nicht bescheuert. Zeit ist vergangen, keine Scheißspur vom Lenny. Dann ist Weihnachten, meine Mum liest aus der Zeitung vor, was da alles steht wegen Lenny und dass er tot ist, so Zeug. Wieso tot, hab ich gedacht. Hab mich nicht gut gefühlt, echt übel. Dachte, ich muss das jetzt klären. Wollt mit Tom drüber reden, der war bei seinen Großeltern in Husum, hab ich gedacht, scheiß drauf, ich muss die Sache selber lösen. Hab ich gemacht. Polizei angerufen. Ungut, das alles. Ihr Kollege hat nicht weiter nachgefragt, und ich hab mich entschuldigt, und er hat gesagt, ich soll mich in Zukunft zusammenreißen, hab ich gesagt, mach ich, versteht sich von selbst, schwör. Aber zu den Eltern geh ich nicht, das können Sie vergessen. Ich hab jetzt alles zu Ihnen gesagt, muss reichen.«

»Das reicht nicht«, sagte Franck.

»Schon.«

»Nein.«

»Ich mach das nicht, auf keinen Fall, klar? Nein, mach ich nicht. Können Sie vergessen.«

»Das war blöd, das mit dem Fahrrad, ich wollt's nicht, war bescheuert von mir. Bitte entschuldigen Sie, Frau Grabbe und Herr Grabbe. Und herzliches Beileid auch, echt. Lenny war ein Superkicker ...«
Tanja Grabbe schien ihn nicht gehört zu haben. Untergehakt von ihrem Mann und ihrem Bruder, der den Schirm hielt, ging sie an Hendrik und Franck vorbei in Richtung Ausgang, gebeugt, mit trippelnden Schritten, eingehüllt in ihren schwarzen Mantel, die Augen hinter dem Schleier verborgen. Die Zahl der Schüler unter den Trauergästen, die Tanja Grabbe folgten, schätzte Franck auf mindestens hundert.
Der Schnee um das offene Grab herum war übersät von Blumen in allen Farben, Kränzen und Gebinden, der Sarg in der Erde fast vollständig bedeckt von weißen Rosen.
»Und jetzt?«, fragte Hendrik. Er trug eine schwarze Wollmütze, in der die Schneeflocken versanken.
Franck sagte: »Vergiss nicht, ab und zu das Grab zu besuchen.«
»Vergess ich nicht.«
Franck gab ihm die Hand; der Junge gesellte sich zur Gruppe seiner Klassenkameraden, die ihn verwundert beobachtet hatten.
Kirchenglocken läuteten. Der Wind fegte Schnee in die offenen Gänge der Aussegnungshalle.
Bevor Franck den Friedhof verließ, um durch die Halle zur Straße zu gelangen, an der das Gasthaus lag, drehte er sich noch einmal um. Er sah, wie Hendrik seine Mutter umarmte und sich an sie zu klammern schien.

III

Menschenleere Welt
1

In seinem Arbeitszimmer, das einst ein Kinderzimmer hätte werden sollen, telefonierte Franck nach seiner Rückkehr aus der Innenstadt zwei Stunden lang mit André Block. Er berichtete ihm von der Trauerrede der Mutter und davon, dass Hendrik tatsächlich den Mut aufgebracht hatte, sich bei Tanja und Stephan Grabbe zu entschuldigen. Über Hendriks Geständnis, Lennard doch gekannt und damit den Leiter der Sonderkommission belogen zu haben, hatten sie bereits gesprochen.

Block ärgerte sich über seine Nachlässigkeit und war wütend auf den Jungen, weil dieser ihn derart simpel und frech ausgetrickst hatte, der Aussage maß er trotzdem keine weitere Bedeutung bei. Die Tatsache, dass sich die beiden Schüler hin und wieder begegnet waren und einmal sogar Fußball miteinander gespielt hatten, brachte kein brauchbares Licht in den Keller der Ermittlungen.

Wo war der Schulranzen des Jungen? Wenn der Täter ihn noch in der Nacht des Mordes entsorgt hatte, bestand kaum Hoffnung, ihn zu finden und Finger- oder DNS-Spuren sicherzustellen. Auch der Ball, den Lennard zum zehnten Geburtstag geschenkt bekommen hatte und den er jedes Mal in die Schule mitnahm, wenn er bei einem wichtigen Spiel mit dem eigenen Ball antreten wollte, war spurlos verschwunden. Der Täter musste ihn, ebenso wie den blauen Schulranzen mit den Leuchtstreifen, mitgenommen haben. Der Ball war schwarz mit orangefarbener Musterung und einem gelben Fleck, über den ein Puma sprang.

Als Lennard an jenem Novemberabend gegen neunzehn Uhr die Turnhalle verließ, hatte er nach Aussage seiner Mitspieler den Ball unterm Arm, wie immer; gewöhnlich klemmte er ihn auf den Gepäckträger, während er die Schultasche auf dem Rücken behielt. Aller Wahrscheinlichkeit nach, so vermuteten Block und seine Kollegen aus der Sonderkommission, habe Lennard, nachdem er festgestellt hatte, dass sein Fahrrad geklaut worden war, den Ball nicht getragen, sondern vor sich her gekickt und aus Wut über den Diebstahl gegen so manche Hauswand gedonnert.

Der Umstand, dass nach den bisherigen Ermittlungen kein Mensch – kein Anwohner, kein Autofahrer, kein Trambahn- oder Taxifahrer – den dribbelnden Jungen auf der etwa einen Kilometer langen Strecke vom Gymnasium bis zur Welfenstraße auf der anderen Seite des Friedhofs bemerkt hatte, brachte das Team um André Block zu der Vermutung, der Schüler müsse unmittelbar nach Verlassen des Schulgebäudes getötet oder zumindest überfallen worden sein.

Doch die äußeren Umstände hatten die Suche nach dem Mörder auf dramatische und für die Fahnder niederschmetternde Weise behindert. Im strömenden Regen und in einem Matsch aus Laub, abgebrochenen Ästen und Müll, den die Böen über Bürgersteige und Grünflächen getrieben hatten, mühten sich die Spurensucher der Kripo vergeblich um tatrelevante Hinweise.

Über einen Punkt kamen Block und seine Kollegen bis zum Tag der Beerdigung des Jungen nicht hinweg: Wenn jemand den Jungen im Auto mitgenommen und ihn – nach Überzeugung des Gerichtsmediziners – noch in derselben Nacht getötet hatte, dann musste Lennard die Person gekannt und ihr vertraut haben. Niemals, sagten seine Eltern übereinstimmend, wäre ihr Sohn in das Fahrzeug eines Fremden gestiegen.

Sexuellen Missbrauch schloss der Arzt aus. Seinen Erkenntnissen zufolge führte brachiale, vermutlich spontan angewandte Gewalt zum Schädelbruch. Winzige Partikel von Rinde, die trotz des Regens und der relativ langen Liegezeit im durchweichten, schmutzigen Waldboden und der damit einhergehenden Verunreinigung sichergestellt werden konnten, ließen darauf schließen, dass der Kopf des Jungen gegen einen Baumstamm geprallt war. Lennard starb innerhalb weniger Minuten. Von einer geplanten Tat, so der Mediziner, sei nicht auszugehen.

Trotzdem, dachte Block wieder und wieder, hatte der Täter anschließend besonnen und schnell gehandelt und es geschafft, die Leiche vom Tatort zu entfernen und außerhalb der Stadt an einem Waldhang zu verstecken.

Nicht weit entfernt vom Fundort der Leiche befand sich ein Gasthaus, das am Abend des achtzehnten November geöffnet hatte. Die Vernehmungen der Gäste und der Wirtsleute erbrachten kein Ergebnis, sie hatten nichts gehört oder gesehen oder konnten sich, mehr als einen Monat später, an nichts mehr erinnern.

Der Täter, überlegte Block, musste sich seiner Sache sehr sicher gewesen sein; auch wenn ihm die Gegend vertraut war, blieb das Risiko einer Begegnung mit einem Wirtshausbesucher. Sämtliche Spuren, die der Mörder auf der schmalen, unbefestigten Straße entlang des Kanals und auf dem Waldboden möglicherweise hinterlassen hatte, waren vom Regen vernichtet worden.

Mit leeren Händen waren Block und seine Leute ins Dezernat zurückgekehrt.

Auch die Befragungen im Bekannten- und Freundeskreis der Familie, im Umfeld der Schule und der Handybesitzer, deren Telefone am Abend jenes Tages rund ums Gymnasium und in der näheren Umgebung des Ostfriedhofs eingeloggt waren, lieferten bisher keine Verdachtsmomente. Die Auswertung der Handydaten dauerte noch an, doch André Blocks Optimismus hielt sich in Grenzen, zumal bisher keinerlei Übereinstimmungen mit Nummern aus der Gegend in Höllriegelskreuth auftauchten.

Lennard hatte kein Handy bei sich. Wie so oft hatte er es zu Hause gelassen; vergessen, vermutete sein Vater; seine Mutter meinte, Lennard habe sich vor der Strahlung des Geräts gefürchtet, deswegen benutze er es selten. Anscheinend teilte Tanja Grabbe die Besorgnis ihres Sohnes; Block erreichte sie praktisch nie am Handy, nur über das Festnetz in der Wohnung oder im Café.

Von den Dingen, die der Junge in der Früh mitgenommen hatte – abgesehen vom Schulranzen –, fehlte nichts; in seinen Taschen befanden sich ein Fünf-Euro-Schein, der Haustürschlüssel, ein Schweizer Messer, eine Packung Papiertaschentücher, fünf Panini-Fußballbilder mit Konterfeis spanischer Spieler sowie ein inzwischen zusammengeschmolzener Schokoriegel. Die Analysten im Textillabor des Landeskriminalamtes stellten eine Menge Spuren sicher, von denen keine einzige zu einem im Polizeicomputer gespeicherten Material oder einem registrierten Straftäter passte.

Wenn am Montag die Zeitungen mit den Fotos von der Beerdigung erschienen, würde die gesamte Sonderkommission dastehen wie ein Haufen Steuergelder verschleudernder Versager.

»Wir sind Nieten.«

Franck hörte, wie Block sich eine Zigarette anzündete. »Ist das Rauchverbot im Büro aufgehoben worden?«, fragte er, als wollte er ihn ablenken.

»In diesem Moment«, sagte Block.

Franck warf einen Blick durchs Fenster. Im grauen Licht des Spätnachmittags fielen nur noch vereinzelt Schneeflocken; aus der Ferne waren Böllerschüsse zu hören, vorauseilende Echos der Neujahrsnacht. Im Glasbehälter vor der Balkontür brannte eine grüne Kerze.

»Eure Ermittlungen sind noch lange nicht zu Ende.« Auf Francks Schreibtisch lagen Zettel mit den Protokollen seiner Gespräche; daneben, in einer Klarsichtfolie, die zusammengehefteten Seiten der Akte, die Block ihm kopiert hatte, obenauf das Foto des Jungen, wie er strahlt – dasselbe wie auf dem Sterbebild.

»Wenn die Handydaten auch weiterhin nichts ergeben«, sagte Block, »dann brauchen wir ein Wunder.«

»Wie weit seid ihr mit den Kameras?«

Block sog an der Zigarette und drückte sie heftig aus; das leise Quietschen übertrug sich bis an Francks Ohr. »Da gibt's keine Kameras, jedenfalls keine, die auf die Straße gerichtet sind, weder oben in Pullach noch in Grünwald, falls er diesen Weg genommen hat, der von der Schule aus der nächste wäre. In den Aufnahmen der Schulkameras ist der Junge zwar zu sehen, aber kaum verlässt er den Eingangsbereich, ist er unsichtbar; alles Mist; als wäre der Kleine in einer Parallelwelt verschwunden. Warum Höllriegelskreuth? Ein paar hundert Meter vom Brückenwirt entfernt. Warum hat da niemand was mitgekriegt?«

»Keine Spur im Bekanntenkreis?«, fragte Franck, nicht zum ersten Mal.

Block schwieg.

»Bist du allein?«

»Sitz auf'm Klo«, sagte Block.

»Soll ich dich gleich noch mal anrufen?«

»Nein. Ich muss nicht, ich sitz auf dem geschlossenen Deckel.«

»Wieso ausgerechnet da?«

»Damit niemand sieht, wenn ich anfang zu heulen«, sagte Block.

Sie kannten sich seit mehr als zwanzig Jahren; so einen Satz hatte Franck noch nie aus dem Mund seines Kollegen gehört. »Willst du vorbeikommen, und wir trinken ein Bier und gehen die Fakten noch mal durch?«

»Soweit ich weiß, bist du pensioniert«, sagte Block. Nicht die leiseste Ironie, nur traurige Erschöpfung. »Außerdem hab ich Dienst, zusammen mit vier Kollegen, die anderen sind bei ihren Familien.« Er verstummte, dann fragte er: »Und du? Warum bist du nicht bei Marion?«

»Sie geht mit einer Freundin thailändisch essen«, sagte Franck. »Ich bin eingeladen, werde aber nicht hingehen.«

»Das ist ein Fehler.«

Franck sah in die Dunkelheit; wieder hörte er die anklagende Stimme von Lennards Mutter, ihre Beschwörung einer Welt, die nicht mehr existierte. Gern hätte er mit ihr gesprochen; aber bei der Verabschiedung im Gasthaus hatte sie den Kopf geschüttelt. Auf dem Weg zur Straßenbahn hatte ihm ein eisiger Wind ins Gesicht geschlagen, als würde der Himmel ihn fürs Versagen der Polizei ohrfeigen. »Jemand lügt«, sagte er. »Ihr müsst die Handybesitzer noch einmal vorladen.«

Block zündete sich eine weitere Zigarette an, hob den Aschenbecher, den er aus dem Büro mitgebracht hatte, vom Boden auf und balancierte ihn auf dem Oberschenkel. »Und wenn er kein Handy dabeihatte?«

»Unwahrscheinlich«, sagte Franck.

»Unwahrscheinlich, aber möglich. Hast du auf dem Friedhof irgendwelche Beobachtungen gemacht?«

»Zu viele Menschen, zu schlechtes Wetter«, sagte Franck. »Deinen Fotografen habe ich bemerkt, er war sehr geschickt.«

»Rufus, ein wahrer Paparazzo, ein Chamäleon; stammt aus Weimar, hat Fotografie studiert, brach das Studium ab und ging zur Zeitung, dann zur Polizei, war zeitweise im Undercover-Einsatz. Vor einem Jahr hat er eine Münchnerin geheiratet und ist wegen ihr hergezogen. Arbeitet ohne viel Text, sehr zuverlässig. Ich hab seine Fotos noch nicht gesehen. Wie war die Presse drauf?«

»Die Schüler hatten eine Aktion verabredet«, sagte Franck. »Sie gruppierten sich die ganze Zeit um die Eltern und die Familie und hatten große bunte Schirme aufgespannt. Die Presseleute hatten keine Chance, etwas zu erkennen. Soviel ich mitbekommen habe, gab kein einziger Schüler ein Interview, auch nicht die Eltern und Lehrer. Eine Gruppe älterer Schüler hat verhindert, dass die Reporter sich vordrängten; die Jungs haben eine Phalanx gebildet, wie bei einer Demo, keine Chance, durchzukommen. Sie haben die Aktion erst beendet, als alle geladenen Trauergäste im Gasthaus waren. Ich glaube nicht, dass es brauchbare Fotos von den Eltern am offenen Grab gibt.«

»Uns werden sie nicht schonen«, sagte Block. »Du hast recht, wir werden noch einmal alle Personen überprüfen, die in der Nacht dort waren, auf der Straße, in den Häusern, überall.« Er rauchte, drückte die Zigarette aus, stellte den Aschenbecher wieder auf den Boden und schob ihn mit dem Fuß ein Stück von sich weg.

Vor einem Jahr hatte er aufgehört zu rauchen und vor einem Monat wieder angefangen. Er atmete schwer, als er weiterredete. »Zwei Personengruppen haben wir praktisch noch gar nicht durchleuchtet. Die Lehrer und die Schüler des Gymnasiums; eingeloggt waren an dem Abend die drei Lehrer, die sich noch in der Schule aufhielten, und ein achtzehnjähriger Schüler, der gleich ums Eck wohnt; die vier haben wir natürlich überprüft; die Befragungen gehen weiter.«

»Hatte Lennard Streit mit bestimmten Lehrern oder Schülern?«, fragte Franck.

»Ist uns nichts bekannt.«

Sie schwiegen.

Block stand vom Toilettensitz auf, streckte sich, schnaufte, bückte sich nach dem Aschenbecher. Franck war ebenfalls aufgestanden, unentschlossen, ob er sich ein Bier aus dem Kühlschrank holen sollte; er hatte unbändigen Durst.

Block entriegelte die Toilettentür. »Geh zu Marion, iss mit ihr und ihrer Freundin und denk an was anderes, an das neue Jahr zum Beispiel.«

»Nein«, sagte Franck, auf dem Weg zur Küche. »Ich werde lesen und Marion später anrufen.«

»Keine gute Idee. Das thailändische Essen soll sehr gesund sein.«

Franck lächelte; die Essgewohnheiten seines Freundes entsprachen ungefähr denen eines am Computer festgewachsenen Jugendlichen. »Ich richte Marion schöne Grüße von dir aus«, sagte er.

Am anderen Ende der Leitung war es still; Franck blieb im Flur stehen und wartete. Nach einer Weile sagte er: »André?«

Das Schweigen dauerte an; dann sagte Block: »Ich weiß, wo Lennards Mutter in diesem Moment ist.«

Sie wussten es beide.

Tanja Grabbe stand im Kinderzimmer, das keines mehr war.

Sie hatte die Tür hinter sich geschlossen und alle ausgesperrt; sie hörte, wie sie tuschelten und ihre Mutter weinte; wegen ihr; weil sie nicht redete; weil sie im Gasthaus auf einmal verstummt war, nachdem sie so lange gesprochen hatte. Worüber denn? Ich war da falsch, dachte sie; deswegen war sie mit Lennard nach draußen gegangen; jemand war ihr gefolgt und hatte einen Mantel um ihre Schultern gelegt und auf sie eingeredet; und weil sie seine Stimme wiedererkannt hatte, kehrte sie mit ihrem Bruder in die Gaststube zurück; die Leute, so kam es ihr vor, schauten sie an, als wäre sie von den Toten auferstanden.

Sie senkte den Kopf und bemerkte, dass sie eine gerahmte Fotografie in den Händen hielt. Das bist doch du, sagte sie und betrachtete das sonnige Gesicht. Zu ihm allein hatte sie gesprochen, nicht über ihn, nicht zu den anderen, nur zu ihm, ihrem Sohn; wenn er in ihrer Nähe war, brauchte sie niemanden sonst. Als er auf die Welt kam, brachte er sie mit. Das hatte Stephan nie verstanden.

Wer ist Stephan?

Dann schämte sie sich für den Gedanken; sie war doch nicht verrückt geworden; ihr war nur gerade der Name ihres Mannes entfallen. Heute waren so viele Menschen um sie herum gewesen, da konnte sie unmöglich die Namen von jedem einzelnen behalten; Stephan; im Gesicht ihres Sohnes erkannte sie ihn wieder, die schmalen, dunklen Augen, die rundlichen Wangen, die sich kräuselnden Haare, durch die sie so gern mit ihren Fingern strich.

Sie wollte sich schon umdrehen und in den Flur hinausrufen: Das sind nur Äußerlichkeiten!

Sie war nicht fähig, sich zu bewegen. Sie presste, wie schon im Gasthaus, woran sie sich nicht mehr erinnerte, das Foto an ihren Bauch und spürte die Kälte des Glases und drückte fester, um es zu wärmen; um ihn vor dem Schnee zu schützen, den leichtsinnigen Buben, dem kein Wetter etwas ausmachte, der im strömenden Regen herumtollte, als liefe er am Strand entlang wie ein übermütiges Hündchen.

Tanja Grabbe lauschte dem Rauschen des Meeres, das ihren Körper durchflutete. Eine unverhoffte Wärme breitete sich in ihr aus, so beseelt war sie von der Vorstellung, sie säße in einem Strandkorb, Seite an Seite mit ihrem Kleinen, der an einem Eis lutschte und vor Vergnügen mit den Beinen strampelte und die gierigen Möwen verscheuchte.

Sie schaute sich um und wunderte sich, wie aufgeräumt alles war; die blaue Wolldecke glatt gestrichen über dem Bett ausgebreitet; auf dem Schreibtisch die Schulbücher und Hefte akkurat gestapelt; Spielsachen, Basteleien, Romane und Comics ordentlich auf den Wandregalen verteilt; auf dem Fensterbrett eine weiße Rose in einer Glasvase, daneben eine weiße Kerze. Kein Staub auf dem Klavier; der Teppichboden frisch gesaugt; das Fenster geputzt; in der Luft ein Hauch von Vanille.

Jemand, dachte sie, musste das Zimmer regelmäßig gründlich reinigen; jemand sorgte sich um den Bewohner; jemand wies dem Engel den Weg.

Behutsam, um keinen Kratzer zu verursachen, stellte Tanja Grabbe die gerahmte Fotografie aufs Klavier, genau in die Mitte, Blick zum Bett. Als sie sich über das Instrument beugte, roch sie die Ausdünstungen der Politur; ihr fiel ein, dass Lennard den Geruch nicht mochte; in Zukunft würde sie ein anderes Mittel verwenden.

Sie neigte den Kopf über das Klavier und konzentrierte sich auf die hübsche Melodie, die er schon mit zwei Händen spielen konnte. Den Rücken durchgestreckt und die Hände waagrecht, wie die Lehrerin es ihm beigebracht hatte, saß er auf dem lederbezogenen Hocker, und sein Blick huschte zwischen dem Notenblatt und der Tastatur hin und her; nach dem letzten Ton ließ er die Arme sinken und stöhnte leise. Seine Mutter klatschte in die Hände.

Verwirrt betrachtete Tanja Grabbe ihre Hände und horchte wieder. Aus der Wohnung drang kein Geräusch mehr. Das bin ich gewesen, dachte sie und nickte und faltete die Hände.

Ihr Blick fiel auf die Stiefel, die sie immer noch anhatte; auf den Kuppen waren weiße Schmutzränder. Dass sie mit den nassen Schuhen das saubere Zimmer betreten hatte, wurmte sie. Tränen stiegen ihr in die Augen, ihr Körper begann zu zucken; sie fürchtete, ohnmächtig zu werden, wie früher als kleines Mädchen, wenn sie vor lauter Verwirrung aus der Welt zu kippen glaubte.

Mit aller Kraft ballte sie die Fäuste und atmete durch den offenen Mund, bis ihr Herz allmählich wieder normal schlug. Auf ihren Herzschlag horchte sie, seit sie sich ihres Körpers bewusstgeworden war.

Als sie fünf oder sechs war, fand sie es unheimlich, dass etwas in ihr vorging, das sie spürte, sogar hörte, auf das sie aber keinen Einfluss hatte. Bald misstraute sie dem Eigenleben ihres Herzens; das Geräusch schreckte sie nachts aus dem Schlaf. Sie verbrachte Stunden damit, hinzuhören und die Stelle auf ihrer Brust abzutasten, in der Hoffnung, das Klopfen würde aufhören. Unter Tränen flehte sie ihre Mutter an, das Ding in ihr verstummen zu lassen. Nur mit der geduldigen Unterstützung des Hausarztes der Familie gelang es Mathilda Hofmeister, ihre Tochter von der Notwendigkeit und geheimnisvollen Kraft dieses Organs zu überzeugen und sie mit dem durchaus gewöhnungsbedürftigen Eigenleben des menschlichen Körpers vertraut zu machen.

Trotzdem reagierte Tanja auch später noch hin und wieder mit leichten Ohnmachtsanfällen auf Ereignisse oder Empfindungen, die ihre Aufnahmefähigkeit und ihren Verstand auf rätselhafte Weise überforderten. Hinterher konnte sie sich an den Auslöser nicht mehr erinnern.

Sie setzte sich auf die Bettkante, zog mit einem Ruck erst den einen, dann den anderen Stiefel aus und legte beide aufs Parkett zwischen Teppich und Tür. Dann stand sie auf. Sie strich die Tagesdecke wieder glatt, schaute sich ein weiteres Mal um – bedächtig, wie jemand, der nach etwas Bestimmtem Ausschau hält oder sich jeden einzelnen Gegenstand einprägen will. Sie entschied sich für den runden Klavierhocker.

Während sie sich auf dem drehbaren Sitz eine Weile hin und her bewegte, summte sie eine selbsterfundene Melodie, von der sie überzeugt war, dass ihr Sohn sie einmal gespielt hatte.

Sie vergaß die Zeit.

Jemand klopfte an die Tür.

Tanja reagierte nicht. Erneutes Klopfen. Sie sah zum Fenster und summte lauter. Beim dritten Klopfen wandte sie den Kopf zur Tür und dachte, dass sie sich verhört haben musste – in einer Tür aus Holz konnte unmöglich ein Herz schlagen.

Eine Stimme sagte ihren Namen. Sie hörte auf zu summen und presste die Lippen aufeinander. Die Klinke wurde gedrückt. Tanja Grabbe hielt die Luft an. Ihr Bruder öffnete einen Spalt breit die Tür und streckte den Kopf ins Zimmer.

»Max«, sagte sie leise.

Er schob die Tür weiter auf. »Wir machen uns Sorgen um dich.«

Sie bildete sich ein, Krümel in seinem Bart zu entdecken. »Ich möcht keinen Kuchen.« Ihre Stimme war kaum zu verstehen.

»Wir essen keinen Kuchen«, sagte Maximilian Hofmeister. »Wir sitzen im Wohnzimmer und warten auf dich.«

»Ich bin doch hier.«

»Bitte komm zu uns. Mama weint die ganze Zeit.«

Tanja Grabbe schloss die Augen; als Kind war sie überzeugt, dass jedes Mal, wenn ihre Mutter weinte, die Tränen automatisch auch aus ihren Augen flossen, was sie gemein und ungerecht fand; bei ihrem Bruder war das nie so.

»Komm, Tanja«, sagte er.

In ihrem Kopf schrien Möwen; sie schaute zur Decke; da hockten sie im Fischernetz, fünf weiße Vögel mit gelben Schnäbeln, immer an derselben Stelle, reglos und wachsam. Von der Tür bis zum Fenster war das Netz gespannt, die Möwen pickten Fische aus der Luft, Seesterne und Muscheln; auch ein großer roter Hummer schlummerte zwischen all dem Meeresgetier, das Lennard gesammelt hatte.

»Der Hummer war mal sein Kuscheltier, weißt du noch?«, sagte sie.

Maximilian sah nach oben. »Er hat ihn aus den Ferien mitgebracht.«

»Von der Insel.«

»Lass uns einen Cognac trinken«, sagte Hofmeister.

»Im letzten Jahr erst hat er ihn ins Netz gelegt. Die Zeit der Kuscheltiere ist vorbei.« Sie sah zu dem Regal, das Lennard eines Tages leergeräumt hatte; die Stofftiere verschwanden im Schrank, und er verlor kein Wort mehr darüber. Seither lagen im Regal die alten Notenhefte und die Schachtel mit der Blockflöte, auf der er nicht mehr spielte.

Tanja Grabbe wandte sich zum Fenster und wunderte sich, dass die Kerze nicht brannte. »Jemand hat sie ausgepustet«, sagte sie.

Erschöpft warf ihr Bruder einen Blick zum Ende des Flurs, wo die Tür zum Wohnzimmer offen stand. Er gab sich einen Ruck, trat ins Kinderzimmer und packte Tanja am Arm. »Wir sind alle in derselben Situation«, sagte er. »Wir wissen alle nicht, wie es weitergehen soll; alles, was uns bleibt, ist die gemeinsame Erinnerung und dass wir zusammenhalten und einer für den anderen da ist. Hörst du mich? Lennard war nicht nur dein Sohn, er war mein Neffe und Mutters Enkel und das Kind, das wir am meisten geliebt haben; wir sind eine Familie, du darfst dich nicht ausschließen, jeder von uns braucht die Nähe des anderen.«

»Das tut weh«, sagte sie und schüttelte ihren Arm; ihr Bruder ließ sie nicht los.

»Steh jetzt auf.«

»Erst, wenn du deine Hand wegnimmst.«

Er tat es, wartete, empfand den Zorn, der in ihm aufstieg, wie einen ungerechten Schmerz. »Herr im Himmel, reiß dich zusammen.«

Das hatte er nicht sagen wollen, jedenfalls nicht in diesem gemeinen Ton; er wollte noch etwas hinzufügen, einen altvertrauten geschwisterlichen Versöhnungssatz.

Da stand seine Schwester wortlos auf, ging zum Bett, schlug Tagesdecke und Bettzeug zurück, kroch hinein, zog die Beine an den Körper, deckte sich zu, vergrub den Kopf im Kissen und drehte sich zur Wand.

Zum ersten Mal in seinem Leben kam Maximilian Hofmeister sich in der Gegenwart seiner fünf Jahre älteren Schwester wie ein kleines Kind vor, das zu niemandem gehörte, weil außer ihm niemand mehr da war; sie hatten ihn einfach alle vergessen.

»Frohes neues Jahr.« Franck stand vor der geschlossenen Balkontür, das Handy am Ohr, und sah hinaus in die explodierende, von grellen Sternen übersäte Silvesternacht.
»Wir haben dich vermisst«, sagte Marion Siedler.
Fünf Minuten nach Beginn des neuen Jahres beendeten sie ihr Gespräch. Francks Exfrau und ihre Freundin Elke leerten ihre zweite Flasche Wein; Franck holte noch ein Bier aus dem Kühlschrank und kehrte zum Sterbebild auf seinem Schreibtisch zurück.
Das lautlose Lachen des elfjährigen Lennard Grabbe trotzte den Böllern in den Straßen der Vorstadt.

IV

Eine Ahnung von Zuversicht

Die Sache mit dem Ball erfuhr Franck auf seinem Neujahrsspaziergang durch die Innenstadt. Wie jedes Jahr am ersten Januar hatte er gegen neun Uhr das Haus verlassen; von Aubing, wo er schon mit Marion zusammengelebt hatte, war er mit der S-Bahn bis zum Hauptbahnhof gefahren. Von dort schlenderte er scheinbar ziellos umher, um auf seine Art die Menschen, Häuser, Straßen, Zwischenräume und architektonischen Veränderungen im Licht des frischen Jahres zu betrachten und sich an etwas zu erfreuen, das er nicht benennen konnte – womöglich nur an seinem immer noch existierenden Spiegelbild in einem Schaufenster, an der Vorstellung, der Januar wäre der Beginn einer wunderbaren Freundschaft zwischen ihm und einem weiteren Lebensjahr.

Als er noch mit Marion verheiratet war, streiften sie gemeinsam umher, anfangs ein Zugeständnis von ihr, die lieber bis Mittag geschlafen und das neue Jahr mit einem ausgiebigen Frühstück begrüßt hätte. Im Lauf ihrer Ehe aber hatte sie Freude an seinem Ritual gefunden; so folgte sie ihm auf seiner angeblich ungeplanten Route, die – wie sie bereits beim zweiten Mal feststellte – unweigerlich in einem Gasthaus endete, oft im Weißen Bräuhaus im Tal oder in der Gegend rund um den Dom in einem Lokal, in dem sie fast immer auf mindestens zwei weitere Kommissare trafen, die in ihrer Mittagspause aus dem nahen Präsidium herübergekommen waren.

Marion Siedler fand es beinah rührend, wie Franck unverdrossen behauptete, diese Begegnungen seien rein zufällig. Auch in seiner Freizeit, das hatte sie bald begriffen, kreisten Francks Gedanken um aktuelle Verbrechensfälle oder das Schicksal von Hinterbliebenen. Manchmal kränkte sie seine Abwesenheit; manchmal nötigte ihr seine ebenso dienstliche wie mitmenschliche Hingabe Respekt ab. Am Ende ihrer Ehe fühlte sie sich ausgeschlossen und überflüssig.

Über seinen weiteren Weg nachgrübelnd, hungrig und fröstelnd, überquerte Franck gerade den verschneiten, verlassenen Viktualienmarkt, als sein Handy klingelte.

Auch wenn er sich bemühte, die Stille der Stadt wahrzunehmen; die überall herumliegenden Papier-, Holz- und Flaschenreste des nächtlichen Feuerwerks; die trostlos anmutenden Auslagen der Geschäfte; die verschlossenen Bretterbuden der Glühweinstände; den Trubel der Kinder und Eltern auf der Schlittschuhbahn; die vermummten jugendlichen Gestalten vor einem Schnellrestaurant, deren dubiose Päckchen schneller den Besitzer wechselten als drinnen die Burger – von fern hört er ständig die Stimme von Tanja Grabbe, die ein erloschenes Leben beschwor wie eine magische Fackel.

»Wir haben ein unglaubliches Glück«, sagte André Block am Telefon. »Kann sein, wir kennen jetzt den Tatort.«

Franck bewegte sich nicht von der Stelle. Er bemerkte die roten Nelken am Valentin-Brunnen, die aussahen, als hätte jemand sie erst heute Morgen dem bronzenen Volksschauspieler vorbeigebracht. »Wo?«, fragte er, augenblicklich entschlossen, den Ort zu inspizieren.

Block zögerte. »Sicher ist noch nichts, aber wie wir vermutet haben, könnte es sein, dass der Junge ganz in der Nähe seiner Schule gestorben ist.«

»Was ist passiert?«

»Der Ball ist aufgetaucht, Lennards Fußball, mit dem er an dem Abend gespielt hat.«

»Was hat der Ball mit dem Tatort zu tun?«

»Entweder alles oder nichts«, sagte Block. »Ein achtjähriger Junge aus der Nachbarschaft hat den Ball gefunden und mit nach Hause genommen. Heut hat er damit gespielt, seine Mutter hat ihn gefragt, wo er den Ball herhat, und er musste zugeben, dass er ihm nicht gehört, sondern dass der Ball unter einer Bank auf dem Spielplatz lag; der Platz befindet sich direkt vor dem Haus, wo der Junge wohnt, und das Gymnasium ist drei Minuten entfernt.«

»Spitzingplatz«, sagte Franck. »Ich war da, ich habe die Kassiererin im Supermarkt befragt.«

»Wir haben sie auch befragt ...« Block unterbrach das Gespräch für einen kurzen Austausch mit seiner Kollegin. »Elena beginnt noch einmal mit den Befragungen der Nachbarn. Natürlich haben wir uns da umgesehen, wie überall in der Umgebung; der Regen, der Sturm hat die Spuren verwischt, das weißt du, wir fanden keinen Anhaltspunkt. Und jetzt liegt Schnee.«

»Wann hat der Junge den Ball gefunden?«

»Das weiß er nicht mehr so genau«, sagte Block. »Wir kriegen das noch raus; er hatte ihn im Fahrradraum versteckt, hinter einer Kiste mit Gerümpel; seine Mutter hat den Ball aus der Zeitung wiedererkannt; Glück für uns.«

»Hoffentlich.«

Zwischen Lennards Verschwinden und dem Auffinden seiner Leiche lagen vierunddreißig Tage. Mittlerweile waren zehn weitere Tage vergangen, und die Spurenlage hatte sich zunehmend verschlechtert.

Nach Francks Erfahrung ging die Wahrscheinlichkeit, dass nach so einem Zeitraum und angesichts der miesen äußeren Umstände noch brauchbare Blut- oder DNS-Spuren entdeckt würden, gegen null. Das Glück – oder, wie Franck in seiner Dienstzeit zu sagen pflegte, der Mephisto des Glücks – war noch immer auf der Seite des unentdeckten Mörders.

»Hat deine Kollegin genügend Erfahrung mit Zeugenaussagen?« Franck hatte sich bereits auf den Weg zur nächsten Haltestelle gemacht, um mit der Straßenbahn zum vermuteten Tatort zu fahren.

»Unsere Beste«, sagte Block. »Du hast sie auf der Beerdigung eines Kollegen kennengelernt.«

Der Polizist war nach einem Gaststättenbesuch betrunken auf die Straße gelaufen und von einem Lastwagen erfasst worden; er verstarb noch an der Unfallstelle. Franck hatte an der Trauerfeier teilgenommen, weil er, wenn seine Zeit es erlaubte und die Beisetzung in der Nähe stattfand, auf jede Beerdigung eines Kollegen ging, in seinen Augen eine Selbstverständlichkeit. Für Marion gründete sein Verhalten eher auf einer Art von manischer Dienstbeflissenheit, die sie – nicht zuletzt vor dem Hintergrund seiner Funktion als Überbringer von Todesnachrichten – nach und nach aus dem Haus getrieben hatte. Möglicherweise, hatte Marion Siedler gelegentlich gedacht, erfüllten Franck die Schrecken und Hinterlassenschaften des Todes mehr mit Leben als die handnahen Bedürfnisse seiner Liebsten.

Den Familiennamen der Kollegin hatte Franck vergessen; wenn er sich nicht täuschte, war sie mit dem verunglückten Polizisten verwandt oder gut bekannt gewesen. Er fragte Block nach dem Namen.

»Holland wie Belgien«, sagte der Hauptkommissar. »Wir

lassen den Spielplatz absperren, das wird nichts bringen, aber du weißt ja ...«

»Schick deinen Fotografen vorbei«, sagte Franck. »Er soll jeden knipsen, der auftaucht. Die Suche auf dem Platz wird sich schnell herumsprechen; vielleicht stammt der Täter doch aus dem Viertel.«

»Strohhalme im Schnee«, sagte Block.

»Ich bin unterwegs.«

»Wie war's gestern mit Marion beim Essen?«

Franck steckte das Handy ein, zog den Schal enger um seinen Hals und spürte die Kälte auf dem Kopf. Vor lauter Gedankengewusel hatte er beim Verlassen der Wohnung seinen Hut vergessen.

Die Leute drängten sich auf dem Bürgersteig vor dem Wohnblock. Sie rätselten, was die drei Männer und die Frau in den weißen Schutzanzügen auf dem verschneiten Kinderspielplatz zu finden hofften. Ein Mann in einem grauen Wintermantel fotografierte – wie andere Schaulustige – mit dem Smartphone sich selbst und Leute, die willkürlich durchs Bild liefen; er schien emsig bei der Sache zu sein. Das war der Mann auch, wie Franck nach kurzer Zeit feststellte, allerdings nicht, weil eine profane Neugier ihn trieb, sondern seine Pflicht als Polizeifotograf.

Rufus John, das »Chamäleon«, wie Block ihn bezeichnet hatte, benötigte keine zehn Minuten, um jedes Gesicht, das in irgendeiner Ecke des Spitzingplatzes aufgetaucht war, zu registrieren und in seinem Handy zu speichern. Schnell und unscheinbar, die Wollmütze tief ins Gesicht gezogen, huschte er umher; er tat so, als wäre er einer dieser ehrenamtlichen, wuseligen Bürgerreporter im Auftrag einer Boulevardzeitung, denen im Dienst einer so genannten Wahrheit nichts entgehen durfte, so privat oder inoffiziell der Anlass auch sein mochte. Wurde jemand auf ihn aufmerksam, sprach John die Person an und verwickelte sie in ein Gespräch über die undurchsichtigen Methoden der Polizei.

Während Franck – er hatte sich abseits des Hauptgeschehens vor den Supermarkt nahe der Hauptstraße gestellt – zunehmend am Erfolg der spontan organisierten Spurensuche zweifelte, musste er an einen alten, tragischen Todesfall denken, dessen Schatten ihn Jahrzehnte später noch einmal heimgesucht hatten.

Wenige hundert Meter von der Stelle entfernt, an der er sich aufhielt, hatte sich eine Schülerin erhängt; wie Franck herausfand, entsprachen die Umstände ihres Todes nur zu einem Teil dem Ermittlungsergebnis der Kripo. Die wahren Hintergründe drangen aufgrund seiner erneut aufgenommenen Untersuchungen erst zwanzig Jahre nach der familiären Katastrophe, der auch die Mutter des Mädchens zum Opfer gefallen war, ans Licht. Ob er dadurch den Ehemann und Vater von dessen Lebensschmerz hatte befreien können, erschien Franck bis heute zweifelhaft.

Dass jenes Mädchen und der ermordete Lennard Grabbe dieselbe Schule besucht hatten, war für Franck nur ein Zufall. Nicht zum ersten Mal jedoch beschäftigte ihn als Mordermittler die Koinzidenz mancher Ereignisse im Umfeld zweier völlig verschiedener Verbrechen; er fragte sich, ob dahinter eine Bedeutung steckte, die einen geheimen Hinweis zur Aufklärung enthielt, den er bisher nie erkannt hatte.

Vier, dachte er und sah, wie André Block sich von der Gruppe seiner Kollegen entfernte und auf ihn zukam – vier ungeklärte Mordfälle hatte er bei seinem Ausscheiden aus dem Polizeidienst hinterlassen; an eine Lösung der Fälle glaubte im Dezernat niemand mehr.

Der Gedanke, auch Lennards Mörder könnte entwischen und der Fall in Blocks Statistik mit einem ersten, ewigen Fragezeichen versehen werden, ließ Franck erschaudern und verwandelte den aufkommenden, biestigen Ostwind in eine Pranke, die sich in seinen Kopf krallte. Er würde nicht zusehen, sondern etwas tun.

Gleichzeitig wusste er, dass er keinerlei Befugnisse hatte.

»Geht's dir nicht gut?«, fragte Block.

Verwirrt schaute Franck ihn an. »Ich dachte gerade … Was sagt der Junge?«

»Färbt der Schnee auf dich ab? Du machst einen desolaten Eindruck. Willst du dich ins Auto setzen? Brauchst du was zu trinken?«

»Alles in Ordnung. Was sagt der Junge?«

André Block konnte sich nicht erinnern, seinen ehemaligen Kollegen und Chef schon einmal in einem derart zerstreuten, aufgelösten Zustand angetroffen zu haben.

»Rede mit mir«, sagte Franck.

Block schlug den Kragen seiner Lederjacke hoch und steckte die Hände in die Taschen. Dann schüttelte er sich und warf einen finsteren Blick zur Kreuzung, als wolle er den Wind einschüchtern. »Wir können davon ausgehen, dass der Junge den Ball einen oder zwei Tage nach Lennards Verschwinden entdeckt und mitgenommen hat. Seine Mutter ist zehn Mal ihren Kalender durchgegangen und hat versucht, sämtliche Termine und Abläufe zu rekonstruieren, sie war extrem hilfsbereit. Seit jenem Tag lag der Ball im Fahrradkeller, heut hat der Junge ihn zum ersten Mal rausgeholt, weil er mit seinem Freund Fußball spielen wollte, trotz des Wetters. Inzwischen liegt der Ball im Labor, man kann nie wissen.«

Franck überblickte den Platz, die Kreuzung mit der Schule auf der anderen Seite. »Lennard traf irgendwo hier auf seinen Mörder; der hatte ein Auto oder einen Van oder sonst einen Kombi. Und die beiden sind nicht auf offener Straße aufeinandergestoßen, sondern an einem Ort, der weniger einsehbar ist.«

»Wo soll das hier sein?« Auch Block sah sich um, nickte in Richtung Spielplatz. »Wenn der Ball unter der Bank lag, kann er nicht weit gerollt sein.«

»Der Mörder und sein Opfer waren gemeinsam auf dem Platz«, sagte Franck.

»Warum sollte Lennard den Weg quer über den Spielplatz wählen? Das ist ein Umweg für ihn; er geht immer an der Straße entlang, das haben Freunde von ihm bestätigt, seine Mutter auch. Er geht doch nicht erst um die Wohnanlage hier herum, das dauert viel zu lang; er wollte schnell nach Hause, es hat geregnet und er war sauer, weil sein Rad gestohlen worden war. Wie also landet der verdammte Fußball unter der Holzbank? Da muss doch jemand was gesehen haben!«

Franck erkundigte sich nach dem Bericht von Hauptkommissarin Elena Holland. »Sie ist noch nicht mit den Befragungen fertig«, sagte Block. »Bisher keine Veränderung, niemand kann sich erinnern, niemand hat was gesehen; wenn wir davon ausgehen, dass die Tat am achtzehnten November geschah, weil der Arzt sich ziemlich sicher ist und wir jetzt die Spur mit dem Ball haben, können wir kaum auf eine späte Erleuchtung bei einem der Nachbarn hoffen.«

»Oft brauchen die Leute einen Anhaltspunkt, um sich zu erinnern.«

»Schon klar. Elena und ich machen morgen eine zweite Runde in den Häusern und nehmen den Ball mit.« Block stieß einen Seufzer aus und nahm erneut seinen Freund in Augenschein. »Ehrlich gesagt, siehst du aus, als würdest du jeden Moment umkippen. Was ist los mit dir?«

»Ich denke nach«, sagte Franck.

»Du denkst über was nach, das dich überfordert und wofür du nicht zuständig bist, mein Freund.«

»Eine Tat im Affekt.« Franck wirkte, als spräche er mit sich selbst, an einem Ort, an dem er allein war; Block ließ ihn gewähren. »Ein spontaner Streit. Der Junge passt nicht auf, läuft vor ein Auto, der Fahrer kann im letzten Moment bremsen, die Sicht ist schlecht, der Regen prasselt herunter, niemand sonst weit und breit. Der Fahrer steigt aus, genauso wütend wie der Junge, sie blaffen sich an, der Mann schlägt zu, der Junge fällt unglücklich; der Mann zerrt den Jungen ins Auto, haut ab; den Ball hat er übersehen, der ist weggerollt, den Schulranzen nimmt er mit. Der Junge stirbt. Der Fahrer bringt die Leiche nach Höllriegelskreuth, verhält sich unauffällig, niemand verdächtigt ihn; sein Handy war hier nicht eingeloggt.«

Der Wind wirbelte den Schnee auf, zerrte an den rotweißen Absperrbändern, die ein wie wahllos zertrampeltes, an einigen Stellen vom Schnee befreites Areal umschlossen. Die Spurensucher – sie berieten sich, wie eine verschworene Gemeinschaft im Kreis stehend, mit ihren Kollegen aus der Mordkommission – hatten keine neuen Erkenntnisse gewonnen. Unermüdlich, im vertrauten Gespräch mit dem einen oder anderen Nachbarn, streifte Rufus John durch die Reihen und machte Fotos.

In der Zwischenzeit waren zwei weitere Streifenwagen mit acht Beamten eingetroffen; sie sollten die zunehmende Zahl von Reportern und Kameraleuten auf Abstand halten. Aus den umliegenden Fenstern verfolgten Anwohner mit Ferngläsern und Fotoapparaten das unerwartete Sonntagstreiben. Kindergeschrei drang auf die Straße und hier und da orientalische Musik.

Block zuckte mit der Schulter. »Vieles ist möglich«, sagte

er zu Franck. »Der Junge könnte auch einem Bekannten mit pädophilen Neigungen begegnet sein, der nimmt ihn mit, will sich an ihm vergehen, der Junge wehrt sich, der Täter erschlägt ihn. Wir wissen bisher nicht, wo genau Lennard getötet wurde. Gut möglich, dass dies der Ort ist, der Täter und Opfer zusammengeführt hat. Immerhin ein Anfang. Mehr haben wir noch nicht.«

Die Hände auf dem Rücken verschränkt, trat Franck vom Bürgersteig auf die schmale Straße, die zwischen dem Wohnblock und dem Spielplatz hindurchführte und am anderen Ende von einem Streifenwagen blockiert wurde. Er drehte sich zur Kreuzung um. »Niemals«, sagte er, »ging der Junge dort entlang; viel zu auffällig für eine tätliche Auseinandersetzung; er nahm diesen Weg, über den Spielplatz, warum auch immer, das wissen wir nicht; und der Täter ...«

Franck wandte sich wieder in die entgegengesetzte Richtung, wo das in der Ferne kreisende Blaulicht die einsetzende Dämmerung sprengte. » ... kam entweder aus Richtung Friedhof oder aus einer der beiden Seitenstraßen, die von diesem Platz abzweigen; Täter und Opfer begegneten sich im nördlichen Bereich des Spielplatzes; eine andere Variante ist nicht denkbar.«

»Doch«, sagte Block. »Der Täter hat den Ball hier deponiert, um uns auf eine falsche Fährte zu locken; er wusste, dass wir im Bereich der Schule besonders intensiv suchen würden, also deponierte er einen auffälligen Hinweis; dass ein anderer Junge den Ball klauen würde, damit konnte er nicht rechnen. Der Täter ging davon aus, dass wir ihn in einem der umliegenden Häuser vermuten und unsere Suche darauf konzentrieren würden; ein perfider Plan.«

»Dann hätten wir es mit einem Profi zu tun«, sagte Franck.

»Wieso sollten wir diese Möglichkeit ausschließen?«
Franck schwieg. Er glaubte nicht an ein vorbereitetes Verbrechen.

Seiner Einschätzung nach – und Block dachte, wenn er ehrlich war, nicht anders – mussten die Ermittler von einer Zufallsbegegnung ausgehen. Ansonsten hätten sie längst konkrete Hinweise im persönlichen Umfeld des Opfers entdeckt und müssten nicht auf einer witterungsbedingt von sämtlichen Spuren bereinigten Fläche öffentlich Schnee schippen und den Medien und der Bevölkerung Aktionismus vorgaukeln – in der abstrusen Hoffnung, die Neugier würde den Täter an den Ort des Verbrechens zurücktreiben.

So etwas – das wusste Franck aus zweiunddreißigjähriger Erfahrung beim Morddezernat – passierte höchst selten, und wenn, dann wären Zivilfahnder rechtzeitig vor Ort, um die verdächtige Person festzunehmen.

Im Fall Lennard Grabbe gab es bislang keinen Verdächtigen, keinen Spanner, keinen Stalker, keinen vorbestraften Pädophilen, keinen auffällig gewordenen Verwandten, Bekannten, Lehrer oder Mitschüler.

Lennard Grabbe verließ an einem verregneten, kalten Novemberabend das Schulgebäude und verschwand. Er verschwand wie vor ihm fünf weitere Jungen und drei Mädchen im Lauf der vergangenen vierzig Jahre in dieser Stadt, deren Leichen nie gefunden wurden; ihr Schicksal blieb für immer ein schwarzes Loch, ein Mahlstrom, der das Glück von Ehen und Familien vernichtet hatte.

Genau daraus bezog Franck an diesem ersten Tag des neuen Jahres eine Ahnung von Zuversicht: aus der Tatsache, dass Lennard nicht verschollen, sondern seine Leiche gefunden und bestattet worden war.

Ausgehend vom Tod – davon war er plötzlich, wie übermütig, überzeugt –, würde die Rekonstruktion der Ereignisse möglich sein und der Mörder trotz aller aufs Gegenteil verweisenden Umstände überführt werden können.

»Beginnen wir also am Ende«, sagte er.

»Was geht da in dir vor?«, fragte Block. »Jetzt siehst du nicht mehr aus wie einer, der gleich in Ohnmacht fällt, sondern wie jemand, der unter Strom steht, deine Augen sind geweitet. Hast du irgendwelche Tabletten eingeworfen?«

»Nein.« Franck hob den Kopf. »Ich habe nur gerade einen weiten Blick.«

Block begriff, dass sein ehemaliger Chef noch lange nicht pensioniert genug war.

V

Buster Keaton hat eine Idee

Francks Blick verkümmerte; von Tag zu Tag; von Woche zu Woche. Der Schnee schmolz.

Die einundzwanzig Mitglieder der Sonderkommission »Lennard« bearbeiteten Hunderte Hinweise; sie verglichen die Daten der eingeloggten Handys, intensivierten die Befragungen unter den Schülern und Lehrern, ließen jeden Meter rund um den Fundort der Leiche umgraben. Sie nahmen die Hilfe von Tatortanalysten des Landeskriminalamtes in Anspruch, werteten sämtliche noch vorhandenen Aufnahmen der städtischen Videokameras aus, die den Schulweg des Jungen auch nur ansatzweise beobachteten; und jeden Abend wussten sie nicht, was ihr Chef, Soko-Leiter André Block, am nächsten Morgen gegenüber den Journalisten Neues berichten sollte. Dass die Einheit nach einem Monat erfolgloser Suche auf fünfzehn Beamte reduziert wurde, verschwieg Block vorerst.

Als Franck von der Verkleinerung der Sonderkommission erfuhr, kam er sich vor wie der sechzehnte Verlorene in einer gesichtslosen Stadt.

Am helllichten Tag sah er nichts als Schatten. Er konnte nicht begreifen, wie es möglich war, dass ein Stab erfahrener Ermittler mit jedem Schritt ihrer Arbeit die Dunkelheit noch vergrößerte.

Am schlimmsten empfand Franck sein eigenes Versagen, sein Umherirren zwischen den halbwegs feststehenden Koordinaten und den mutmaßlichen Anhaltspunkten seiner Vorstellungskraft.

Für sein Auftrumpfen an jenem wuseligen Nachmittag des ersten Januar, der unendlich lang her zu sein schien, verspottete er sich inzwischen. Woher er den Glauben an eine womöglich rasche Lösung des Falles bezogen hatte, erschien ihm heute wie ein Mysterium.

Wenn er morgens um fünf aus unruhigem Schlaf erwachte und barfuß ins Badezimmer schlurfte, erschrak er jedes Mal, weil er dasselbe sah wie am Tag zuvor.

Einen Blinden, der mit Augen handelte.

Mehr als neuntausend Kameras waren über das Stadtgebiet verteilt, der Großteil davon gehörte den Verkehrsbetrieben und der Deutschen Bahn; in den Tunnels überwachten dreihundert Geräte den Verkehrsfluss, weitere hundert oberirdische Straßen und Kreuzungen. Im Einsatzzentrum der Polizei fuhr Tag und Nacht abwechselnd ein Beamter, wie es im Präsidium hieß, »virtuell Streife«, indem er das öffentliche Geschehen auf den zweiunddreißig Monitoren verfolgte und bei Auffälligkeiten die Kollegen vor Ort alarmierte.

An Plätzen, die als Kriminalitätsschwerpunkte galten, hatte die Polizei sechs stationäre Kameras mit hochauflösender Zoomtechnik im Einsatz. Außerdem ließen Hunderte von Privat- und Geschäftsleuten ihr Eigentum überwachen, häufig weit über den gesetzlich erlaubten Bereich hinaus.

Wie oft hatte Franck mit seinen Kollegen darüber diskutiert, ob tatsächlich die Chance bestand, auf einer der unzähligen Aufnahmen ein Verbrechen zu beobachten und den Täter rasch zu identifizieren oder die Tat sogar zu verhindern. Die Antwort lautete ja; eine eher hilflose, der Theorie geschuldete Antwort; den Ernstfall hatte keiner von ihnen je erlebt. Und ob sich die Menschen angesichts der fast zehntausend mehr oder weniger unsichtbaren Augen sicherer fühlten, stand ebenfalls in den Sternen.

Dennoch waren die Kameras da, dachte Franck, wie beschwörend, und sie funktionierten, auch an jenem unheilvollen achtzehnten November.

Keine Kamera hatte etwas aufgezeichnet, kein virtueller Streifenbeamter etwas bemerkt. Nur eines schien inzwischen hundertprozentig sicher zu sein: Der Unbekannte hatte Lennard auf dem Spielplatz tödlich angegriffen, dort, wo der Nachbarsjunge den schwarzen Ball mit dem Pumamotiv gefunden hatte.

In der Rinde eines Baumes in unmittelbarer Nähe der Holzbank hatte einer der Spurensucher Haarreste sichergestellt, deren DNS zum Opfer passte. Ob Lennard nach der Attacke an Ort und Stelle verstarb oder erst auf dem Weg nach Höllriegelskreuth, würde vermutlich ungeklärt bleiben. Dem Rechtsmediziner gelang es bis zuletzt nicht, den Todeszeitpunkt exakt zu bestimmen. Allerdings blieb er dabei, dass der Elfjährige noch in der Nacht seines Verschwindens sein Leben verloren hatte; daran, schrieb der Arzt in seinem Abschlussbericht, würden die entomologischen Untersuchungen an der Leiche, die mit größter Wahrscheinlichkeit seit jener Nacht im Wald lag, keinen Zweifel lassen.

Franck kannte den Bericht so gut wie die meisten Protokolle der bisherigen Befragungen. Seine Hoffnung – drei Wochen nach der Beerdigung des Jungen – basierte auf der alten Ermittlererfahrung, dass kein noch so wachsamer Kriminalist davor gefeit war, etwas zu übersehen, einen Zusammenhang nicht zu begreifen, ein Detail falsch zu bewerten, womöglich das alles entscheidende Puzzleteil vor Augen zu haben und nicht zu erkennen. Franck nannte es »das Fossil« – jenes materielle oder immaterielle Bindeglied, das die Vergangenheit der Tat in einen unverbrüchlichen Zusammenhang mit der Gegenwart des Verbrechens setzte und das Genom der Wahrheit zur Lösung des Falles enthielt.

Benommen vom stundenlangen Lesen, stand Franck vom Schreibtisch auf. Eine Weile ging er im Zimmer auf und ab; er warf einen Blick auf seinen Tischkalender – es war der dritte Sonntag im Januar – und tat etwas, vor dem er sich in den vergangenen Tagen gescheut hatte.

»Jakob Franck hier«, sagte er ins Handy. »Ich würde Sie gern treffen.«

Eine Stunde später saß er mit Maximilian Hofmeister im hinteren Teil der Fraunhofer-Gaststätte; wenige Meter entfernt betrieb Hofmeister seinen Friseursalon, im Haus nebenan wohnte er.

Die meisten Besucher des musikalischen Frühschoppens waren inzwischen gegangen, die verbliebenen Gäste unterhielten sich mit den Musikern oder lasen Zeitung. Niemand beachtete die beiden Männer, die an einem kleinen Tisch an der Wand saßen, ihre Biergläser kaum anrührten und in ein Gespräch vertieft waren, das nach Einschätzung der Bedienung eher rumplig vorankam.

»Entschuldigung«, sagte Hofmeister. »Ich bin froh, dass Sie mich angerufen haben, Sie sind der Einzige, mit dem ich mich zu reden trau, aber wenn ich Sie jetzt so anschau ... Wenn ich ... Herr im Himmel!« Er strich sich mit beiden Händen über den Kopf mit dem Pferdeschwanz.

»Entschuldigung«, sagte er zum wiederholten Mal. »Sosehr ich gehofft hab, Sie würden noch mal anrufen, so arg hab ich mich davor gefürchtet, weil ... Sie sehen ja, was mit mir los ist.«

Er lehnte sich zurück; die Art, wie er die Hände in den Schoß legte und sie zu Fäusten ballte, erinnerte Franck an Tanja Grabbe; er hatte den Eindruck, ihr Bruder habe an Gewicht verloren und wirke ein wenig ungepflegt.

Hofmeister hatte sich schlampig rasiert und verströmte den Geruch nach ungelüfteten Räumen und zu häufig benutzter Kleidung; unter dem karierten Hemd trug er ein angegrautes, weißes T-Shirt, auf seiner Winterjacke, deren Reißverschluss er erst nach einer halben Stunde öffnete, prangten dunkle Flecken, wie von eingetrockneten Flüssigkeiten. Obwohl die Bürgersteige nass und voller schmutzigem Schnee waren, hatte er auf feste Schuhe verzichtet und war stattdessen in abgetretenen Sneakers von seiner Wohnung herübergekommen; seine Jeans schleifte am Boden. Franck hielt es für möglich, dass Hofmeister vergessen hatte, Socken anzuziehen. Er nahm sich vor, den Friseur zum Essen einzuladen.

»Sie machen sich große Sorgen um Ihre Schwester.«

Hofmeister beugte sich über den Tisch, die Hände zwischen die Knie gepresst. »Sie verändert sich, sie spricht nicht; wenn sie mal was sagt, ist ihre Stimme so leise, dass wir nachfragen müssen; aber sie weigert sich, ihre Sätze zu wiederholen. Wie soll das weitergehen? Ich bin ihr Bruder, sogar mich behandelt sie wie einen Menschen, der ihr lästig ist oder den sie nicht mal registriert, wenn er vor ihr steht.« Mit einer schnellen Bewegung griff er nach dem Bierglas, trank einen Schluck, schmatzte und schien kurz davor, sich erneut zu entschuldigen. Ein trauriges Lächeln glitt über seine Lippen.

»Ich könnte Ihrer Schwester, Ihrer Familie, wenn Sie möchten, eine Psychologin empfehlen«, sagte Franck.

»Ihr Kollege hat uns das Angebot auch gemacht, Tanja hat abgelehnt, natürlich. Ich weiß nicht … Manchmal ärger ich mich über sie, können Sie sich das vorstellen? Ich seh sie vor mir und dann … dann …«

»Was meinen Sie, Herr Hofmeister?«

»Ich denk … Mir kommt das manchmal so übertrieben vor, was meine Schwester macht. Grauenhaft. So was darf man nicht sagen. Ich mein das auch nicht so. Bitte glauben Sie mir, ich weiß nur nicht, was ich sagen, wie ich reagieren, wie ich ihr helfen soll, wie ich …«

Er verstummte. Franck wartete ab, wollte das Schweigen, das mehrmalige Luftholen seines Gegenübers nicht unterbrechen.

»Wissen Sie, was sie sich angewöhnt hat? Sie schläft nachts nicht mehr bei Stephan, sie geht ins Kinderzimmer und legt sich in Lennards Bett; jede Nacht; Stephan rief mich an und fragte, was er tun soll. Was soll er tun? Ich hab gesagt, er soll sie lassen, das ändert sich schon wieder, hab ich gesagt. Bis jetzt hat sich nichts geändert.

Sie steht morgens auf und schließt sich im Bad ein; eine Stunde lang; Stephan hört ununterbrochen das Wasser rauschen. Als sie damit anfing, fragte er sie, was sie da drin so lange macht, und sie antwortete, sie würd sich waschen. Das war alles. Inzwischen jeden Morgen derselbe Ablauf.

Anschließend setzt sie sich ins Büro und macht ihre Arbeit, schreibt Rechnungen, gibt Bestellungen auf, erledigt die Dinge, die getan werden müssen, wenn man ein Geschäft hat; sie ist gelernte Einzelhandelskauffrau, sie kann das. Sie arbeitet bis Mittag, dann kocht sie sich eine Suppe und isst, allein.

Stephan ist im Café, er hält den Laden am Laufen, gemeinsam mit Claire; wenn er sie nicht hätt, könnt er zusperren. Vor einer Woche hat er noch eine Hilfskraft eingestellt, eine junge Afghanin, die soll sehr engagiert sein und sich gut mit den Gästen verstehen, ich hab sie bisher nicht kennengelernt. Meine Schwester sagt, sie hat sie auch noch nie getroffen.«

Er streckte die Hand nach dem Glas aus, zögerte und schüttelte den Kopf. »Was für eine Familie. Ich möcht nicht dran denken, was unser Vater zu alldem sagen würd. Er lebt nicht mehr, das wissen Sie.«

»Ja«, sagte Franck. »Kümmert sich Ihre Mutter um Tanja?«

»Sie versucht's. Sie kommt jeden Tag in die Wohnung in der Welfenstraße, putzt, räumt auf, falls es was zum Aufräumen gibt. In der Wohnung passiert ja nichts mehr, wer soll Unordnung machen ... Jetzt, wo Lenny ...

Ja, meine Mutter macht fast nichts anderes mehr, sie kauft ein, sie redet mit Tanja, bietet ihr an, sie auf einem Spaziergang zu begleiten. Zwei oder drei Mal ist es ihr gelungen, Tanja aus dem Haus zu locken; sie gingen durchs Viertel, Richtung Ostbahnhof, rüber nach Haidhausen, weg vom Friedhof, wie meine Mutter sagte. Gesprochen haben sie wenig; wie meine Mutter mir am Telefon berichtet hat, hat sie es nicht geschafft, Tanja auf andere Gedanken zu bringen. Andere Gedanken ... Leicht gesagt. Ich hab auch keine anderen Gedanken ...«

Beinah hätte Franck erwidert: Ich auch nicht.

»Da ist auf einmal nur noch Leere.« Hofmeister schaute an Franck vorbei zur Fensterfront, vor der schon wieder die Dunkelheit heruntersank, durchschnitten von den verhuschten Lichtern der Straßenbahnen. »Die Leute geben einem die Hand, drücken ihr Mitgefühl aus und sind verschwunden; einer nach dem anderen. Im Geschäft sehen sie mich mit diesem unsicheren Blick an: Darf man ihn auf das Thema ansprechen, wie ist er überhaupt drauf, war es richtig, zu einem Friseur zu gehen, dessen Neffe ermordet wurde, der kann doch gar nicht bei der Sache sein ...

Wie reagiert man dann? Ich konnt's mir nicht leisten, den Salon noch länger geschlossen zu lassen, sind schwierige Zeiten für unsereins; in unserem Metier nehmen die Billiganbieter überhand, wie bei den Bäckern, in der Gastronomie, im Einzelhandel generell, alles darf nichts kosten, Qualität? Egal. Handwerkliche Fähigkeiten? Überschätzt.

Heute können Sie sich die Haare für fünf Euro schneiden lassen, tönen, färben für zehn Euro, an jeder Ecke finden Sie so einen Laden. Oder die Leute wollen eine gestylte Umgebung, coole Musik im Hintergrund, Typen, die ihre Scheren lässig am Gürtel hängen haben und mit denen sie über die neuesten Trends reden können; die ihnen einen Espresso servieren, Mineralwasser, Prosecco, Wellness auf'm Schädel. Mach ich nicht.

Haben wir nie gemacht; unsere Eltern waren seriöse Geschäftsleute, die ihre Kunden genau einschätzen konnten, vor allem die Frauen, da wurde beraten, diskutiert, man respektierte die Wünsche, dann wurde gearbeitet, mit Hingabe, ohne überflüssiges Gerede und Getue.

So bin ich aufgewachsen; meine Eltern waren beliebt und bekannt, nicht nur im Viertel, auch bis nach Schwabing und Perlach. Ich erinnere mich, dass manche Kundinnen damals zwei Wochen auf einen Termin warten mussten, und das haben sie auch getan, weil sie zu niemand anderem gehen wollten, nur in den Salon Hofmeister, und ...«

Wieder verstummte er schlagartig; als scheue er sich weiterzuerzählen oder schäme sich für das, was er preisgegeben hatte. Hastig trank er einen Schluck Bier und streifte den Kommissar mit einem verlegenen Blick.

»Entschuldigung«, sagte Hofmeister. »Was sollen Sie mit meinen Geschichten anfangen? Aber ich bin …« Er sah an sich hinunter. »Tut mir leid, dass ich in diesem Aufzug hier erschienen bin, ich hab nicht nachgedacht. Nachdem ich aufgelegt hatte, war ich auf eine so verrückte Weise erleichtert, dass Sie mich sehen wollen und ich einen Grund hab, das Haus zu verlassen, das können Sie sich nicht vorstellen.

Ich gesteh, ich hab einen Schnaps getrunken aus lauter Vorfreude, peinlich, das zuzugeben; dann hab ich mir die Zähne geputzt und bin los, hab mir die Jacke übergeworfen und raus. Und jetzt lachen Sie mich nicht aus: ich hab vergessen, mir Socken anzuziehen, ist das zu glauben? Darf einem erwachsenen Mann so was passieren?

An so einem Sonntag weiß ich einfach nicht, was ich mit mir anfangen soll, ich denk an nichts und an alles gleichzeitig; ich verkriech mich und hass mich dafür. Heut Mittag hätt ich zu Tanja und Stephan fahren sollen, wie an jedem Sonntag seit … seit Weihnachten. Wir wollten gemeinsam essen, Mutter hatte ihren berühmten Makkaroniauflauf Mathilda zubereitet, fantastisch, mit Speck und Bockwurst und üppig Goudakäs. Tanja und ich haben das Gericht schon in unserer Jugend geliebt, wir haben darum gestritten, wer die Form auskratzen durfte. Unsere Mutter heißt Mathilda, müssen Sie wissen.

Ich hatte die Kraft nicht, heut; hab angerufen und abgesagt, meine Mutter war enttäuscht, natürlich. Ob Tanja enttäuscht war, weiß ich nicht; vielleicht merkte sie gar nicht, dass ich nicht mit am Tisch saß. Bitte denken Sie nicht, ich red schlecht von meiner Schwester, das tu ich nicht, ich möcht nur … Ich möcht … Ich würd … Wollen wir noch ein Bier bestellen?«

Er hatte ausgetrunken und betrachtete erstaunt das leere Glas. Er sah Franck an und wollte offensichtlich weitersprechen. Doch er öffnete nur den Mund und verfiel in ein Schweigen, das andauerte, bis die Bedienung die Gläser abräumte und neue hinstellte. Sofort griff Hofmeister nach dem Glas, trank aber nicht; es sah aus, als wolle er sich daran festhalten.

»Ich möcht, dass meine Schwester eines Tages wieder richtig lebt«, sagte er. »Und ich würd ihr gern dabei helfen. Leider lebt unser Vater nicht mehr, dann hätten wir ihn um Rat fragen können. Er starb viel zu früh an einem Aneurysma, das die Ärzte zu spät erkannt haben; ihm war schwindlig, er musste sich übergeben, kam ins Krankenhaus, und bevor die Untersuchungen noch richtig begonnen hatten, war er tot. Wir standen alle an seinem Bett, Tanja war im fünften Monat schwanger, keiner von uns schien zu begreifen, was geschehen war.

Ich schaute meinen Vater an, er lag da, sein Gesicht sanft und leicht gebräunt, die weiße Bettdecke reichte ihm bis zum Kinn; er sah aus, als würd er schlafen und jeden Moment die Augen aufschlagen. Tanja weinte ohne Unterlass, nicht laut, wissen Sie, die Tränen liefen ihr übers Gesicht, und sie zitterte am ganzen Körper; gab kein Geräusch von sich; sie hielt die Hand unserer Mutter, starrte unseren Vater an, wie wir alle. Stephan war auch da.

So war das. Jetzt ist er nicht mehr da, unser Vater. Wen soll ich fragen?« Hofmeister wischte mit der Hand durch die Luft, als verscheuche er jedwede Antwort. Dann hob er sein Glas, nickte Franck zu, trank, stellte das Glas ab und hielt es mit beiden Händen fest, mit gesenktem Kopf und geschlossenen Augen.

Franck zögerte seine Frage hinaus. »Hatten Ihre Schwester und Ihr Vater ein gutes Verhältnis?«

»Nein«, sagte Hofmeister sofort. Er ließ das Glas los und streckte den Rücken. »Das kann man nicht behaupten. Früher, als wir Kinder waren, gab es keine Probleme; glaub ich; in unserer Jugendzeit auch nicht; soweit ich das beurteilen kann. Tanja ist fünf Jahre älter als ich. Das Unheil begann, als es darum ging, wer das Geschäft übernehmen soll.«

»Welches Unheil, Herr Hofmeister?«

»Das Unheil der Sprachlosigkeit. Sie hörten auf, miteinander zu reden, mein Vater und sie. Ich hab lang nicht begriffen, was vor sich ging. Ich wohnte noch zu Hause, Tanja machte schon ihre Ausbildung, sie teilte sich mit ihrer Freundin Leslie ein Apartment in Neuhausen und kam höchstens alle zwei Wochen noch zum Essen heim. In gewissen Dingen bin ich sehr langsam, zum Beispiel, wenn es um zwischenmenschliche Belange geht. Kein Wunder, dass ich immer noch Single bin ... Entschuldigung, eine dumme Bemerkung.

Mein Vater wollte, dass Tanja dasselbe Handwerk lernt wie er, um möglichst bald in den Salon einzusteigen. Er war ein leidenschaftlicher Motocross-Fan, er verpasste praktisch kein größeres Rennen, und ich glaub, sein Hobby ist ihm wichtiger geworden als der Beruf; das hätt er nie zugegeben, aber Mutter machte ihm deswegen Vorwürfe. Sie stritten öfter als früher; alles hatte sich verändert. Tanja verweigerte sich; sie wollte nicht; sie hatte ihre eigenen Pläne. Wollen Sie wissen, welche das waren? Ganz ehrlich? Ich weiß es nicht; kann nur Vermutungen anstellen; meine Schwester hat mir nichts verraten, nicht einmal mir. Am Anfang dachte ich, egal, geht mich nichts an, sie ist die Ältere, sie muss mir nichts erklären ... Aber dann ...«

Er legte die Hände auf den Tisch, betrachtete sie – Franck fielen die kleinen Wunden und Narben an den Fingern auf, die extrem kurz geschnittenen Nägel – und stand auf. Im ersten Moment sah es so aus, als wäre ihm schlecht geworden und er müsste sich übergeben. Hofmeister presste die

Hände auf den Bauch, kniff die Augen zusammen, biss sich auf die Unterlippe, atmete schwer. Mit einer eckigen Bewegung drehte er sich zur Seite, nickte Franck abwesend zu und durchquerte das Lokal.

Franck sah ihm hinterher und überlegte, ob er ihm folgen sollte. Die Bedienung warf ihm einen fragenden Blick zu. Er blieb sitzen, versuchte, das Bild der Familie Hofmeister in einen Rahmen zu bringen.

Vor der Tür der Gaststätte lehnte Hofmeister sich an die Hausmauer und sah zum dunkelnden Himmel hinauf. Mit offenem Mund sog er die kalte Luft ein; die Kälte, die durch seine Schuhe drang, spürte er nicht an den nackten Füßen. In seinem Kopf herrschte Tumult; mittendrin die Gestalt seines Vaters, an den er lange nicht mehr so intensiv gedacht hatte wie im Gespräch mit dem Kommissar, dessen geduldige Anwesenheit ihn gleichermaßen verwirrte wie zu immer neuen Kapriolen ermunterte.

Hofmeister überlegte, was er dem Fremden alles erzählt hatte; er fürchtete, er wäre zu weit gegangen, hätte seine Schwester in ein falsches Licht gerückt, seine Eltern, den kleinen Lennard.

Ihm fiel ein, dass sie noch kein Wort über den Jungen verloren hatten; oder doch? Was wollte der Kommissar eigentlich von ihm, dachte Hofmeister und blickte verstört auf seine abgetretenen Sneakers und die ausgefranste Jeans. So also war er unter die Leute gegangen! Er erinnerte sich an die Worte seines Vaters: Ein Geschäftsmann muss gepflegt aussehen, auch außerhalb des Geschäfts.

Vom Dach des gegenüberliegenden Hauses mit der Drogerie im Erdgeschoss rutschte ein Brocken Schnee über die Dachrinne und klatschte auf den Gehweg. Hofmeister zuckte zusammen und schaute nach oben; auch über ihm hing gefrorener Schnee. Instinktiv trat er einen Schritt nach vorn, bevor er sich fragte, ob er mit dem Rücken an der Hauswand vor einem herabstürzenden Brocken nicht besser geschützt wäre.

Er durfte den Mann nicht so lang allein im Lokal sitzen lassen, das war unhöflich. Unhöflichkeit ist der Tod des Geschäfts, hatte sein Vater gesagt. Er wollte nicht mehr an seinen Vater denken. Er wollte wieder nach Hause gehen, die Tür hinter sich abschließen und das tun, was er seit Tagen tat, wenn er allein war – in einem seiner Bildbände über Buster Keaton blättern.

Beim Gedanken an den von ihm seit der Jugend bewunderten Schauspieler fiel für einige Momente die Anspannung von ihm ab. Er stellte sich vor, Keaton stünde drüben auf dem Bürgersteig und wartete mit seinem berühmten stoischen Blick auf das Herunterprasseln des Schnees; wie durch ein Wunder würde er völlig unversehrt bleiben; weil jedoch durch die gewaltige Schneemenge der Weg versperrt war, machte er sich daran, Schneebälle zu formen und sie wieder aufs Dach zu werfen, unaufhörlich, schneller und schneller, einen Schneeball nach dem anderen, Hunderte, Tausende; schließlich hatte er den Gehsteig freigeräumt, und all der Schnee lag wie vorher auf dem Dach; und kaum war er weitergegangen, krachte das Haus unter der Schneelast zusammen; erschrocken schaute Keaton sich um und rannte in Panik davon, hinein in die schwarze Nacht.

Hofmeister stieß ein kehliges Lachen aus; er trippelte auf der Stelle und schlenkerte eigentümlich mit den Armen; er bemerkte es nicht. Die Bedienung, die zum Rauchen nach draußen gekommen war, musterte ihn mit einem kritischen Blick. Als er auf sie aufmerksam wurde, hielt er mitten in der Bewegung inne und schlug sekundenlang die Hände vors Gesicht, als wollte er die Welt ausblenden.

Mit von der Bedienung abgewandtem Blick kehrte er ins Gasthaus zurück. Die Wärme des geheizten Raumes empfand er als unsagbar angenehm.

»Entschuldigen Sie bitte mein Verschwinden.« Hofmeister setzte sich an seinen Platz; Franck, so kam ihm vor, hatte sich in der Zwischenzeit keinen Zentimeter bewegt.

»Wollen wir etwas zu essen bestellen«, sagte der pensionierte Kommissar. »Ich lade Sie ein.«

So unauffällig wie möglich rieb Hofmeister unter dem Tisch die Fußknöchel aneinander. »Das ist sehr nett, aber ich hab heut schon gegessen.«

»Was haben Sie gegessen?«

»Hühnersuppe.«

»Sie kochen?«

»Das muss ich, sonst verhunger ich«, sagte Hofmeister und verspürte kein Bedürfnis, sein schal gewordenes Bier weiterzutrinken.

»Sie haben das Kochen von Ihrer Mutter gelernt.«

»Ein wenig.«

»Kocht Ihre Schwester auch gern?«

Hofmeister nickte. Dann beugte er sich nach vorn und senkte die Stimme. »Glauben Sie, die Polizei findet Lennards Mörder noch?«

Franck hatte die Frage erwartet und zögerte nicht. »Eine eindeutige Antwort kann Ihnen niemand geben; aber meine Kollegen arbeiten Tag und Nacht, und ich helfe ihnen ein wenig.«

»Wie?«

»Indem ich Spuren überprüfe und Fragen stelle; indem ich Ihnen und anderen Menschen, die Lennard nah waren, zuhöre.«

»Was soll das bringen?«

»So lerne ich Ihren Neffen hoffentlich besser kennen und erfahre etwas über seine Verhaltensweisen, seinen Umgang mit anderen, seine Träume.«

Fast fünf Minuten lang starrte Hofmeister schweigend vor sich hin. Er hörte auf, die Füße aneinanderzureiben, und ballte wieder die Fäuste im Schoß. Sein Blick galt der Maserung des Tisches oder einem Tisch in einem anderen Zimmer, zu einer anderen Zeit. Die Stille, die er verbreitete, hielt die Bedienung davon ab, nach einer weiteren Bestellung zu fragen.

Franck saß reglos da, wie in seiner Zeit als Hauptkommissar, wenn sich durch eine Befragung eine neue Tür öffnete, hinter der er das Sirren eines nahenden Geständnisses vermutete.

»Von den Träumen meines Neffen«, sagte Hofmeister mit karger Stimme, »sind nur Papierfetzen geblieben, zwei Handvoll Paninibildchen; sonst nichts. Lennard liegt da unten und kehrt nie wieder; er war noch ein Kind und wurde ein Leichnam ohne Kindheit. Ich wünschte, ich läg an seiner Stelle dort ...«

VI

Obhut am Ende des Weges

»Ich wünschte, ich hätt ihn an diesem gottverfluchten Abend von der Schule abgeholt; ich konnt nicht kommen; konnt nicht weg. Wir hatten einen Wasserschaden von der Baustelle nebenan; durch das Unwetter und einen vollgelaufenen Kellerraum fiel der Strom aus; Kurzschluss; zwei Stunden nichts. Bis die Feuerwehr endlich kam, war's fast Abend, und ich hab ihn nicht erreicht. Wie auch? Lennard hatte wieder mal kein Handy dabei; hat er fast nie; er will sich nicht verstrahlen lassen, sagt er. Sie brauchen nicht so zu schauen, ich weiß, dass Handys elektromagnetisch aufgeladen sind und schädlich sein können; aber nicht, wenn man sich das Ding nur alle heiligen Zeiten mal ans Ohr hält. Oder? Nein. Ich möcht noch ein Bier trinken.

Ich wünschte, alles wär anders gewesen an dem Tag; vor allem das Wetter; und die Feuerwehr wär schneller zu uns gekommen, das Feuerwehrhaus ist doch gleich um die Ecke; sie waren den ganzen Tag in der Stadt unterwegs, schon klar, es regnete seit Tagen, die Bäche sind übergelaufen, in den alten Häusern standen die Keller unter Wasser; verständlich, dass wir warten mussten.

Erklären Sie mir Folgendes: Da kracht die Welt zusammen, und meine Schwester lässt ihren Sohn allein aus der Schule kommen, noch dazu am Abend, im strömenden

Regen, im Sturm. Und ich? Steh rum und kann nicht mal meine Kunden bedienen, weil wir keinen Strom haben. Die Frau Haberland saß da und ging nicht wieder weg, die Frau Behrend ebenfalls nicht; was hätt ich tun sollen?

Jana, meine Angestellte, telefonierte ununterbrochen mit ihrem dreizehnjährigen Sohn, der allein zu Hause war. So verging der Nachmittag.

Zwischendurch hab ich natürlich nicht mehr an Lenny gedacht, musst mich mit den Kundinnen unterhalten; wir standen alle am Fenster und schauten raus. Auf der Straße staute sich der Verkehr, ein einziges Chaos überall, erinnern Sie sich? Und am Tag vorher das Gewitter, ich dachte, die Scheiben fliegen raus in meiner Wohnung, altes Gemäuer. In meiner Kindheit sah das hier nicht anders aus; das Haus, in dem ich wohn, wurde immerhin in den Achtzigern mal renoviert, aber die Fenster taugen immer noch nichts, schlecht isoliert, und der Schall steigt nach oben, wie wir gelernt haben. Wenn die Trambahnen vorbeirumpeln, scheppert mein Geschirr.

Warum bin ich nicht einfach gegangen? Was war los mit mir? Um sechs Uhr hab ich angefangen, die Haare von Frau Haberland zu waschen, ich wusste, sie würd nicht vor acht den Salon verlassen. Warum hab ich das getan? Hätt Lennard mit dem Auto abholen müssen. Dann wären wir zu ihm nach Haus gefahren und hätten Toast Hawaii gegessen. Sein Lieblingsgericht, eine Scheibe Ananas extra, immer schon.«

»Lennard wär ein großer Musiker geworden; im letzten halben Jahr hat er sich selber das Gitarrespielen beigebracht; dabei hat er grad erst mit Klavier angefangen; ein paar Lieder beherrscht er schon, er hört einen Song im Radio und spielt ihn innerhalb von einer halben Stunde nach. Glauben

Sie mir das nicht? Ich war dabei, ich bin Zeuge; sein Gehör ist außerordentlich.

Sein Vater meinte, Lenny sollt sich auf die Schule konzentrieren; der Junge ließ sich nicht beirren; bin stolz auf ihn. Ist er etwa in der ersten Klasse am Gymnasium durchgefallen, wie viele andere, die wieder zurück auf die Mittelschule oder in die Realschule mussten? Nein, er hat's geschafft, und jetzt geht er schon in die zweite Klasse, und er hat mir gesagt, er freut sich drauf, Latein zu lernen. Latein, Herr Franck. Wie kommt er auf so was? Wieso freut er sich? Wieso? Ich hab ihn gefragt, und er hat geantwortet: Weil das eine tote Sprache ist, und wir machen sie wieder lebendig. Er ist elf Jahre alt; gewesen; elf Jahre; Lenny.

Mag er nicht, wenn man Lenny zu ihm sagt, er will Lennard genannt werden. Der Name war übrigens der Wunsch meiner Schwester; Stephan vermutet, dass sie eigentlich ein Mädchen wollt, das dann Eleonore geheißen hätt, weil das der Vorname unserer Großmutter war, der wir beide sehr nahe standen.

Eleonore war auch Friseurin, viele Eltern brachten ihre Kinder zu ihr, weil sie es schaffte, sie zu beruhigen und aus der unerwünschten Prozedur ein Spiel zu machen. Eleonore war erst dreiundsechzig, als sie plötzlich starb, ihr Herz blieb stehen, niemand hatte eine Erklärung dafür, auch unser Hausarzt nicht; Dr. Jessner behandelte uns alle und war immer für uns da, Tag und Nacht. Gegen den Sekundentod unserer Großmutter war er machtlos. Vater behauptete hinterher, seine Mutter habe manchmal über Schwindel und Schmerzen in der Brust geklagt; über solche Lappalien machte sie sich keine Gedanken; sie hatte ein Geschäft zu führen, eine Familie zu ernähren.

Ob das wirklich stimmt, dass Tanja sich eine Tochter gewünscht hat, kann ich Ihnen nicht sagen, sie hat nie ein

Wort darüber verloren. Das Baby kam, es war ein Junge, und sie überzeugte Stephan, das Baby Lennard zu taufen. Dass sie ihn erst überzeugen musst, hat er mir erzählt; wenn es nach ihm gegangen wär, hätt sein Sohn Emil geheißen, wie sein Vater. Er meinte, alte Vornamen wären heut wieder in, der Junge bräuchte sich bestimmt nicht zu schämen. Tanja setzte sich durch. Lennard heißt sonst niemand in der Klasse, in der gesamten Schule gibt es keinen Jungen mit diesem Namen, dafür zwei Emils.

Lennard, mein Freund, mein Neffe, er ist ein unerschrockener Geist gewesen; er kam auf die Welt und warf seinen Schatten; ihm hat niemand Umrisse ins Leben gemalt, damit er weiß, wo er hintreten muss; das wusste er von Anfang an auch so.

Wenn einer ihn belehren wollt, hörte er genau zu, und wenn er der Meinung war, der andere hat recht, folgte er ihm, wenn nicht, dann nicht. Ich gesteh, ich hab diesen Jungen beobachtet, seit er laufen gelernt hat; ich folgte seinen Schritten, ich schaute mir sein Gehen ab. Können Sie so was glauben? Ich, der alte Erwachsene, und er, der kleine Junge; ich suchte seine Nähe, als wär er eine Art Buddha, der mich den aufrechten Gang lehrt, die richtigen Gedanken, das unerschrockene Betreten des Erdbodens.

Entschuldigung. Was ich Ihnen erzähl, geht niemand was an, schon gar nicht die Polizei. Aber Sie sind da; Sie sind der Einzige, der da ist. Morgen ist Montag, da haben wir geschlossen, deswegen bestell ich noch ein Bier. Darf ich Sie auf einen Schnaps einladen, einen Obstler, flüssige Vitaminbomben.

Wenn ich ehrlich bin, mach ich das wegen der Eltern, den Ruhetag, klassisch am Montag. Die meisten Friseure in der Stadt halten sich schon lang nicht mehr an diese Tradition, das Geschäft geht vor, was sonst?

Irrsinn, in diesen Zeiten einen Tag in der Woche zuzusperren; wie früher die Gasthäuser; traut sich heut auch kaum noch ein Wirt. Überall droht die Konkurrenz. Bloß bei der Polizei nicht, stimmt's? Die Polizei ist konkurrenzlos, wie die Feuerwehr. Wir, der Rest der Welt, nicht. Sogar die öffentlichen Schulen ringen um Schüler, die Eltern suchen sich heut für ihre Kinder die besten Plätze aus, Waldorfschulen, andere Privatschulen; natürlich nur die Eltern, die Kleingeld übrig haben, aber wer hat das nicht in unserer Boomtown? Hier boomt's seit Jahrzehnten, und es hört nicht auf. Unsereiner muss da irgendwie durchkommen, und Lennard, das weiß ich, der hatte einen Plan, und diesen Plan hätt ihm niemand streitig gemacht, seine Lehrer nicht, sein Vater nicht, keine besserwisserischen Erwachsenen, niemand. Die Musik wär seine Welt gewesen.

Von Musik versteh ich nicht viel, aber ich hab verstanden, was mit Lennard geschehen ist, als er mit ihr in Berührung gekommen ist: er vertraute sich ihr an. Begreifen Sie? Der sechsjährige Junge, der zum ersten Mal eine Blockflöte in die Hand nimmt und darauf zu spielen beginnt, ist schon am Ende der ersten Unterrichtsstunde nicht mehr derselbe Junge wie zuvor; in ihm ist ein neues Leben entstanden, und er begreift, dass das sein eigentliches Leben ist, seine Bestimmung, die ultimative Freiheit. Und er hat sie angenommen und sich auf den Weg gemacht; stellvertretend für einen wie mich.«

»Nein, wollt ich zu meinem Vater sagen, als er mich eines Abends in sein Büro bestellte und mir auseinandersetzte, dass er aus gesundheitlichen Gründen das Geschäft nicht weiterführen könne und meine Mutter allein überfordert wär; dass ich an seine Stelle treten soll, wie er sich das schon immer gewünscht habe. Er nahm meine Hand; in seinen

Augen waren Tränen, so kannte ich ihn nicht; er schwieg so lange, bis ich ein schlechtes Gewissen bekam, weil ich auch nichts sagte.

Nein, wollt ich sagen, ich möcht nicht Friseur werden, so wenig wie meine Schwester, die sich anders entschieden hatte und nicht gezwungen wurde, Nachfolgerin zu werden.

Nein, wollt ich sagen; aufstehen wollt ich und aus dem Zimmer gehen; mein Herz in beide Hände nehmen wollt ich und auf die Stimme in mir hören, die sagte: Du musst das nicht tun, du hast die freie Wahl, du darfst dich dagegen entscheiden. Aber dann stand ich auf ...«

»Ich stand auf und blickte auf meinen Vater hinunter, der in sich zusammengesunken und alt wirkte, viel älter, als er war, und meine Stimme zitterte, als ich sagte: Ja, ich werd's machen, wenn es dein und Mutters Wunsch ist, ja, ja. Wieder liefen ihm Tränen übers Gesicht, und er drückte meine Hand fester, und ich stand da und wusste, alles war entschieden.

So etwas, Herr Franck, wär meinem Neffen nie passiert; Lennard hat gespürt, dass er ein geborgener Mensch ist, egal, für was er sich im Leben entscheidet, und dass er nicht verlorengeht, nicht in der dunkelsten Nacht.

Und ist trotzdem verlorengegangen.

Und wir sind alle schuld, wie meine Schwester nach der Beerdigung gesagt hat; niemand wird uns jemals von dieser Schuld befreien können, kein Priester, kein Polizist, nicht mal Sie, Herr Franck, der Sie den Mut hatten, meiner Schwester die Wahrheit zu sagen und Lennard auf seinem letzten Weg zu begleiten.

Ich hätt ihn abholen müssen und hab's nicht getan. Wieso hören Sie einem wie mir überhaupt zu, einer Gestalt, die aus nichts als Armseligkeit besteht? Einer alten Frau zu einer sinnlosen Zeit die Haare schneiden, um ein paar Euros zu verdienen, anstatt sich um ein Kind zu kümmern! Was erwarten Sie von so einem? Dass er sich aus Scham von einem Hochhausdach stürzt? Kehrt unser Lennard dann ins Leben zurück?

Eine Umkehr ist nicht möglich. Ich hab mich ein für alle Mal entschieden: Ich geh nicht raus in den Regen und den Sturm, ich schneid Frau Haberland lieber die Haare, ich acht auf die Tönung und mach alles exakt so wie beim letzten Mal, ich unterhalt mich mit ihr über Bäume aus der Nachbarschaft, die den Garten von Frau Haberland mit Laub übersäen; ich hör ihr zu und unterstütz sie in ihren Ansichten über die Rüpelhaftigkeit ihrer Nachbarn und deren Hunde und denk gleichzeitig: Alles nicht so schlimm, Lennard ist supercool, er steigt aufs Fahrrad und radelt heim, dem passiert doch nichts. Wo ist das Problem? Kein Problem.

Entschuldigung. Ich bin etwas betrunken und der Schwerkraft ausgeliefert; Sie brauchen sich also keine Sorgen zu machen, dass ich irgendwo aufs Dach kletter. Bestellen wir noch ein Glas, bitte?«

Hofmeister sah sich noch einmal um, bevor er hinter dem Durchgang den Weg zur Haustür einschlug. Der Kommissar, der ihn vom Gasthaus bis vors Haus begleitet hatte, war verschwunden; bestimmt wäre er noch bis vor die Wohnungstür mitgekommen, wenn Hofmeister ihn nicht mit einer möglicherweise unangemessenen Geste daran gehindert hätte. Er hatte seine Hand auf Francks Schulter gelegt und ihn fast gegen die Wand gedrückt.

Hofmeister stützte sich am Treppengeländer ab. Obwohl Franck mehrfach angeboten hatte, ihn zum Essen einzuladen, hatte er abgelehnt; er wollte nur trinken und ein paar

Dinge klarstellen; welche, das wusste er kaum noch, aber er war froh, dass er es getan hatte.

Die Leute hatten keine Ahnung von seinem Neffen; die Polizei war ein armseliger Haufen. Er überlegte, ob er genau das dem Kommissar gesagt hatte. Vornübergebeugt, die Hände um den Metalllauf geklammert, versuchte er, sich an die Anzahl der Biere zu erinnern, die er getrunken hatte; sechs; sieben? Die Kälte störte ihn, kratzte in seinem Hals, erschwerte ihm das Schauen. Er kniff die Augen zusammen und atmete mit offenem Mund.

In seinem Bauch spürte er ein Gurgeln. Wenn er es schaffte, die fünf Stufen zur Haustür hinaufzusteigen, bräuchte er nur noch den Schlüssel aus der Jackentasche zu fischen, und der Tag wäre gerettet. Er richtete sich auf, schwankte, breitete die Arme aus.

»Dieses Leben«, sagte er in den geschwärzten Himmel hinauf, »hat keinen Sinn mehr, wenn dir ein Kind aus dem Herzen geschnitten wird, verstehst du das? Jedes Kind, das auf die Welt kommt, hat das Recht zu leben, und du nimmst ihm das Recht weg. Wieso? Wer gibt dir das Recht dazu? Behalt das Kind dann doch gleich bei dir. Wieso sind wir Spielzeug? Ich will kein Spielzeug sein; meine Schwester Tanja auch nicht.

Kennst du meine Schwester Tanja? Das ist eine schöne Frau gewesen. Soll ich dir was verraten?

Ich verrat dir was, weil heut Sonntag ist und die Glocken läuten und die Leute sich bekreuzigen und so tun, als wären sie heilig. Hör zu: Ich glaub schon lang nicht mehr an dich, nicht erst, seit du Lenny ermordet hast; schon, als mein Schulfreund Jockel gestorben ist, hab ich nicht mehr an dich geglaubt, vielleicht erinnerst du dich, er wurde von einem Motorrad überfahren; der Jockel war mit seinem Fahrrad auf dem Heimweg, da raste der Biker durch die

Lindwurmstraße und fegte ihn vom Asphalt, schleuderte ihn gegen einen Baum; er war auf der Stelle tot, sagte der Arzt; ob das stimmt, weiß kein Mensch. Und als die Evelin an Leukämie gestorben ist, hab ich gewusst, dass der Pfarrer uns alle immer angelogen hat. Da sitzt niemand im Tabernakel und passt auf uns auf, oder was weiß ich, wo dieser Heiland angeblich haust. Evelin war acht Jahre alt, und das war alles an Leben, was ihr zustand? Ja?

Und als unser Vater plötzlich umgekippt und nicht mehr aufgewacht ist. Funktioniert so dein System? Nein. Du hast kein System, alles Willkür.

Antworten kriegt man nicht von dir, war immer schon so. Eine Mutter heult sich die Augen aus dem Kopf, kriegt sie neue von dir?

Heut ist Sonntag, und ich hab mich nicht bekreuzigt; ich hab mich betrunken, noch dazu auf fremde Kosten. Hab von Lenny erzählt, Lennard heißt er in Wahrheit, du kanntest ihn, du hast ihn erschlagen; deswegen findet niemand den Täter. Wenn du den Mumm hättst, runterzukommen und dich vor mich hinzustellen, würd ich mein vom Großvater geerbtes Rasiermesser mit dem Perlmuttgriff und der Gradkopfklinge holen und dich rasieren und dir die Kopfhaut abziehen und die Schädeldecke, um zu schauen, was drin ist.«

Dann schrie Hofmeister: »Aber du traust dich nicht!«

Wie vor dem Lokal schlenkerte Hofmeister eigentümlich mit den Armen; er beugte den Oberkörper zur Seite und machte ein paar Schritte von der Treppe weg; er rutschte über den gefrorenen Schnee, fand den Halt wieder und starrte die alte Frau an, die im Durchgang zur Straße stand.

»Was schreien Sie denn so, Herr Hofmeister?« Sie trug einen braunen Mantel und Stiefel mit Kunstfell und hielt eine schwarze Einkaufstasche in der Hand. »Sie sehen schrecklich zerzaust aus, kommen Sie, ich sperr Ihnen auf.«

»Nein«, sagte Hofmeister. »Ich muss noch einen Besuch machen.«

»Sie sind doch viel zu dünn angezogen. Und getrunken haben Sie auch.«

»Das stimmt, Frau Henning.«

»Sie müssen ordentlich getrunken haben, sonst sagen Sie immer Christa zu mir.«

»Entschuldigung.«

»Kommen Sie, bitte.« Sie hatte den Haustürschlüssel schon in der Hand und stieg die Treppe hinauf; vor der Tür wandte sie sich um. »Wo bleiben Sie? Soll ich Ihnen helfen?«

»Waren Sie einkaufen? Heut am Sonntag?«

»Ich hab heut Lust auf Pizza, da hab ich mir vorn am Kiosk eine Tiefkühlpizza geholt, mit Spinat drauf, und ein Glas Mirabellen. Ist schon fantastisch, dass der Kiosk jeden Tag aufhat. Kommen Sie, Herr Hofmeister, Sie holen sich noch den Tod.«

Aus irgendeinem Grund verbeugte er sich, holte Luft, nestelte am Reißverschluss seiner Lederjacke, den er zur Hälfte geschlossen und der sich verklemmt hatte, und strich sich über den Kopf mit dem Pferdeschwanz. »Ich muss los, guten Appetit, Christa.«

Bevor sie einen weiteren Satz sagen konnte, wankte ihr Nachbar hinaus auf die Straße.

An der Kreuzung, an deren Südseite sich der 24-Stunden-Kiosk befand, vor dem sich wie üblich eine Schlange junger und älterer Stammkunden gebildet hatte, lehnte Hofmeister sich an die Ampel. In seine ramponierten Schuhe drang Wasser, er spürte plötzlich, wie eisige Kälte seine Waden betäubte.

Die Ampel schaltete auf Gelb; er überquerte die Erhardstraße; Autofahrer hupten, jemand schickte ihm einen Fluch hinterher. Er versuchte, seinen Schritt zu beschleunigen, was ihm auf dem rutschigen Untergrund schwerfiel. Mit den Turnschuhen schlitternd, hatte er Mühe, das Gleichgewicht zu halten.

Die wenigen Fußgänger, die ihm entgegenkamen, waren in dicke Mäntel und Anoraks gehüllt und wichen ihm aus. Vorangetrieben vom Rausch und von kreiselnden Gedanken, nahm er den Raum zwischen Bordstein und Brückengeländer für sich allein in Anspruch.

Aus Ungeduld, weil die Fußgängerampel Rot zeigte, steuerte er an der nächsten Kreuzung die gegenüberliegende Straßenseite an und setzte seinen Weg in Richtung Nockherberg fort. Zwischendurch hielt er keuchend inne; Atemdampf quoll aus seinem Mund; außerdem hätte er längst pinkeln müssen.

Vor einem Gasthaus blieb er stehen; drinnen brannte Licht; auf dem beleuchteten Schild neben der Tür stand »Rabenkopf«. Hofmeister wiegte den Kopf und hustete; die Erschütterung hätte beinah ein Unheil in seiner Hose angerichtet.

Er riss die Tür des Lokals auf und schlug sie hinter sich zu. Drei Minuten später kam er wieder heraus; er kämpfte eine Runde mit der nach innen sich öffnenden Tür, zwängte sich vorbei, rutschte auf einer Stufe aus und stürzte auf den Bürgersteig.

Er spürte nichts. Neue Flocken fielen aus der Dunkelheit, schmolzen auf seinen Wimpern; er blinzelte, während er auf dem Rücken lag und niemand kam, ihm aufzuhelfen.

Eine Weile hielt er sich die Hände vors Gesicht. Dann gab er sich einen Ruck, robbte zur Hauswand und lehnte sich dagegen. Er schnaufte und dachte darüber nach, was gerade mit ihm passiert war. Er hatte einen Schuh verloren. Mühevoll stemmte er sich in die Höhe und sah sich um.

Sein Blick fiel auf den Glaskasten mit der Speisekarte; im rechten unteren Eck klebte das Foto eines Mannes. Hofmeister neigte den Kopf und schaute genauer hin, er erkannte, dass es sich um ein Sterbebild handelte, wie sie bei Beerdigungen verteilt wurden und wie er auch eines von seinem Neffen besaß. Der Mann hieß Heinrich Dankwart und war erst vor kurzem im Alter von neunundvierzig Jahren gestorben. Vermutlich der Wirt, dachte Hofmeister. Die Kälte im nackten linken Fuß riss ihn aus seinen Gedanken.

Die Fußsohle an die halbwegs wärmende Jeans des rechten Beines gepresst und sich an der Hauswand abstützend, hielt Hofmeister nach dem zweiten Sneaker Ausschau; er entdeckte ihn in einem Schneehaufen am Straßenrand. Der Anblick verblüffte ihn; wie der Schuh dorthin gelangt sein könnte, war ihm ein Rätsel.

Nachdem er, aufrecht stehend, schwankend, den Schuh übergestreift und die Schnürbänder fest zugezogen hatte, zerrte er wieder am Reißverschluss seiner Jacke. Verärgert steckte er die Hände in die Hosentaschen und setzte seinen Weg fort, hügelan, entlang der gewundenen Straße mit den Trambahnschienen, bis zur Mauer des Ostfriedhofs.

Dort wandte er sich nach links und erreichte, unterbrochen von mehreren Pausen, in denen er glaubte seine Beine nicht mehr zu spüren, nach fast einer Stunde die Wohnanlage, in der seine Schwester lebte.

Taumelnd und erschöpft setzte er einen Fuß vor den anderen. Beinah wäre er ein zweites Mal ausgerutscht; er konnte sich gerade noch an einem Straßenschild festklammern.

Meter für Meter tastete Hofmeister sich an der roten

Fassade entlang, bis er die richtige Haustür erreichte. Den Arm zu heben und auf die Klingel zu drücken strengte ihn unsagbar an. Als er eine Stimme in der Sprechanlage hörte, kippte sein Kopf nach vorn, und seine Stirn schlug gegen das Messingschild mit den Namen.

»Ich bin's«, sagte er mit grieseliger Stimme. »Ich, der Max, ich allein.«

Hinterher hatte er keine Vorstellung, wie er es geschafft hatte, die Treppe bis in den zweiten Stock zu überwinden. Stephan Grabbe kochte seinem Schwager schwarzen Tee, gab ihm ein Paar dicke Wollsocken und eine Decke, die Hofmeister sich um die Beine wickelte; dann setzte er sich aufs Sofa, trank eine Tasse und sprach kein Wort.

Zwei Mal innerhalb einer halben Stunde ging Grabbe in den Flur und klopfte an die Tür, hinter der sich seine Frau seit dem Moment aufhielt, als ihre Mutter die Wohnung verlassen hatte.

Eine Portion vom übrig gebliebenen Makkaroni-Auflauf lehnte Hofmeister ab; sein Magen knurrte, aber er verspürte kein Hungergefühl. Er saß da, die Teetasse in den Händen, enttäuscht über seinen Zustand. »Ich muss mit ihr reden«, sagte er und stellte die Tasse auf den Tisch, neben den Teller mit dem Käsebrot, das Grabbe ihm gebracht und er nicht angerührt hatte.

»Sie macht nicht auf.«

»Lass mich versuchen.«

»Leg dich schlafen«, sagte Grabbe. »Du bist völlig am Ende. Ihr könnt morgen früh miteinander sprechen.«

»Jetzt.« Hofmeister warf die Decke auf die Couch und ging strumpfsockig zu seinem Schwager in den Flur. Er horchte an der Tür, klopfte zwei Mal lang und zwei Mal kurz. Nach einer Minute waren schlurfende Schritte zu hören, der Schlüssel drehte sich im Schloss. Tanja Grabbe öffnete einen Spalt breit die Tür.

Hofmeister schob Grabbe sacht beiseite und huschte ins Zimmer. Sofort verriegelte Tanja die Tür wieder. Mit einer flüchtigen Geste strich sie ihrem Bruder über die Wange. Sie hatte nichts als ein langes blaues Nachthemd an; die Haare hingen stumpf an ihr herunter. Wortlos schlüpfte sie zurück unter die Bettdecke, mit dem Gesicht zur Wand.

Hofmeister stand da, im matten Licht der Kerze, die vor dem Fenster des Kinderzimmers brannte; daneben hatte Lennards Mutter eine Vase mit einer frischen weißen Rose gestellt. Im Raum hing ein Geruch nach Möbelpolitur.

Er bewegte sich nicht von der Stelle.

In unregelmäßigen Abständen fuhren draußen Autos vorüber; sonst drang kein Geräusch herein.

Als Tanja die Decke zurückschlug, ging er zum Bett, zögerte und kroch dann zu ihr unter die Decke. Er legte den Arm um sie. Schnell griff sie nach seiner Hand und glitt mit den Fingern zwischen seine. Sie hielt seine Hand fest, wie früher, wenn sie im Dunkeln einander Obhut gaben, bevor die Träume sie voneinander trennten.

In dieser Sonntagnacht schlief keiner von ihnen ein.

VII

Dreizehn Jahre früher
1

Plötzlich war der Nebel da. Sie lagen bäuchlings auf Handtüchern im Sand und schliefen. Als Erster wachte, wie erlöst aus einem Alptraum, Maximilian auf, Gesicht und nackter Oberkörper nass von Schweiß. Er hob den Kopf, drehte sich erschrocken um und kniete sich hin. Dann berührte er seine Schwester an der Schulter; sie reagierte nicht. In Erinnerung an kindliche Zeiten klopfte er mit dem Knöchel des Zeigefingers an ihren Kopf. Sie fuhr in die Höhe, verpasste ihm eine Ohrfeige, stieß einen Schrei aus und brachte den Mund nicht mehr zu. Sie konnte nicht fassen, was sie getan hatte.

Maximilian schüttelte den Kopf; er lächelte sie an. Wenn er den Eindruck hatte, seine Schwester katapultiere sich in einem Moment totaler Überraschung aus ihrer üblichen, von Jugend an gehegten, stillen Zurückgenommenheit, freute er sich auf eine Weise, die er sich nicht erklären konnte. Vermutlich glaubte er, ein zweites, übermütiges Mädchen schlummere unentdeckt in ihr.

Nebeneinanderkauernd, stumm, die Hände im Schoß, brauchte Tanja einen Augenblick länger als ihr Bruder, um den Grund seiner Nervosität zu bemerken.

Land und Meer waren hinter einer grauweißen, feuchtkühlen, wabernden, undurchdringlichen Wand verschwunden. Als hätte die Welt sich innerhalb von Sekunden entmaterialisiert und in Stille verwandelt.

Sowohl Maximilian Hofmeister als auch Tanja Grabbe saßen auf ihren Handtüchern und brachten kein Wort heraus; nicht einmal aufzustehen trauten sie sich – wie aus Furcht, sie würden bei der geringsten Bewegung verlorengehen.

Ihre Blicke drangen ins Nichts; als hätte jemand den Strand in einen gewaltigen, nach Seetang riechenden Sack gesteckt, der ein unheimliches Kribbeln verursachte und ihre Körper mit einer Gänsehaut überzog. Und noch etwas löste bei den Geschwistern eine nie gekannte Beklommenheit aus: Während die Häuser, das im nahen Hafen liegende Ausflugsschiff und der Horizont wie ausradiert wirkten und sich eine einzige schneefarbene Fläche vor ihren Augen ausbreitete, schien das Licht – ähnlich wie das Meerwasser bei Ebbe – vor ihnen zurückzuweichen und sie in vollkommener Schattenlosigkeit allein zu lassen.

Instinktiv griff Tanja nach der Hand ihres Bruders; ihr Herz schlug bis zum Hals. Maximilian fürchtete, sie würde das Bewusstsein verlieren, wie damals, als er ungefähr vier war und sie auf der Auer Dult Karussell fuhren – er auf Mamas Schoß, Tanja neben ihnen –, und seine Schwester plötzlich einen Schrei ausstieß, die Augen aufriss und zur Seite kippte. Der Betreiber, ein Freund ihrer Eltern, stoppte sofort die Maschine. Keine Minute später wachte Tanja auf und wunderte sich, dass alle mit erschrockenen Mienen um sie herumstanden. Der Arzt meinte, es bestehe kein Grund zur Besorgnis, das Mädchen habe kurzfristig einen Schock erlitten. Von diesem Tag an sorgte Maximilian sich um seine Schwester – auch wenn er oft keinen konkreten Grund dazu hatte.

Auf dem im Nebel versunkenen Strand rutschte er hinter

sie, so dass sie sich anlehnen konnte, legte einen Arm um ihre Schulter und strich ihr mit der anderen Hand durch die Haare.

Während Tanja, wie erleichtert über die Berührung mit dem schmächtigen, vertrauten Körper ihres Bruders, zaghaft zu summen begann, schauten sie beide dorthin, wo sie die Nordsee vermuteten. Doch den Anblick des eigenartig schwebenden Vorhangs aus Millionen winziger Wassertropfen ertrugen sie nicht, und sie schlossen die Augen.

Tanja und ihr Bruder hofften dasselbe: dass, wenn sie die Augen wieder öffneten, das Meer in alter Pracht vor ihnen läge und die Möwen über ihnen kreisten, gierig nach vergessenen Krumen.

»Mach weiter«, sagte sie leise; sie spürte seine Finger auf der Kopfhaut und summte ein vages Lied.

»Siehst du was?«

»Nein, du?«

»Ich riech nur was, deine Haare, sie duften nach Orange.«

Nach einem Schweigen sagte Tanja: »Wir sind kindisch.«

Maximilian kraulte ihre Haare. »Lass uns kindisch sein.« Nach einer Weile fügte er hinzu: »Außerdem sieht uns niemand.«

Sie kicherte und hätte beinah die Augen geöffnet; sie traute sich noch nicht. »Mir ist kalt«, sagte sie.

Er schlang beide Arme um sie und drückte sie an sich. In diesem Moment zerstörte ein Gedanke die Geborgenheit in der Gegenwart ihres Bruders; sie erschrak unbändig.

Nie hätte sie damit gerechnet, dass sie in den fünf Tagen, die sie auf Bitten Maximilians ihrem Alltag abgetrotzt hatte, an jene alte Wunde erinnert werden würde, die ein geheimer Schmerz war, seit sie von zu Hause ausgezogen war und ein Leben führte, das ihr bei aller materiellen Sicherheit unfertig und manchmal armselig erschien.

Sie wand sich aus seiner Umarmung, beugte sich nach vorn und umklammerte ihre Beine; den Kopf auf den Knien, versank sie innerlich, wie schon viel zu oft, in einem Strudel aus Selbstverachtung.

Ihr Bruder maß der Veränderung zunächst keine Bedeutung bei. Bei geschlossenen Augen glaubte er, Tanja würde nur den Rücken strecken und ihre Haltung verändern, um bequemer zu sitzen. Er horchte in die dumpfe Stille und überlegte, ob sie, als sie früher mit ihren Eltern hier waren, etwas Ähnliches schon einmal erlebt hatten; er konnte sich nicht erinnern.

Zum letzten Mal war er mit Jella auf der Insel gewesen, vor genau einem Jahr; sie wohnten bei der Familie Fehrmann, die er seit der Kindheit kannte, und nichts ließ erahnen, wie nach ihrer Rückkehr alles enden sollte.

Überwältigt von Mutlosigkeit, schlug er die Hände vors Gesicht, eine Geste, die ihm sofort lächerlich vorkam. Er wusste, die Bilder würden sich nicht in Luft auflösen wie das Dorf im Nebel.

Er tastete nach der Schulter seiner Schwester und griff ins Leere. In der irren Vorstellung, die Orientierung verloren zu haben, riss er die Augen auf. Gekrümmt und reglos hockte sie vor ihm, ihre gebräunte Haut wirkte unnatürlich bleich. Das erschöpfte Keuchen, das er hörte, passte nicht zur Stimme seiner Schwester.

»Tanny«, sagte er leise. »Tanny? Tanny?«

Tatsächlich drehte er den Kopf nach rechts und links, als erwarte er ein Gesicht zu den beklemmenden Lauten oder wenigstens einen Hinweis darauf. Vor Anspannung hielt er die Luft an; er schaffte es fast eine Minute. Als er ausatmete, war er sich nicht mehr sicher, ob er wirklich etwas gehört hatte; er horchte. Dann begriff er, dass seine Schwester verstummt war.

»Tanny?«, sagte er wieder. Weil er keine Antwort erhielt, brüllte er: »Tanja, Herr im Himmel!«

Als hätte sie ihn nicht gehört, tauchte sie noch tiefer in ihre Unterwelt aus Selbstanklagen und dem ewigen Beschwören einer Instanz, für die sie keinen Namen fand; an Gott glaubte sie nicht besonders. Für ihre Verzweiflung gab sie niemandem die Schuld außer sich selbst und ihrem Körper.

»Was ist denn?« Maximilian stützte sich mit den Händen auf dem breiten Handtuch ab und rutschte näher zu ihr, bis er sie wieder berührte. Er schmiegte seinen Kopf an ihren.

»Hab keine Angst.« Seine Stimme fast gehaucht, wie als kleiner Junge, wenn er nachts neben ihr lag und ihr zuflüsterte, er habe die Geister alle besiegt und getötet, sie könne jetzt einschlafen und in ihren Träumen würden lustige Hasen auf sie warten. Manchmal kicherte sie; manchmal drückte sie seine Hand so fest, dass es ihm wehtat; sie flehte ihn an, in ihre Träume mitzukommen, damit er sie im Notfall beschützen könnte.

Wovor seine Schwester, die älter war als er, sich so fürchtete, hatte er einmal seine Mutter gefragt; sie wusste es nicht. Also kroch er auch beim nächsten Mal wieder zu Tanja ins Bett, wenn sie ihn darum bat, und schwor, er würde sie die ganze Nacht lang nicht verlassen.

»Erzähl mir«, sagte er; ihre Haare kitzelten ihn an der Nase. »Was ist los mit dir?«

Endlich redete sie wieder mit ihm. »Das ist nicht wichtig«, sagte sie, erleichtert über seinen eindringlichen Ton. »Wir müssen über dich reden; wir sind jetzt seit zwei Tagen hier, und du sagst nichts; du musst alles aus dir rauslassen, sonst erstickst du dran, weißt du doch.«

»Und du? Du lässt auch nichts raus.«

»Lenk nicht ab.« Sie hatte die Augen immer noch geschlossen. Er sah ihre rot lackierten Fußnägel, die aus dem matten, grauen Sand hervorlugten wie listige Augen. »Sag mir endlich die Wahrheit. Was ist in der Nacht passiert, in der Jella dich von einer Minute auf die andere verlassen hat? Wir sind hergekommen, um zu reden.«

Er beugte sich vor und schaute ihr ins Gesicht. »Wo bist du?«, fragte er.

»Hier. Und du?«

»Da, wo du bist.«

Sie schwiegen.

Dann öffnete sie die Augen. »Wollen wir weggehen von hier? Einfach immer geradeaus, bis wir ans Meer kommen oder zum Hafen oder zur nächsten Straße. Was soll uns schon passieren?«

»Ich möcht lieber bleiben«, sagte er.

»Warum denn?«

»Ich bin müd.«

Wieder vergingen Minuten in Schweigen.

Zwischendurch glaubten sie, einen Wechsel der Temperatur und des Lichts wahrzunehmen; sie waren sich nicht sicher; niemand sagte ein Wort.

Wind kam auf, fegte Sandkörner auf ihre nackte Haut, in die Augen, sie rieben mit den Fingern darüber, lauschten dem Pfeifen des Windes. Aus weiter Ferne drang ein Brummen herüber, das zu orten unmöglich war.

Obwohl sie sich kaum bewegt hatten, hätten sie gezögert, die Himmelsrichtung ihrer Blicke zu bestimmen; die Nordsee lag im Norden der Insel, das Wattenmeer im Süden, der Hammersee im westlichen Teil. So viel stand fest: Die Küste war nur etwa acht Kilometer entfernt und bei normalem Wetter gut zu sehen, genauso wie die mehr als zwanzig Meter hohe Düne mit dem Wasserturm.

»Wo sind wir eigentlich?« Tanja Grabbe sog die kalte, körnige Luft ein und begann erneut zu keuchen, erst in kurzen Schüben, dann immer durchdringender, als würde sie jeden Augenblick ersticken. Sie schlug mit den Armen um sich und schien die Kontrolle zu verlieren. Maximilian duckte sich, wich ihren Schlägen aus und wollte sie gerade festhalten, als sie aufsprang.

Sie machte einen Satz nach vorn, drehte sich im Kreis, taumelte mit wirbelnden Armen im immer gleichen Radius, wie in einem Käfig, stieß dunkle, gurgelnde Laute aus. Dann knickte sie mit den Beinen ein, schnellte herum, stolperte in eine Kuhle, machte kehrt und stürzte außer Atem und mit dem Gesicht voran in den Sand.

Sekundenlang bildete Maximilian sich ein, der Nebel würde stärker und seine Schwester verschlingen. Ihre Umrisse lösten sich auf, das Gelb ihres Bikinis verblasste und schien mit der Haut zu verschmelzen; unaufhörlich streute der Wind Sand über ihren Körper. Sie lag da, Arme und Beine von sich gestreckt, ihre zerzausten und verknoteten Haare von Körnern übersät, die schmutzig und wie winzige krabbelnde Tiere aussahen.

Zögernd löste er sich aus seiner Erstarrung. Er stand auf und kniete sich neben seine Schwester, berührte sie behutsam am Hinterkopf; sie wimmerte leise.

»Hast du dir wehgetan?«, fragte er, wie so oft in der Kindheit, wenn sie wieder einmal vom Fahrrad gefallen war und niemand wusste, wieso.

Sie hob den Kopf; Sand rieselte über ihre Stirn. »Leg dich doch neben mich, und dann erzählst du mir alles.« Als er sah, wie sie lächelte, überwältigte ihn eine Traurigkeit, die ihn an jene elende Nacht erinnerte, als Jella verschwinden wollte.

Lieber hätte er sich wieder auf sein Handtuch gelegt, aber er wusste, seine Schwester würde den Platz nicht verlassen. Kaum lag er neben ihr, griff sie nach seiner Hand und wandte ihm das blasse Gesicht mit den Sandflecken zu. Ihre Stimme besänftigte ihn.

»Wir müssen nirgendwo hingehen«, sagte sie. »Hier ist's so gut wie überall sonst.«

»Ja.«

»Weinst du etwa?«

»Nein, ist nur Sand.«

»Was hat Jella getan, Max?«

»Das ist nicht mehr wichtig.«

»Aber deswegen sind wir hier. Die Reise war deine Idee.«

»Das bereu ich jetzt.«

»Warum denn?«

»Weil ich seh, dass es dir nicht gutgeht, und ich dir helfen muss.«

»Du musst mir nicht helfen.«

»Doch.«

Sie lächelte wieder. Dann legte sie den Kopf schief und blinzelte; die Wimper ihres linken Auges kitzelte ihn an der Nasenspitze. Als Kind hatte sie ihn fast jeden Morgen mit einem Schmetterlingskuss geweckt; manchmal war er schon wach gewesen und hatte darauf gewartet.

»Niemand hört uns zu.« Sie drückte seine Hand fester.

»Du hast so viel zu tun im Café, und ich hab dich rausgerissen.«

»Ich freu mich, dass wir hier sind. Hat sie dich betrogen, und du hast sie erwischt?«

»Dafür bin ich zu blöd.«

»Sie hat's dir gestanden.«

»Ich wollt sie heiraten«, sagte Maximilian. Er hatte so heftig gesprochen, dass Sand auf Tanjas Gesicht spritzte. Mit einer flüchtigen Geste, so, wie sie eine Fliege verscheuchen würde, wischte sie über ihre Wange.

»Weiß ich doch«, sagte sie.

»Die Verlobungsringe haben zweitausend Euro gekostet.«

»Du hast sie mir gezeigt.«

»Sie hat ja gesagt.« Er spürte ihren Atem auf seinem Gesicht und schloss für einen Moment die Augen. »Ich bin ein Trottel, ich bin blind und taub und blöd.«

»Du bist mein Bruder, ich weiß, dass du blind und taub und blöd bist; du hast einen Tag gebraucht, um zu kapieren, dass der Nymphensittich auf der Vorhangstange nicht echt ist, sondern aus Stoff.«

»Mama hat gesagt, ich darf nicht auf den Stuhl steigen und ihn streicheln, weil er sonst wegfliegt und nie wiederkommt.«

»Er hatte nur ein Auge und hat stundenlang keinen Mucks gemacht«, sagte Tanja.

»Ich war drei Jahre alt.«

»Du warst vier und hast Mama und mich genervt, weil du wissen wolltest, wie er heißt.«

»Er hieß Proper.«

»Der hieß so, weil Mama kein Name eingefallen ist und sie gerade beim Putzen war.«

»Gemein war das. Wo ist der Vogel überhaupt hergekommen?«

»Ein Freund unseres Vaters brachte ihn von der Dult mit, er meinte, er würde uns eine Freude machen. Mama fand das Vieh scheußlich und wollte es wegschmeißen, aber ich hab gesagt, wir befestigen den Vogel am Fenster und warten, wie du reagierst.«

»Ihr habt mich verarscht.«

Tanja tupfte ihm einen Kuss auf den Mund. »Als Entschädigung durftest du zwei Überraschungseier allein essen und die Figuren behalten.«

»Ich hab fest geglaubt, der Vogel ist echt und fängt gleich an zu singen.«

»Nymphensittiche singen nicht.«

»Woher willst du das wissen?«

»Unsere Nachbarn hatten einen«, sagte Tanja. »Die Familie Linner, sie hatten zwei Töchter, Franziska und Klara, und einen Sittich, der natürlich Hansi hieß; wenn er überhaupt einen Laut von sich gab, dann ein schrilles Piepsen, das man bis auf die Prinzregentenstraße hörte. Weißt du nicht mehr?«

»Nein.«

»Klara ist spurlos verschwunden, als sie ungefähr dreizehn war.«

»Kann mich nicht erinnern.« Er schwieg, bis seine Schwester wieder seine Hand drückte. »Jella hat mich belogen und betrogen, und ich hab ihr alles geglaubt; so wie euch damals das mit dem Vogel; ich bin immer noch genauso gutgläubig wie damals.«

»Bist du nicht.«

»Sie ist schwanger; nicht von mir; im dritten Monat; ich hab nichts gecheckt. Sie sagt, sie hat zugenommen, das hab ich geglaubt; sie ist sehr schlank, wie du weißt. Wir waren ein Jahr zusammen, vierzehn Monate genau, und haben uns jeweils zwei Mal in der Woche getroffen; sie übernachtete immer bei mir. In ihrer Wohnung in Pasing, die sie sich mit einer Freundin teilt, war ich nur einmal, zwei Zimmer und ein schönes Bad; kein Platz zum Übernachten für uns beide. Wir waren ein Paar, wir haben über die Zukunft gesprochen. Wir haben das letzte Weihnachten gemeinsam verbracht, du warst auch dabei, Stephan ebenfalls, unsere Eltern; sie mochten sie nicht besonders, du nicht, Stephan auch nicht, glaub ich. War mir egal.«

»Ich bin nicht schlau aus ihr geworden; und unsere Eltern sind halt immer skeptisch, waren sie bei Stephan auch.«

»Das war ein gemütlicher Abend, Jella war glücklich, hat sie mir hinterher gesagt.«

»Weiter, Max.«

»Schwanger; im dritten Monat; nicht von mir, das ist klar.«

»Wer ist der Mann?«

»Irgendein Kerl.«

»Wo hat sie ihn kennengelernt?«

»Das hab ich sie nicht gefragt, ich wollt wissen, wie lang sie schon mit ihm schläft.«

»Ja?«

»Seit einem halben Jahr; taub, blind und blöd, du hast recht, so einem Idioten wie mir begegnet man selten. Sechs Monate, und ich hab nichts bemerkt.«

»Aber warum ... warum ...«

»Warum sie bei mir geblieben ist? Warum sie mir nichts gesagt hat? Warum die ganze Show? Warum ihr ein Mann nicht reicht? Warum sie mit zwei Männern gleichzeitig ins Bett geht, oder wer weiß, mit wie vielen insgesamt? Warum sie so ein Mensch ist? Warum sie so feig gewesen ist? Warum sie eine gottverfluchte Schlampe ist? Und warum und warum? Und warum?«

Er ließ die Hand seiner Schwester los und richtete sich auf, kreuzte die Beine und faltete die Hände im Schoß. Tanja drehte sich zur Seite und sah zu ihm auf.

»Warum weiß niemand«, sagte er mit gesenktem Kopf. Er sprach stockend, hatte Mühe, die Sätze zu beenden. »In der Nacht hätt ich mich beinah vor ihren Füßen übergeben;

ich … ich hab mich zusammengerissen. An dem Abend war … was anders als sonst, sie hat gemerkt, wie … wie ich sie anschau; sie hat sich ausgezogen … ich wollt nicht mit ihr schlafen. Ihr liefen … Tränen runter. Da hab ich zugeschlagen. Ein Reflex. Kannst du … kannst du das verstehen? Aus ihrer Nase floss Blut; ich habe mit … der Faust zugeschlagen; warum mit … der Faust? Weiß nicht. Sie kniete auf dem Bett und ist … nicht mal umgekippt. War vielleicht kein so harter Schlag … Hab sie gefragt, was los ist … Sie ist aufgestanden und … ins Bad gegangen … Hat nicht mehr geblutet, als … als sie zurückkam. Sie zog sich an … Unterwäsche, Jeans, Bluse … die Schuhe auch; legte den Kopf in den Nacken, tupfte sich die Nase und … Ich hockte im Bett, nackt bis auf die Unterhose und … und hab ihr zugehört. Zuhören kann ich, das weißt du. Stimmt's?«

»Ja.« In einer langsamen, zögerlichen Bewegung, als wollte sie ihren Bruder nicht verunsichern, setzte auch Tanja sich auf. Er warf ihr einen verhuschten Blick zu und starrte wieder auf seine Hände.

»Entschuldigt hat sie sich nicht … jedenfalls nicht so, dass ich ihr geglaubt hätt. Dann … hab ich gesagt, sie soll … sich verpissen.«

»Du hast ihr keine Fragen gestellt? Warum sie …«

»Nein.«

»Aber sie hat dich betrogen und …«

»… belogen und verarscht; das hat sie getan. Und jetzt ist sie tot.«

»Bitte?«

»Ich bin aufgesprungen, da hat sie Angst gekriegt … ist zur Tür raus; du kennst die schmale Treppe im Haus. Jella ist gestolpert … so genau hab ich nicht hingesehen … Kein Licht. Sie ist drei Stockwerke nach unten gestürzt … halsüberkopf … Glaub, sie hat sich das Genick gebrochen.«

»Was redest du denn, Max?«

»Hat nicht mehr gelebt, als ich unten ankam … Hab ihren Puls gefühlt, da war keiner mehr … Ihr Kopf war verdreht … wenig Blut.«

»Um Gottes willen.«

»Ich hab gewartet, dass jemand die Tür aufmacht. Niemand ist gekommen; alles still; drei Uhr früh. Die anderen Mieter schliefen den Schlaf der Gerechten. Ich hab weiter gewartet … neben ihr … der toten Jella. Das Licht ging wieder aus. Ich hockte auf der untersten Stufe der Treppe im Dunkeln und …«

»Und dann? Was hast du gemacht?«

»Ich hab sie weggebracht«, sagte Maximilian Hofmeister zu seinen Händen.

»Wohin denn?«

»Weg.«

»Wohin?«

»Gut weit weg.«

»Gut weit weg?« Sie wollte noch etwas sagen.

In diesem Moment zerfetzte der starke, ablandige Wind das undurchdringliche Nebelgeschwader wie Löschpapier und gab binnen Sekunden den Blick frei aufs blau schimmernde Meer, die Küste, die kleinen Häuser, den Wasserturm und das Leuchtfeuer, dessen Signale für keinen Seemann bestimmt waren, sondern nur für die Gäste der Insel – falls sie in der Nacht und nach zu vielen Gläsern Küstennebel die Himmelsrichtungen verwechselten.

Dem Mann und der Frau, die verlassen am Strand saßen, bot der Leuchtturm an diesem späten Nachmittag keinen Anhaltspunkt.

Sie waren aus der Welt gefallen.

VIII

Dreizehn Jahre früher
2

Das Restaurant »Da Gino«, wo die beiden Geschwister schon in ihrer Kindheit Pizza gegessen hatten, befand sich gegenüber dem Gästehaus Fehrmann. Maximilian hätte schwören können, dass sie heute am selben Tisch saßen wie beim letzten Mal, als sie ihre Eltern begleitet und diese ihnen beim Abendessen mitgeteilt hatten, sie würden von nun an nicht mehr auf die Insel reisen. Die fast zehnstündige Fahrt mit dem Zug und der Fähre sei ihnen zu mühsam geworden, auch wollten sie ihr erspartes Geld lieber für Kurzausflüge nach Südtirol oder an den Gardasee und nach Vaters Willen für den einen oder anderen Besuch bei einem Motocross-Rennen ausgeben. Freude bereiten würde es ihnen jedoch, wenn ihre Kinder weiterhin der Insel treu blieben und gelegentlich dort Urlaub machten.
»Du hast geweint an dem Abend«, sagte Tanja Grabbe.
»Sicher nicht.«
»Du hast gedacht, wir fahren nie wieder her.«
Maximilian Hofmeister aß das letzte Stück seiner Pizza Diavolo und sah hinaus auf die Straße; zwei kleine Jungen umkreisten einander waghalsig mit ihren Fahrrädern und imitierten Motorengeräusche.
Mit einem Anflug von Verwunderung schob er den Porzellanteller zur Seite; er hatte nicht gedacht, dass sein Hun-

ger so groß sein und er das über den Tellerrand lappende Teigrad schaffen würde; vom gemischten Salat hatte er nur die Tomatenecken und Gurkenscheiben gegessen. Eigentlich hatte er nur etwas bestellt, weil seine Schwester ihn dazu gedrängt hatte.

Sie begnügte sich mit einem Thunfischsalat und einem Pizzabrot mit Thymian und Knoblauch. Während des Essens hatten sie über ihre Eltern gesprochen, ein paar Erinnerungen ausgetauscht, schweigend den zur Kurpromenade flanierenden Touristen hinterhergeschaut, mit den Gläsern angestoßen – Tanja trank Weißwein, Maximilian Weißbier – und jedes Wort über die Ereignisse am Nachmittag vermieden.

Auch bei ihrer Rückkehr vom Strand hatten sie kein Wort gewechselt; jeder ging auf sein Zimmer und verschloss die Tür hinter sich. Maximilian legte sich aufs Bett und fiel sofort in einen von wirren Szenarien voller fremder Personen heimgesuchten Schlaf, während Tanja am kleinen runden Tisch vor dem Fenster saß und sich einzureden versuchte, dass alles, was ihr Bruder ihr anvertraut hatte, eine aberwitzige, unverständliche Lüge gewesen sei.

Eine Stunde später klopfte sie an seine Tür und überredete ihn zu einem gemeinsamen Abendessen in ihrem Stammlokal. Ihre Körper warfen lange Schatten, als sie die Straße überquerten.

Inzwischen waren sie die letzten Gäste. Alle anderen bestaunten, ausgerüstet mit Prosecco, Bier und Handys, den Sonnenuntergang am Strand, wie jeden Abend.

Gino hatte bis Mitternacht geöffnet. Gewöhnlich setzte er sich nach einer Weile zu seinen Lieblingsgästen aus dem Süden, spendierte Grappa oder Averna und erzählte von seiner Zeit als Wirt im Osten Münchens; Geschichten, die im Lauf der Jahre nicht unbedingt variantenreicher geworden und dem Ehepaar Hofmeister und seinen Kindern gelegentlich auf den Keks gegangen waren, weil sie genügend eigenen Unterhaltungsstoff hatten.

In den Augen von Mathilda Hofmeister besaß Gino einen Mastroianni-artigen Charme, dem man besonders hier, im hohen, kühlen Norden, nicht widerstehen könne und dürfe. Angesichts solcher Äußerungen warf Josef Hofmeister seiner Frau jedes Mal einen Blick zu, der nach Meinung von Tanja, die neben ihrem Bruder am Tisch saß, nichts anderes als das komplette Zweifeln am gesunden Menschenverstand ausdrückte.

An diesem Abend empfand Gino Sandri, Sohn eines Musikers und einer venezianischen Bäckerin, das Schweigen zwischen den ihm seit mindestens drei Jahrzehnten bekannten Gästen nicht als Aufforderung, eine Frage nach deren Befinden zu stellen oder eine launige Bemerkung über das wechselhafte Wetter zu machen. Vielmehr bildete er sich ein, dunkle Schwingungen zu spüren, Misstöne und Echos aus einer unheilschwangeren Vergangenheit zu hören; er nahm sich vor, nach einer gewissen Zeit des Abstands unaufgefordert und wortlos zwei Teller mit selbstgemachtem Tiramisu zu servieren.

»Du machst mir Angst«, sagte Tanja leise.

»Jetzt weißt du, warum ich mit dir herfahren wollt«, sagte Maximilian.

Sie sah zur offenen Tür; auf der Terrasse stand Gino, rauchte und wirkte, als sei er in Gedanken versunken. »Was hast du mit ihr gemacht? Mit ihrer Leiche?«

Bevor er antwortete, kam die Bedienung an den Tisch – Silke, eine Frau Anfang dreißig, die regelmäßig von Juni bis September bei Gino arbeitete und danach wieder als Kassiererin in einem Kino ihrer Heimatstadt Emden; sie fragte, ob es geschmeckt und die beiden noch einen Wunsch hätten; sie verneinten, und Silke trug die leeren Teller und den noch fast unberührten Salat in die Küche.

»Ich hab's einfach getan«, sagte Maximilian.

»Was? Was hast du getan?«

Als wollte er signalisieren, wie feinfühlig er war, drehte Gino ihnen draußen den Rücken zu.

»In den Kofferraum und dann los.« Maximilian saß vornübergebeugt da, die Arme auf den Oberschenkeln. »Das Ziel hab ich mir nicht vorgenommen, das ergab sich von selber.«

Er schwieg, schien angestrengt über etwas nachzudenken. Mit einer fahrigen Geste strich er sich durch die Haare, die ihm strubbelig vom Kopf abstanden und die er sich nach dem Eindruck seiner Schwester neuerdings wachsen ließ, was sie erstaunte.

»Auf den Straßen war wenig los; auf der Autobahn bin ich kilometerlang niemandem begegnet; plötzlich wusste ich, wo ich hinwollt. Als ich von der Autobahn runter und durch die Dörfer fuhr, brannte in einigen Häusern schon Licht; früher Morgen, auf den Wiesen lagen Kühe; du kennst die Gegend.«

»Welche Gegend, Max?« Sie hielt den Kopf schief, um ihm in die Augen sehen zu können; sein Buckel schien noch krummer zu werden.

»Die Gegend rund um den Walchensee«, sagte er, ohne ihren Blick zu erwidern. »Am Südufer hab ich angehalten, an der Stelle, wo die starke Strömung ist; wo damals der Junge ertrunken ist, der angeblich so gut schwimmen konnt. Wir waren dort, weißt du noch? Du hast mich zu deinen Freundinnen mitgenommen, ich hätt lieber Fußball geschaut. Da ist das Unglück passiert; das Grundstück am See hab ich nie vergessen; manchmal hab ich geträumt, wie der Junge mit den Armen rudert und keine Chance mehr hat; ich war gar nicht dabei, du auch nicht, wir waren im Eiscafé, erinnerst du dich?«

»Jetzt wieder, zum ersten Mal seit ...«

»Ihr Körper ist sofort gesunken; ich hatte ihn in eine Decke gewickelt.«

»In was für eine Decke denn?«

»In die alte, rote Wolldecke von Mama, die sie mir mal geschenkt hat, weil ich immer so frier.«

Jetzt sah er sie an; sein verlorenes Lächeln, dachte Tanja, galt nicht ihr. »Und dann bin ich wieder heimgefahren, die Sonne ging grad auf, und ich weiß noch, ich hab in den Rückspiegel geschaut, ob jemand mich verfolgt; da war niemand. Als würden alle Leute in den Häusern warten, bis ich wieder weg bin. Wie im Haus, wo ich wohn. Sie schliefen so lange, bis ich die Leiche abtransportiert und das Blut weggewischt hatte; erst danach wachten sie auf. Anders ist das alles nicht zu erklären.«

Sie beobachtete ihn, wie er den Oberkörper vor und zurück bewegte, wie sein Kinn auf die Brust fiel. Es sah aus, als gerate er in einen Trancezustand. Sie fürchtete schon, er würde vom Stuhl kippen, und streckte die Hand nach ihm aus. Er zögerte, dann nahm er ihre Hand und drückte sie sacht auf die Tischplatte.

Die Berührung seiner kalten, knochigen Hand erschreckte sie, aber sie wollte nichts Falsches sagen; sie wollte sagen, dass sie ihn zur Polizei begleiten und ihm beistehen würde, was immer geschehen sollte.

So etwas brachte sie nicht über die Lippen. Dann dachte sie, dass ihr ein Urteil über ihn nicht zustehe und sie stattdessen die Pflicht habe, ihn zu beschützen, zu trösten und aus seinen inneren Klauen zu befreien.

Wenn sie ihren Bruder anschaute, sah sie nichts als ein

Bündel Angst, von dem sie sich seit jeher wünschte, er hätte es am Tag seines Erwachsenwerdens für alle Zeit abgeworfen.

Sie sagte: »Erzähl mir von ihr, ich weiß so wenig über sie; an Weihnachten war sie ziemlich wortkarg und danach hab ich sie höchstens noch zweimal getroffen. Einmal waren wir zu dritt in einer Kneipe in Schwabing, im Alten Krug.«

»Im Alten Ofen.« Maximilian richtete sich auf. Die Bewegung kostete ihn Überwindung. Sein Bier hatte er fast ausgetrunken, und er bekam Durst auf ein zweites. Das hatte Zeit. »Sie trinkt keinen Alkohol; wegen ihrer Figur; sie arbeitet doch in einer Model-Agentur, ihre Freundin Kira hat sie vermittelt; sie kamen beide aus Berlin; hab ich das nicht erzählt?«

»Doch. Und dass sie in Pasing wohnt.«

»Gemeinsam mit Kira in einer Zweizimmerwohnung; einmal hab ich sie dort besucht, sonst kam sie immer zu mir. Dienstag und Donnerstag, zwanzig Uhr dreißig; so haben wir das verabredet. Zwei Mal die Woche, öfter nicht; anscheinend hatte sie viel zu tun, sie sprach nicht viel darüber. Manchmal erwähnte sie Termine bei Empfängen, sie müsse einfach nur da sein und schön aussehen; auf die Weise verdiene sie ihr Geld. Ich wollt sie heiraten, ehrlich, hab ihr einen Antrag gemacht, sie hat ja gesagt; ist nichts draus geworden. Sie wechselte zu Doktor Erker.«

»Wer ist das, Max?« Das Zuhören fiel ihr immer schwerer. Sie überlegte, ob sie ihm vorschlagen sollte, einen Spaziergang zu machen, in den Dünen. Das würde sie beide vielleicht entspannen, ihm das Sprechen erleichtern und in ihrem Kopf das Trommeln der Gedanken eindämmen. Dann verwarf sie die Idee. Im Lokal waren sie ungestört, und Maximilian machte nicht den Eindruck, als wollte er in dieser Nacht noch einen Fuß vor die Tür setzen, außer, um in sein Zimmer im Gästehaus zu gehen.

»Der Vater ihres Kindes«, sagte er. »Wahrscheinlich. In ihrem Handy war ein Foto von ihr und ihm, das hab ich ihm geschickt, mit einer Nachricht. Love forever. Vielleicht hat er sich gefreut, wär mir recht.«

»Du hast ihr Handy behalten?«

»Ja.«

»Und die Polizei war noch nicht bei dir?«

»Das Handy liegt verschrottet im Wertstoffhof in Thalkirchen, das kann man nicht mehr orten, dieses Gerät sendet keine Signale mehr.« Er lehnte sich zurück und verschränkte die Arme. »Alles erledigt. Vorher hab ich aber noch die Nachricht mit dem Foto verschickt.«

Tanja beschäftigten noch andere Dinge – etwa die Frage, ob ihr Bruder den Tod der jungen Frau womöglich geplant habe, so akribisch, wie er die Spuren beseitigt hatte.

»Wo Jella ihn kennengelernt hat, kann ich dir nicht sagen; sechs Monate ist das her. Er hat eine Anwaltskanzlei; weiß ich aus dem Telefonbuch, auch, wo er wohnt. Sechs Monate tingelte sie zwischen ihm und mir hin und her; die Familie wohnt in Bogenhausen; ich glaub nicht, dass sie sich dort getroffen haben, wahrscheinlich in einem Hotel. Jella aus Berlin. Irgendwann kam sie nur noch am Donnerstag zu mir, nicht mehr am Dienstag; heiraten wollt ich sie trotzdem. Hättst du je gedacht, dass dein Bruder so blöde ist? Ja, hast du. Gut so. Ich bin nicht schuld, dass sie tot ist, das musst du mir glauben, dafür lass ich mich nicht verantwortlich machen.«

»Musst du auch nicht«, sagte Tanja und hatte ein mulmiges Gefühl. »Sie ist doch gestürzt.«

Er nahm sein Glas, hielt es an den Mund, setzte es wieder ab. »Soll ich dir noch was verraten? Auf dem Weg hierher hab ich die Ringe aus dem Zug geworfen, du warst grad eingenickt; hab das Fenster einen Spaltbreit geöffnet und fertig; zweitausend Euro, verstreut in Ostfriesland. Magst du noch ein Glas Wein?«

Sie nickte, weil sie kein Wort herausbrachte. Was sie hörte, klang in ihren Ohren wie das gespenstische Geständnis eines Fremden, der zufällig an ihren Tisch geraten war, und nicht wie die Stimme ihres Bruders, den sie seit siebenundzwanzig Jahren kannte. Er hatte ihr ein Verbrechen gestanden – um nichts anderes handelte es sich bei der Beseitigung einer unter ungeklärten Umständen gestorbenen Person – und sie zur Mitwisserin gemacht. Was erwartete er von ihr?

Als wäre es das Selbstverständlichste von der Welt, winkte er der Bedienung, bestellte in launigem Ton – »Wenn's dir nichts ausmacht, Silke …« – einen Riesling und ein Weizen. Dann wartete er, bis die Getränke auf dem Tisch standen, nahm sein Glas und prostete seiner Schwester zu. »Auf dein Wohl«, sagte er.

Der Wein schmeckte ihr nicht, oder er schmeckte anders als der vorige. Sie bemerkte den Blick ihres Bruders und wusste nicht, wie sie reagieren sollte.

»Hältst du mich für einen Verbrecher?«, fragte er.

»Weiß nicht … nein …«

»Ich werd mich nicht stellen.«

Im ersten Moment begriff sie nicht, was er meinte.

»Hast du das Bild nicht in der Zeitung gesehen?«, fragte er.

»Was für ein Bild?«

»Von Jella, die Polizei sucht nach ihr.«

Je länger das Gespräch dauerte, desto unheimlicher erschien es ihr, Teil davon zu sein. »Versteh nicht«, sagte sie. »Das Bild hätt ich doch sehen müssen. Und unsere Eltern auch. Wann war das denn?«

»Vor zehn Tagen oder zwei Wochen, im Lokalteil, Kira hat sie als vermisst gemeldet.«

»Wer ist Kira?«

»Ihre Freundin, mit der sie zusammenwohnt, hab ich doch vorhin gesagt.«

»Stimmt.« Tanja hatte den Namen vergessen.

»Ich war bei ihr«, sagte Maximilian. »Wir haben uns unterhalten.«

Er lügt, dachte sie; aus irgendeinem Grund erfindet er so Sachen, und sie hätte endlich gern begriffen, wieso. Schon seit geraumer Zeit lag ihr eine Frage auf der Zunge; sie durfte sie auf keinen Fall vergessen.

»Jella hat ihr vor einem halben Jahr mitgeteilt, dass es zwischen uns aus ist, danach hat sie meinen Namen nie wieder erwähnt. Das hat Kira auch der Polizei erzählt. Das Beste dran ist, sie kennt meinen Nachnamen nicht; ich bin Max und Friseur von Beruf; nichts weiter. Hab damit gerechnet, dass die Polizei mich trotzdem ausfindig macht; die sind clever bei der Kripo. Wenn ich Max und Friseur im Computer eingeb, land ich ziemlich schnell bei mir. Die Kommissare waren tatsächlich da, haben mich befragt, wollten wissen, wieso ich mich auf den Bericht in der Zeitung hin nicht gemeldet hab, ich sag, den hab ich nicht gelesen, außerdem hätten wir seit einem halben Jahr keinen Kontakt mehr, sie hat nämlich Schluss gemacht. Das war alles; sie sind wieder abgezogen. Seitdem ist Ruhe.«

»Aber sie hat dich doch besucht«, sagte Tanja. »Jemand muss sie doch gesehen haben.«

»Sie kam nur noch einmal in der Woche am Abend und

in letzter Zeit höchstens alle zwei Wochen; die hat niemand gesehen.«

»Fällt mir schwer, dir zu glauben, Max.«

»Warum?«

Darauf wusste sie keine Antwort. Sie dachte an den Nachmittag, wie der Nebel sie überraschte und gezwungen hatte auszuharren und wie sie von einer jähen Angst gepackt worden war, die sie beinah um den Verstand gebracht hätte; und dann ihr Bruder, der ihr ein Geheimnis anvertraute, das sie fast noch mehr erschütterte als ihr eigener innerer Aufruhr. Und nun kamen weitere Details ans Licht.

Wenn sie ihren Bruder betrachtete, fand sie nicht das geringste Anzeichen, das auf eine momentane Überdrehtheit oder ein unverständliches Spiel hindeutete, mit dem er sie, warum auch immer, aufziehen wollte.

Außerdem war ihr Bruder eines nie gewesen: ein Märchenerzähler; jemand, der sich mit Geschichten interessant machen wollte; ein Mann, der Spaß am Spielen hatte. Nicht mal als kleiner Bub, dachte sie plötzlich, wirkte er beim Spielen in sich versunken, immer ein wenig gelangweilt, ohne anzudeuten, was er lieber tun würde.

»Was schaust du mich so an?«, sagte er.

»Ich bin ganz ratlos.« Dann fiel ihr die Frage wieder ein, und sie stellte sie jetzt trotz ihrer Bedenken. »Erklär mir, warum du Jella geschlagen hast. Warum hast du sie nicht einfach weggeschickt? Du schlägst doch keine Frauen.«

»Ich hab dich angelogen«, sagte er.

Hofmeister nahm einen tiefen Schluck von seinem Weißbier, stellte das Glas ab, atmete tief durch und trank einen weiteren Schluck. Dann wischte er sich mit dem Handrücken über den Mund – eine Geste, die Tanja noch nie bei ihm gesehen hatte. Er verschränkte wieder die Arme und sah sie mit einem Blick an, den sie herausfordernd und unglaublich kalt fand.

»Wenn du mich fragst, wieso ich sie nicht einfach weggeschickt hab, sag ich dir: Das hab ich getan. Ich hab mich vor sie hingestellt, und sie kriegte Schiss, das hab ich genau gesehen, und ich hab zu ihr gesagt, sie soll sich verpissen, und zwar sofort, und wenn sie mir noch einmal über den Weg laufen sollt, würd ich sie auf offener Straße verprügeln. Hat gewirkt. Sie zog sich an, wollte noch was sagen, aber ich hab ihr verboten, den Mund aufzumachen. Sie nahm ihre Handtasche, schaute mich mit ihrem verlogenen Blick an und ging zur Tür. Sie machte die Tür auf und drehte sich noch mal zu mir um; ich stand da, in meinen Boxershorts, barfuß; weißt du, was sie dann allen Ernstes gesagt hat? Tut mir so leid. Von allen Worten der Welt, die man in so einer Situation sagen kann, wählte sie genau die verkehrten. In dem Moment hab ich gewusst, dass gleich was passiert.

Keine Reaktion meinerseits.

Sie ging ins Treppenhaus, das war dunkel, und sie knipste das Licht nicht an; das Licht aus meiner Wohnung genügte ihr wahrscheinlich, der dummen Pute. Ich seh noch, wie sie ihre linke Hand aufs Geländer legt und auf die oberste Stufe treten will. Mit drei Schritten bin ich bei ihr, sie dreht wieder den Kopf, und ich schlag ihr mit der Faust gegen die Stirn; eigenartiges Geräusch, so ein dumpfes Ploppen; sie verliert die Balance, rudert mit den Armen, und runter geht's.

Weißt du, was seltsam war? Obwohl ihr Körper und ihr Kopf auf den Stufen aufgeschlagen oder gegen das Geländer gekracht sind, klang das Geräusch ihres Sturzes wie gedämpft, als würd sie über einen Teppich kugeln. Darüber hab ich noch nachgedacht, als ich schon auf dem Weg ins Erdgeschoss war, wo sie in ihrem schwarzen dünnen Mantel total verdreht dalag und sich nicht mehr rührte.

Ganz ehrlich, Tanja? Mit ihrem Tod hab ich eigentlich nicht gerechnet. Sie muss eine falsche Bewegung gemacht haben; oder es war einfach Pech; Schicksal. Denk dir was aus.

Jetzt weißt du, wie es wirklich war. Wenn du mich anzeigen willst, mach's, du hättst das Recht dazu. Ich bin eine Art Mörder.«

Er stieß einen Seufzer aus, der bis auf die Straße zu hören war. Gino und seine Bedienung, die sich draußen unterhielten, warfen ihren Gästen einen schnellen Blick zu.

»Entschuldigung, dass ich dir nicht von Anfang an die Wahrheit gesagt hab.« Diesmal griff Maximilian nach ihrer Hand; beinah hätte sie sie in einem Zustand nie gekannter Entrüstung weggezogen.

Danach schwiegen sie lange.

Tanja versuchte, vorübergehend an nichts zu denken.

Maximilian kam es vor, als hätte er alles vergessen, was er in diesem Restaurant und nachmittags am Strand erzählt hatte. Als hätte der Nebel sich in seinen Kopf verzogen und sämtliche Gewissheiten, Lügen, Bilder und Erinnerungen in gnädige Watte gepackt.

Auf angenehme Weise fühlte Maximilian sich von einer Last befreit, die er längst hatte loswerden wollen und an deren Ursache er keine besonderen Empfindungen mehr verschwendete.

Dreizehn Jahre später erst sollte ihn eine maßlose Reue überkommen.

Dann winkte er dem Wirt und bezahlte die Rechnung.

Beim Herausgeben des Wechselgeldes verzichtete Gino Sandri darauf, sein Tiramisu doch noch anzubieten. Er sah den in Schweigsamkeit gehüllten Geschwistern hinterher, die Hand in Hand die dunkle Straße überquerten; er bildete sich ein, die beiden schon als Kinder so gesehen zu haben – zwei Verbündete auf dem Weg durch die finsteren Wälder des Lebens. Wieder einmal dachte Sandri an seine Schwester, die sich für einen fernen Kontinent entschieden hatte, und er rief Silke zu, ihm einen doppelten Averna auf Eis einzuschenken.

»Soll ich heut Nacht bei dir bleiben?«, fragte Tanja im Flur des Gästehauses. Sie wünschte, sie könnte all das aussprechen, was in ihr tobte.

»Das wär arg schön«, sagte Maximilian leise.

In ihren Kleidern, barfüßig, legten sie sich in das schmale Bett, Maximilian an der Wandseite, umfangen vom Arm seiner Schwester, die an seinen nach Sand riechenden Haaren schnupperte und auf eine Art Wunder hoffte, oder auf ein erlösendes Zauberwort aus der Wand.

Über nichts mehr als über ihr unfertiges, verlorengehendes Leben hatte sie mit Max sprechen wollen; über ihre fast dreiunddreißig Jahre, von denen die letzten zehn jeden Monat eine Enttäuschung bargen und sie an ihrer Hingabe verzweifeln ließen; über die Häme des Schicksals; über das Ende eines Glücksversprechens, auf das sie vertraute, seit sie zum ersten Mal ihre Periode bekommen hatte. Jetzt war die Zeit abgelaufen. Von nun an würde sie in eine Kinderlosigkeit hinein altern, für die es keinen Trost gab, kein Ersatzgeschenk.

Nichts von alldem hatte sie ihrem Bruder anvertraut. Während des spontanen Aufenthalts auf der Insel wollte sie gegenüber dem einzigen Menschen, der sie verstehen würde, nicht länger schweigen. Auf verschämte Weise hatte sie sich auf die Aussprache sogar ein wenig gefreut.

Doch Max hatte einen eigenen Plan verfolgt.

Max hatte ein fürchterliches Geheimnis auf die Insel ihrer Kindheit mitgebracht.

An diesem einen Nachmittag hatte Max ihr altes Leben ausradiert und ein neues geschaffen, aus dem es kein Entrinnen gab – so, wie aus ihrer leeren Zukunft.

Sie war zur Mitwisserin eines Verbrechens geworden, zur Komplizin eines Mannes, dem sie eine solche Tat niemals zugetraut hätte. Eine gewaltige Lüge lastete auf ihr und machte sie selbst zu einer Lügnerin, die ihren Bruder unter keinen Umständen verraten würde.

Denn das wusste sie schon in dieser Nacht: Was immer von dem stimmte, was Max ihr mitgeteilt hatte, wie immer die Ermittlungen und andere polizeiliche Dinge sich nach ihrer Rückkehr entwickeln mochten – sie würde von nichts wissen. Sollte ihr Bruder ein Alibi benötigen, sie würde es ihm verschaffen; sie würde alles tun, damit er nicht ins Gefängnis käme.

Was denn auch sonst?, dachte sie und vergaß vorübergehend ihre eigene Verlorenheit.

»Schlaf, mein Schatz, schlaf ein«, flüsterte sie.

Er wünschte, sie würde ihm ein Märchen erzählen, in dem die Menschen fliegen konnten wie Störche und niemand sich totträumen musste.

»Schlaf, mein Schatz, schlaf ein«, flüsterte er.

Sie wünschte, er würde ihr ein Märchen erzählen, in dem Lennard noch lebte und am Strand von Juist wundersame Muscheln sammelte.

IX

Gesichter im Spiegel

Auf der Liste der Personen, deren Handys in der Nacht von Lennards Verschwinden gleichzeitig in der Umgebung der Schule wie in der Nähe des späteren Fundorts der Leiche eingeloggt waren, standen die Namen von drei Männern und einer Frau.

Nach den Erkenntnissen der Sonderkommission unter der Leitung von André Block besuchten zwei Brüder – die Architekten Marcus und Heiner Glenk – ihre Mutter in der Schlierseestraße, wenige hundert Meter vom Asam-Gymnasium entfernt; anschließend fuhren sie in ein von ihnen bevorzugtes bayerisches Restaurant in Grünwald und nach dem Essen weiter über die Grünwalder Brücke und an der S-Bahn-Station Höllriegelskreuth vorbei nach Pullach, wo sie unweit der Jakobus-Kirche ein Doppelhaus bewohnten. Zeugen aus dem Gasthaus und eine Nachbarin bestätigten die Zeitangaben der Brüder, denen die Ermittler darüber hinaus keinerlei Verbindungen zur Familie Grabbe nachweisen konnten.

Bei Bettina Zielke, genannt Betty, führte der Besitz eines Handys im tatrelevanten Zeitraum zu einer Anzeige wegen Ausübung der verbotenen Prostitution und Beleidigung eines Vollzugsbeamten, den die Neunundfünfzigjährige als »dämlichen Korinthenkacker« bezeichnet hatte.

Betty behauptete, sie sei bei den Herren am Spitzingplatz und in Höllriegelskreuth für eine erkrankte Freundin eingesprungen, und zwar zum ersten Mal. Den Namen der Freundin wollte sie aus »persönlichkeitsrechtlichen Gründen« nicht nennen. Zugute kam ihr, dass die Kommissare um André Block angesichts der nach wie vor unergiebigen Ergebnisse im Mordfall Lennard keine Zeit für Nebenschauplätze hatten und zudem für Zuhälterei nicht zuständig waren. Ihre Kollegen aus dem Dezernat für Organisierte Kriminalität meinten, Betty sei ihnen bekannt – vor allem, weil sie Sondertarife für türkisch- und arabischstämmige Freier anböte, was sie als ihren »persönlichen Beitrag zur Integration und Vermehrung der Liebe in Zeiten allgemeiner Gehässigkeit« betrachte. Auf ihre sehr spezielle Art, sagte ein Kollege zu Block, folge Betty einer Mission, die zwar illegal sei, aber auch niemandem Schaden zufüge, eher im Gegenteil.

Nicht zum ersten Mal stellte Block fest, dass die Interpretation der Gesetze innerhalb der Kripo gelegentlich überraschend divergierten.

Mit der dritten Person, deren Handy in der relevanten Umgebung geortet worden war, vereinbarte Jakob Franck ein Treffen in der Gaststätte Brückenwirt unterhalb der Grünwalder Brücke, am Isarkanal – dort, wo am gegenüberliegenden Waldhang die Leiche des elfjährigen Schülers gefunden worden war.

Befragt, warum er bei strömendem Regen und eisigem Wind von seiner Wohnung in der Weißenseestraße einen, wie er sich ausdrückte, Spaziergang durch sein Viertel unternommen habe, erklärte Siegfried Amroth den Ermittlern, ursprünglich habe er bloß im Supermarkt in der nahen Neubausiedlung Brot, Käse und Aufschnitt einkaufen wollen. Nach der Hälfte der Wegstrecke über das ehemalige Agfa-Gelände sei er dermaßen durchnässt gewesen, dass er kehrtmachte und sich zu Hause trockene und wärmere Sachen anzog.

Danach hätte er, bevor er zum Stammtisch aufbrechen musste, »Lust bekommen, durch den Regen zu laufen, wie früher als Bub«. Also habe er seinen stabilsten Schirm genommen und sich noch einmal auf den Weg gemacht, diesmal »vage« in Richtung Giesinger Bahnhof. Von dort wollte er mit der S-Bahn bis zum Ostbahnhof fahren und dann in die S7 umsteigen. An der Haltestelle Höllriegelskreuth nahm er gewöhnlich den Bus bis zum Brückenwirt, oder er wurde von einem Bekannten mit dem Auto abgeholt.

»Wahrscheinlich wegen dem Sauwetter oder weil ich plötzlich nicht in dieser stickigen S-Bahn hocken wollte«, wie es im Protokoll hieß, entschied Amroth sich an jenem Abend, ein weiteres Mal die Richtung zu wechseln und in die Weißenseestraße zurückzukehren. Er holte seinen anthrazitfarbenen Opel aus der Garage und erreichte etwa vierzig Minuten später den Brückenwirt.

Den Recherchen der Fahnder zufolge war es zwanzig Uhr fünf oder zwanzig Uhr fünfzehn; an die exakte Zeit konnten sich weder der Wirt noch der Kellner erinnern. »Kurioserweise«, sagte Amroth in seiner Befragung, »haben meine anderen vier Stammtischbrüder alle ein öffentliches Verkehrsmittel benutzt«, und fast gleichzeitig trafen sie um acht Uhr abends in dem Lokal ein, kurz bevor Amroth erschien.

Er beteuerte, den Jungen weder an diesem Abend gesehen zu haben noch ihn näher zu kennen, allenfalls »flüchtig«. Wie sich herausstellte, wohnte die Familie Grabbe bis vor einem Jahr in der Untersbergstraße, die die Weißenseestraße im Bereich des begrünten Freizeitparks querte. Zwar konnten Tanja und Stephan Grabbe sich kaum an den vierundsechzigjährigen Versicherungsvertreter aus der Nachbarschaft erinnern, aber Amroth meinte, den Jungen öfter mal im Park beim Fußballspielen bemerkt zu haben. Gesprochen habe er nie mit ihm.

Die Kommissare fanden keinen Zeugen, der die beiden zusammen gesehen hatte. Für einen Durchsuchungsbeschluss, um Amroths Opel unter die Lupe zu nehmen, fehlten die Indizien; freiwillig ließ er Block und dessen Kollegin Holland keinen Blick ins Innere des Wagens und des Kofferraums werfen. »Ist mein Recht, und das nehm ich wahr«, erklärte er im Dezernat.

Solche Antworten pflanzten augenblicklich Misstrauen in Franck, obwohl die Erfahrung ihn gelehrt hatte, dass hinter einer solchen Reaktion im Grunde selten eine Täuschungsabsicht stand, sondern meist eine Art stählernes Bedürfnis, ernst genommen zu werden.

Da Franck dazu neigte, Menschen grundsätzlich ernst zu nehmen und ihnen – egal, was sie getan haben mochten – ihre Rechte bedingungslos zuzugestehen, musste er sich disziplinieren, wenn jemand ihm, dem ermittelnden, auf jede Hilfe angewiesenen, seine Dienstpflichten akkurat befolgenden Hauptkommissar, eine Bitte abschlug, deren Logik jedem ehrlichen Bürger einleuchten und diesen nicht veranlassen sollte, auf ein Recht zu pochen, das niemand ihm je streitig machen würde.

Abgesehen davon, war in einem Mordfall nach Francks Überzeugung kein einziger Mensch frei von Verdacht, wenn er auch nur eine Sekunde lang den äußersten Lebenskreis des Opfers berührt hatte.

Je älter der pensionierte Kommissar Franck in seinem Beruf geworden war, desto unverständlicher erschienen ihm Verhaltensweisen von Leuten, die sich wichtiger nahmen als der Tod.

»Was ich Sie gleich mal fragen muss«, sagte Siegfried Amroth. »Sie haben mich angerufen, weil Ihnen Ihr ehemaliger Kollege – den Namen habe ich vergessen – meine Nummer gegeben hat. Darf der das? Sie sind nicht mehr im Dienst. Oder bringe ich da was durcheinander?«

Franck, aufrecht auf der Holzbank neben der Garderobe sitzend, verbreitete in der gut besuchten, von Stimmen getränkten Gaststube eine enorme Ruhe. »Danke für die Frage, ich hätte Ihnen ansonsten von mir aus Antworten gegeben. Danke auch, dass Sie sich bereit erklärt haben, mich zu treffen.«

»Ich bin gern hier, ich kenne die Leute, im Sommer ideal.« Amroth zog mit beiden Händen sein Lodensakko glatt, in dessen Brusttasche ein blaues Seidentuch steckte; darunter trug er ein weißes Hemd, dazu Bluejeans; ein kräftiger Mann Anfang sechzig, der regelmäßig Sport zu treiben und auf sein Gewicht zu achten schien.

Franck bemerkte die akkurat geschnittenen Fingernägel, die zum gepflegten Erscheinungsbild passten, genau wie der sorgfältig rasierte Dreitagebart und die kurz geschnittenen, an der Seite gescheitelten dunkelblonden Haare. Auf dem Janker mit den Hirschhornknöpfen und dem grünen Futter war kein Fussel zu erkennen. Beim Hereinkommen hatte der Wirt Amroth mit Handschlag begrüßt; der Kellner und Amroth duzten sich.

»Ich bin pensioniert, das ist wahr«, sagte Franck. »Trotzdem arbeite ich weiter ab und zu für die Kriminalpolizei.«

»Ach was. Und was?« Amroth zog die Augenbrauen hoch und machte ein neugieriges Gesicht, das der Kommissar eingeübt fand; aus Gründen, auf die er noch zu sprechen kommen würde, musste Franck zugeben, dass seine Einstellung zu diesem Gespräch nur in begrenztem Maß von Objektivität geprägt war.

Franck nahm den Kugelschreiber, der vor ihm lag, und zog auf dem unlinierten Block, den er wie den Kugelschreiber für alle Fälle aus der Tasche genommen hatte, vom oberen bis zum unteren Rand einen senkrechten Strich. »Beim gewaltsamen Tod eines Menschen«, sagte er, »überbringe ich den Angehörigen die Nachricht.«

Fast gierig trank Amroth einen Schluck aus seinem Bierglas, als habe die Mitteilung einen trockenen Hals bei ihm verursacht. »So was machen Sie? Haben Sie da eine spezielle Ausbildung? Wie lernt man so was?«

»Ich war auch bei den Eltern des ermordeten Lennard.«

»Alle Achtung.«

»Mein Kollege André Block, der Sie befragt hat, sagte mir, Sie kannten den Schüler eher oberflächlich, Sie waren Nachbarn in der Weißenseestraße.«

»Paar Mal begegnet, nicht der Rede wert.« Wieder trank Amroth einen langen Schluck. »Die Fragen sind alle erledigt. Ich dachte, Sie wollten mich treffen, weil ich Ihnen was über die Gegend erzählen soll; weil Sie vermuten, dass der Mörder sich da irgendwo verbirgt, getarnt als gewöhnlicher Nachbar; und weil Sie für solche Untersuchungen mehr Zeit haben als Ihre Kollegen im Amt. So was in dem Sinn haben Sie mir am Telefon erzählt. Aber jetzt machen Sie einen auf Verhör. Was genau also wollen Sie von mir? Ich habe mit der Sache nichts zu tun.«

Auf die rechte Seite seines Blocks schrieb Franck das Wort Sache.

Amroth streckte den Kopf vor. »Was schreiben Sie da? Was hat das mit der Linie auf sich?«

»Gedächtnisstützen.« Franck hatte ein kleines Helles bestellt; er wollte einen Schluck trinken, aber das Bier schmeckte ihm nicht. Jedes Mal wenn er an Amroth vorbei in den Raum sah, brachten ihn die aufeinander einredenden, gestikulierenden Gäste aus der Konzentration – hauptsächlich Männer, am Fenster zwei ältere Paare, am Nebentisch zwei Frauen um die fünfzig, die Weinschorle tranken und sich Fotos hin- und herreichten und kommentierten. Niemand sprach mit auffallend lauter Stimme, aber zwischendurch hätte Franck sich am liebsten die Ohren zugehalten.

»Noch mal.« Der Mann in der Trachtenjacke zeigte mit dem Finger auf den Schreibblock. »Werden Sie bitt schön nicht dienstlich, Sie haben keine Befugnisse. Wir sitzen hier, um uns zu unterhalten, weiter nichts. Wenn ich das Gefühl kriege, Sie spielen ein mieses Spiel, stehe ich auf und gehe. Das ist keine Drohung, ich sage nur, was ich denke. Tragisch, was mit dem Jungen passiert ist, unverständlich, weswegen ausgerechnet ich ins Fadenkreuz gerate. Am Versagen der Polizei bin ich nicht schuld, und ich werde ganz sicher nicht das Bauernopfer geben.«

Vielleicht war es nur diese eine Stimme, die er schwer ertrug, dachte Franck, das gepflegte Süddeutsch des Vorzeigebürgers ihm gegenüber.

»Weder sind Sie im Fadenkreuz«, sagte Franck. »Noch möchte jemand Sie als Bauernopfer sehen. Wir sind hier, wie Sie richtig sagen, um uns zu unterhalten; ich betone noch mal, dass ich Ihre Zustimmung zu unserem Treffen zu schätzen weiß. Jeder Hinweis kann helfen, jede noch so kleine Beobachtung könnte eine neue Tür öffnen. Wollen Sie mir dabei helfen, Herr Amroth?«

»Alles, was ich weiß, habe ich Ihrem Kollegen mitgeteilt.«

»Im Protokoll steht, Sie hätten sich an jenem Abend vage

in Richtung des Giesinger Bahnhofs bewegt. Was meinen Sie mit vage?«

»Was habe ich gesagt? Vage? Auf keinen Fall habe ich das gesagt, nie und nimmer.«

»Sie haben das Protokoll unterschrieben.«

»Natürlich habe ich es unterschrieben, sonst wäre es nicht gültig. An das Wort vage kann ich mich nicht erinnern. Die Sache ist lange her.«

»Zweieinhalb Monate«, sagte Franck. »An dem Abend herrschte miserables Wetter, was Sie nicht davon abhielt, spazieren zu gehen.«

»Ich gehe gern spazieren, ich brauche Luft, Ruhe auch. Ich bin Versicherungsvertreter, wie Sie wissen, ich sitze den halben Tag im Büro, die andere Hälfte im Auto oder bei Kunden. Ich rede viel in geschlossenen Räumen. Verständlich, dass ich mal rausmuss. Oder ist das so schwer zu begreifen?«

»Fest steht, dass Sie an jenem Abend in der Nähe des Asam-Gymnasiums waren.«

Nach einer Pause, in der er wieder einen Schluck trank und wie gedankenverloren vor sich hin starrte, stellte Amroth das Glas auf den Bierdeckel und hob den Zeigefinger. »Offensichtlich habe ich mich vorhin nicht deutlich ausgedrückt, deswegen wiederhole ich mich: Ein Verhör findet im Brückenwirt nicht statt. Ist das eindeutig? Kein Verhör, ein Gespräch. Falls für Sie ein Gespräch ohne Verhör nicht möglich ist – weil Sie weiter Polizist spielen oder Ihren ehemaligen Kollegen eins auswischen wollen –, dann bitte ich Sie, höflichkeitshalber die gesamte Rechnung zu bezahlen, ihren geheimnisvollen Block und den Schreiber einzupacken und sich zu verabschieden.

Ich sage das so deutlich, damit keinerlei Missverständnisse entstehen. Im Kommissariat in der Hansastraße habe ich sämtliche Fragen nach bestem Wissen und Gewissen beantwortet, auch wenn ich kurz davor war, einen Anwalt hinzuzuziehen. Manche Fragen waren schlicht unverschämt, absolut unangemessen, suggestiv, wenn man es genau nimmt. Ihre Kollegen dachten, sie hätten endlich eine Spur zum Mörder, bloß, weil mein Handy am Tatort eingeschaltet war.

Wie viele Handys waren da noch eingeschaltet? Diese Frage hat mir niemand beantwortet. Ich war nicht der Einzige, das ist klar. Alles erledigt.

Ich habe meine Pflicht erfüllt, habe mich ordnungsgemäß gemeldet, als ich den offiziellen Schrieb im Briefkasten vorfand; ich nahm mir fast einen ganzen Tag lang Zeit, um mir Dinge anzuhören, die meiner Überzeugung nach nichts mit diesem Fall zu tun haben.

Ich sagte mir, die Leute machen nur ihre Arbeit. Gegen Ende der Veranstaltung wurden sie allerdings lästig, das muss ich sagen, und das war der Moment, an dem ich dachte, jetzt muss ich meinen Anwalt benachrichtigen. Was ich nicht getan habe.

Ich unterschrieb, Sie haben recht, das Protokoll, nachdem ich es gelesen hatte, fast vierzig Seiten, wenn ich mich richtig erinnere; dann habe ich das Haus als derselbe freie Mann verlassen, als der ich es betreten habe. Und Sie werden es nicht schaffen, meine Freiheit in irgendeiner Weise einzuschränken.

Habe ich mich so ausgedrückt, dass wir von nun an zivilisiert miteinander umgehen können?«

»Die Bemerkung, dass Sie in jener Nacht, in der Lennard Grabbe ermordet wurde, in der Nähe der Schule waren, habe ich nicht wegen des Jungen gemacht.« Franck senkte die Stimme. In seiner Dezernatszeit hatte er aus dem Kontrast zwischen der lautstark vorgetragenen Suada eines selbstherrlichen Zeugen und seiner eigenen, in gedämpftem Ton vermittelten Zuhörerschaft oft nützliche Erkenntnisse gewonnen.

»Über das Verbrechen an dem armen Schüler möchte ich mit Ihnen nur am Rande reden. Mir geht es um Sie, das habe ich Ihnen am Telefon auch so gesagt, Sie haben mein Interesse geweckt. Und was den Begriff der Freiheit betrifft: Anders als meine ermittelnden Kollegen darf ich Vermutungen äußern, ohne juristische Konsequenzen befürchten zu müssen; ich darf Ihnen unterstellen, Sie würden lügen; ich muss mich nicht zur Objektivität verpflichten; ich begegne Ihnen auf persönlicher Ebene. Wenn Sie mich nicht länger ertragen, können Sie aufstehen und gehen, ich habe keine Handhabe gegen Sie, von mir haben Sie keine Untersuchungshaft zu befürchten. Sind wir uns einig?«

»Warum sagen Sie so was zu mir? Wollen Sie mich einschüchtern?«

»Ihr Handy war an einem Funkmast eingeloggt, der näher an der Schule liegt als am Bahnhof, wo Sie in die S-Bahn steigen wollten, bevor Sie sich entschieden, das Auto zu nehmen.«

»Fangen Sie schon wieder an? Wollen Sie mich provozieren? Brauche ich wegen Ihnen einen Anwalt?«

»Das weiß ich nicht«, sagte Franck.

Die Antwort nahm Schwung aus der inneren Sturmwelle des Versicherungsvertreters. Er legte die Hände ans Revers seines Jankers, zog daran und schien sich festhalten zu müssen; der ungerührte Blick des Kommissars ließ ihn mehrmals den Kopf schütteln. Amroth verzog den Mund zu einem Grinsen, das selbstgefällig gemeint war, aber nur Unsicherheit verriet.

»Auch mit diesen Sachen wollten Sie nie etwas zu tun haben«, sagte Franck und breitete sorgfältig ein Schweigen zwischen ihnen aus. Ihm gefiel, wie Amroth, der unfähig war zu verbergen, wie ihn durch nichts als eine Andeutung die Vergangenheit heimsuchte, an seinen Worten kaute und sein Selbstvertrauen auf die Größe eines Einstecktuches schrumpfte.

In einem ausführlichen nächtlichen Telefonat hatte André Block Einzelheiten genannt; Franck hatte so lange nachgefragt, bis er überzeugt war, dass seine Exkollegen kein Detail übersehen hatten – zumindest was die belegbaren Fakten im Zusammenhang mit der aktuellen Fahndung betraf. Ob die bisher vorliegenden Aussagen aller Befragten allerdings mit der Wahrheit übereinstimmten, wenn man sie in andere Zusammenhänge setzte, war nach Francks Einschätzung noch völlig offen.

Wie häufig bei Mordermittlungen ohne Tatverdächtige und eindeutige Spurenlage barg jeder neue Blickwinkel krude, aber zu enträtselnde Geheimnisse und im Glücksfall durchaus brauchbare Überraschungen. Für die Auslotung abseitiger Möglichkeiten mussten die Kommissare Unmengen von zusätzlichen Überstunden ableisten – oder sie benötigten die Hilfe eines mit viel Zeit gesegneten Pensionärs aus den eigenen Reihen.

Aus der Umhängetasche, die er neben sich auf die Bank gestellt hatte, nahm Franck einen roten Aktendeckel, legte ihn auf den Tisch und seine gefalteten Hände obenauf. »Vor ein paar Jahren wurden Sie als notorischer Gliedvorzeiger im Englischen Garten festgenommen. Sie galten auch als Spanner, beobachteten Kinder auf dem Schulhof, sprachen sie an, machten ihnen Geschenke. In Schwimmbädern haben Sie heimlich fotografiert. Trotzdem wurden Sie nie verurteilt, nicht einmal angeklagt, Ihr Anwalt leistete gute Arbeit, und Sie zeigten sich reumütig; bis zum nächsten Vorfall. Zeugen wollen Sie gesehen haben, wie Sie sich mehrfach in der Nähe des Asam-Gymnasiums herumgetrieben und Schüler angesprochen haben. Ich bin überzeugt, Sie hatten Kontakt zu Lennard Grabbe, möglicherweise auch am Tag seiner Ermordung.«

Mit voller Wucht schlug Amroth auf den Holztisch. »Lüge«, schrie er. »Sie sind ein Lügner.«

Das abrupte Schweigen sämtlicher Gäste empfand Franck als einen Segen.

Außer Franck und den beiden Frauen am Nebentisch, die für eine Minute den Austausch ihrer Familienfotos unterbrachen und dem aufgewühlten Mann erschrockene Blicke zuwarfen, sah kein weiterer Gast die Veränderung in Amroths Gesicht. Er, der mit dem Rücken zum Lokal saß, steigerte sich in einen Furor hinein, der seine Haut zu verfärben schien und seine Mimik aus den Fugen geraten ließ.

Er stützte die Handgelenke auf der Tischkante ab und streckte die gekrümmten Finger, als wollte er jemanden erwürgen; seine Stimme, die er zu dämpfen versuchte, bestand aus einem heiseren, die Worte schmirgelnden Krächzen.

»Sie ziehe ich zur Rechenschaft«, stieß Amroth hervor. Dann machte er eine Pause und betrachtete den Kommissar, der ihm ungerührt zuhörte, geschult in Hunderten ähnlicher Echauffierungsarien. »Man wird Ihnen die Pension kürzen, Sie werden sich vor Gericht verantworten müssen, ungestraft beleidigen Sie keinen unbescholtenen Bürger.

Was Sie mir vorwerfen, ist eine Unverschämtheit. Sie stellen mich als Kinderschänder hin und bezichtigen mich auch noch des Mordes an dem kleinen Lennard, der ein Starfußballer hätte werden können, meiner Einschätzung nach. Aber das ist jetzt nicht wichtig. Was Sie gerade getan haben, war ein Verbrechen. Wir sind hier in der Öffentlichkeit, und Sie stellen mich an den Pranger. Ein Mensch wie Sie hätte niemals bei der Polizei angenommen werden dürfen, Sie sind eine Schande für Ihren Berufsstand und, davon abgesehen, ein verabscheuungswürdiger Zeitgenosse. Ich werde jetzt bezahlen und gehen und morgen früh meinen Anwalt informieren. Wahrscheinlich werde ich mich auch an die Presse wenden, damit die Leute in dieser Stadt vor Ihnen gewarnt sind.«

Franck nahm das stumme Brodeln zur Kenntnis. Dann griff er nach dem Kugelschreiber und schrieb auf die linke Seite neben dem senkrechten Strich das Wort Starfußballer auf seinen Block. Er legte den Stift parallel daneben, sah sein Gegenüber ohne jede erkennbare Regung an, wartete ab. Amroth versuchte es mit einem Grinsen, ließ es sein, ruckte ungeduldig mit dem Oberkörper.

»Am besten wäre«, sagte Franck, »Sie würden Ihrem Anwalt meine Telefonnummer geben, dann kann ich mit ihm das weitere Vorgehen besprechen.«

»Was soll das?« Endlich entkrampfte der Versicherungsvertreter seine Hände. Hektisch drehte er den Kopf nach rechts und links, um festzustellen, ob jemand ihn beobachtete; eine Weile nickte er vor sich hin. »Glauben Sie, man kann mich einschüchtern? Sie bestimmt nicht. Sie mache ich fertig.«

»Dann will ich Ihnen die Situation erklären: Nichts von dem, was Sie mir erzählt haben, klang so überzeugend, dass ich Sie von einem Verdacht ausschließen kann. Nicht sprechen, Herr Amroth. Hören Sie mir zu.

Sie kannten Lennard Grabbe besser, als Sie meinen Kollegen weisgemacht haben; Sie wussten, auf welche Schule er ging, und Sie haben vor dieser Schule auf ihn gewartet, dafür wird es Beweise geben. Sie haben Lennard beim Fußball beobachtet und stellten fest, wie herausragend er spielen kann.

Einen Moment, Sie sind noch nicht wieder an der Reihe, Herr Amroth. Es wäre wichtig, wenn Sie mir zuhören würden, dann bekommen Sie eine ungefähre – oder um Ihr Wort zu benutzen – vage Vorstellung davon, wie meine Kollegen Ihnen bei der nächsten Vernehmung begegnen werden.

Ich werde einen Zeugen finden, der Sie in der Nacht oder am Tag von Lennards Tod in der Nähe des Jungen gesehen hat, ich werde alle Personen noch einmal befragen, deren Aussagen bereits in den Protokollen stehen.

Was Sie betrifft, so bin ich überzeugt, dass Sie sich nicht mit einem Treffen mit mir einverstanden erklärt haben, weil ich Sie um Mithilfe gebeten habe, sondern, weil Sie etwas über den Stand der Ermittlungen erfahren wollten; Sie wollten hören, ob Sie womöglich doch noch als Stalker eines ermordeten Kindes auffliegen. Lassen Sie mich selbst die Antwort geben: Sie sind aufgeflogen. Rufen Sie Ihren Anwalt an, wahrscheinlich wartet er seit Tagen auf einen Anruf von Ihnen. Was halten Sie davon?«

Als in diesem Moment der Kellner auftauchte, nach neuen Getränken fragte und seinem Stammgast kumpelhaft die Hand auf die Schulter legte, zuckte Amroth unmerklich zusammen. Unentschlossen betrachtete er sein Glas, in dem sich nur noch ein schal gewordener Rest befand. Wortlos entschied er sich für ein weiteres Bier. Franck bestellte einen Kaffee.

»Alles klar, Sigi?«, fragte der Kellner.

»Alles klar, Chris«, erwiderte Amroth. Kurz darauf sah er Franck an und meinte: »Er war früher Tierpfleger, Chris, der Kellner, dann verlor er den Kontakt zu den Menschen. Verstehen Sie? Er trainierte mit den Gibbons Ballspiele, er baute Klettergerüste für sie, er hat mit ihnen gesungen; Gibbons singen nämlich manchmal. Chris wollte ihnen Lieder beibringen, Happy Birthday und Ähnliches, zur Unterhaltung der Besucher und um die Leute darauf aufmerksam zu machen, dass die Tiere vom Aussterben bedroht sind. Die Gibbons mochten ihn. Wenn eines der Jungtiere krank wurde, übernachtete er im Zoo …

Chris verbrachte mehr Zeit bei den Gibbons als bei seiner Frau; sie ließ sich scheiden. Er nahm seine Gitarre mit ins Gehege und musizierte mit den Tieren. Nicht gut. Man musste ihn entlassen. Jetzt ist er Kellner und hat den ganzen Tag mit Menschen zu tun, die er eigentlich nicht mag, von ein paar Ausnahmen abgesehen.

Sie dürfen ihn nicht auf seine Vergangenheit ansprechen, sonst schlägt seine Stimmung um, und er neigt zu Schwermut. Seinen fünfzigsten Geburtstag im letzten Jahr verbrachte er allein und unerkannt im Tierpark; niemand weiß davon, nur ich, mir hat er sich anvertraut. Mit Pepitahut und Sonnenbrille schlich er fünf Stunden durch Hellabrunn; und wissen Sie, was er behauptet? Bei den Gibbons sei er nicht gewesen, er habe sie gemieden, weil sie ihn wiedererkannt hätten und er sich vor ihnen geschämt hätte; er wäre vor allen Leuten in Tränen ausgebrochen, sagte er zu mir.

Wissen Sie, was ich glaube? Ich glaube, er hat mich angeschwindelt, er war bei den Affen, ganz sicher. Warum ich das glaube? Weil er einen glücklichen Eindruck machte, als er hier ankam und uns bediente; er verriet nichts; aber als er mir spät am Abend – alle anderen Gäste waren schon gegangen und Hubert, das ist der Wirt, saß mit einem Freund draußen beim Rauchen – von seinem Ausflug berichtete und immer wieder betonte, dass er ganz bestimmt die Gibbons nicht besucht habe, war mir alles klar. Auch, dass er an dem Tag Geburtstag hatte, erfuhr ich erst in dieser Nacht, und zwar kurz nach Mitternacht, als der Geburtstag schon vorbei war. So ist er, der Chris ...«

»Wie bin ich?« Chris stellte ein Haferl Kaffee, ein Kännchen Milch und ein Helles auf den Tisch; er trug ein blütenweißes Hemd und darüber eine rotschwarz karierte Weste. Kaum hatte er die Getränke serviert, verschränkte er die Hände hinter dem Rücken und fragte, ob er sonst noch Wünsche erfüllen könne.

Amroth wandte sich ihm zu. »Du bist ein echter Herr Ober, mit deinem Stil könntest du auch in Wien arbeiten.«

»Die haben genug eigene Kellner«, sagte Chris, der, wie Franck bemerkte, beim Sprechen seine Zähne versteckte und mit geschlossenem Mund lächelte.

Nach und nach verlangten die Gäste die Rechnung; die beiden Frauen vom Nebentisch, die vergeblich versucht hatten, aus dem Gespräch der Männer Einzelheiten zu filtern, schickten letzte, kritische Blicke über den Tisch, bevor sie das Gasthaus verließen.

In gewohnter Manier ergänzte Franck seinen Kaffee mit einer guten Menge Zucker und Milch; gern hätte er dazu eine Zigarette geraucht; die angebrochene Packung hatte er in seiner Umhängetasche immer dabei; mehr als fünf Zigaretten pro Woche rührte er nicht an, nachdem er vor vielen Jahren das Rauchen eine Zeitlang vollständig aufgegeben hatte.

Während Amroth schweigend sein Glas mehrmals in die Hand nahm und wieder absetzte, trank Franck den halbwarmen Kaffee mit sichtlichem Genuss. Er dachte an den tierverliebten Kellner und nahm sich vor, wieder einmal in den Tierpark zu gehen; dann fiel ihm ein, dass er diesen Wunsch in regelmäßigen Abständen hegte und bisher nie etwas daraus geworden war.

»Vergessen Sie nicht, Ihren Anwalt anzurufen«, sagte er.

»Das werde ich nicht tun.« Als wäre er davon angewidert, schob Amroth das Bierglas an den Rand des Tisches.

»Schmeckt Ihnen das Bier nicht mehr?«

»Sie suchen einen Täter und nehmen mich ins Visier, weil ich schon mal mit der Polizei zu tun hatte. Das sind fiese Methoden.«

»Beschweren Sie sich bei Ihrem Anwalt, Herr Amroth.«

»Reden Sie endlich offen mit mir: Halten Sie mich für einen Mörder? Für einen Pädophilen? Für einen gefährlichen Mann? Raus mit der Sprache.«

»Soweit ich informiert bin«, sagte Franck, »sind Sie nicht als pädophil registriert. Sie beobachten, machen Fotos, sprechen Jungen an; was Sie auf Ihrem Computer gespeichert haben, wissen wir nicht ...«

»Weil es nichts zu wissen gibt, Herr Exkommissar.«

»Möglich. Ich weiß auch nicht, ob Sie ein Mörder sind, aber für einen gefährlichen Mann halte ich Sie auf jeden Fall. Das muss Sie nicht weiter beschäftigen. Wie Sie richtig sagen, bin ich ein Exkommissar, auch wenn ich weiter Ermittlungen anstelle und Leute befrage. Dazu fühle ich mich verpflichtet. Wenn Sie hier rausgehen und bei Ihren Lügen bleiben wollen, tun Sie's. Ich habe Ihnen gesagt, was passieren wird; Polizisten werden in Ihrem Büro am Goetheplatz erscheinen und Sie auffordern mitzukommen; Sie können sich widersetzen, Sie können irgendetwas von Ihrem Anwalt palavern, am Ende sitzen Sie, wie schon einmal, im Dezernat an der Hansastraße und werden es nicht schaffen, den Kommissaren ein weiteres Mal Ihre Geschichte aufzutischen. Niemand glaubt Ihnen mehr. Wenn Sie Pech haben, wird Haftbefehl gegen Sie erlassen, und die Pressestelle im Polizeipräsidium wird keine Minute zögern, die Mitteilung herauszugeben, dass endlich ein Verdächtiger im Mordfall des kleinen Lennard gefunden wurde.

Ihr altes Leben endet an diesem Tisch. Oder Sie raffen sich noch einmal auf und stellen sich vor, ich wäre ein Spiegel und Sie sähen Ihr Gesicht, das Sie zweieinhalb Monate lang aus gutem Grund verabscheut haben und nun nicht länger vor sich selbst verstecken wollen. Denken Sie darüber nach, bis ich zurück bin.«

Als er sich in der Toilette die Hände wusch, betrachtete Franck sein eigenes, alt gewordenes Gesicht und hatte Mühe, die Kerben der Zeit zu ertragen; die nicht von Schlaflosigkeit oder Alkoholkonsum, sondern vermutlich von bloßer Lebensanstrengung herrührenden Augenringe; die buschigen, den Blick verdunkelnden Brauen; seinen schmalen Mund, dem es an Verschmitztheit mangelte; seine Schultern, deren krumme Haltung sein teures, eigentlich perfekt sitzendes, dunkelblaues Leinenhemd unförmig aussehen ließ; seine windige Haarpracht.

Was sollte diese Selbstgeißelung, fragte er sich und zerknüllte das Papiertuch, warf es in den Behälter neben dem Waschbecken und kehrte in die Gaststube zurück.

Der Stuhl von Siegfried Amroth war leer.

»Er hat mir zehn Euro gegeben«, sagte Chris, der am Tisch stand. »Den Rest müssen Sie übernehmen.«

Franck bezahlte, zog seine Lederjacke an, hängte sich seine Tasche um und machte sich auf den Weg zur Tür. Der Kellner huschte an ihm vorbei und griff nach der Klinke.

»Eins noch«, sagte Chris, »der Sigi ist ein lieber Gast, aber Sie dürfen ihm nicht alles glauben; ich hab nie mit den Affen gesungen, ich bin doch nicht des Wahnsinns fette Beute. Okay?«

»Okay«, sagte Franck.

Chris nickte und öffnete die Tür.

Zweihundert Meter vom Brückenwirt entfernt stand eine Gestalt im Dunkeln, dem Hang zugewandt.

»Wo wurde er gefunden?«, fragte Amroth, als der Kommissar näher kam.

X

»Sie sind mir fast sympathisch«

Hauptkommissarin Elena Holland und der Leiter der Sonderkommission, André Block, baten den Versicherungsvertreter in den Besprechungsraum mit den großen Fenstern, durch die an diesem Freitagvormittag das Licht hell und mild hereinfiel. In der Mitte befanden sich, aneinandergeschoben, drei quadratische, weiße Tische mit zwei Wasserflaschen und vier Gläsern, vor der rechten Wand ein Flachbildfernseher mit DVD- und Videorecorder und auf der gegenüberliegenden Seite zwei Flipcharts, bei denen mehrere Blätter umgeschlagen und die Vorderseiten unbeschrieben waren.

In seinen früheren Vernehmungen, dachte Siegfried Amroth, hatten sie ihn in ein enges, fensterloses, in unangenehmes Neonlicht getauchtes Zimmer gebracht; die Nähe der Kommissare hätte ihn eingeschüchtert, wenn nicht der Anwalt an seiner Seite gewesen wäre, der ihm eine Art Sicherheitsempfinden vermittelte; auch das unaufhörliche Tippen der Sekretärin direkt hinter seinem Rücken hatte ihn jedes Mal in unnötige Unruhe versetzt.

Dagegen erschien ihm die Atmosphäre heute geradezu einladend. Der Geste des Kommissars folgend, setzte er sich an die Längsseite des Tisches, auf einen der insgesamt acht gepolsterten Stühle. Der Kommissar und seine Kollegin nahmen ihm gegenüber Platz. Die Frau, deren Namen er vergessen hatte, bot ihm Mineralwasser an, er lehnte ab. Zwei, drei Minuten, erklärte sie, müsse er noch Geduld haben, eine der beiden Protokollantinnen sei wegen Krankheit ausgefallen und die andere deswegen für sämtliche aktuellen Vernehmungen allein verantwortlich.

Keiner der beiden, bemerkte Amroth, hatte eine Akte oder Schreibpapier vor sich liegen; sie sahen ihn nur wie teilnahmslos an, weiter nichts. Gestern, als der Kommissar ihn am Telefon zu einer weiteren Befragung ins Dezernat bat, hatte Amroth überlegt, Dr. Fender, seinen Anwalt, zu informieren; nach einigem Nachdenken war er zu dem Entschluss gelangt, dass er die Sache nicht unnötig aufblähen wolle. Er war unschuldig, nur das zählte.

In der Nacht vor zwei Tagen, in Anwesenheit von Jakob Franck und unweit der Stelle, an der der Leichnam des Jungen gefunden worden war, hatte er zugegeben, sich auch an jenem verregneten Novembertag am Asam-Gymnasium aufgehalten zu haben. Aus Respekt vor dem Ort, an dem sie standen – das hatte er ausdrücklich betont –, gestehe er seine Lüge ein.

Ja, er habe sogar mit Lennard gesprochen, weil er wissen wollte, ob der Schüler am Wochenende wieder in den Park an der Weißenseestraße komme, um mit seinen Kumpels Fußball zu spielen; er, Amroth, sähe ihnen doch so gerne zu, vor allem dem Ausnahmetalent Lennard.

Ja, sie hätten sich öfter mal über Fußball im Allgemeinen und eine mögliche Karriere von Lennard im Besonderen unterhalten.

Ja, er wisse, wohin Lennard mit seinen Eltern von der Untersbergstraße aus gezogen sei.

Ja, er habe den Jungen gemocht, weil dieser Lebensfreude ausgestrahlt und immer ein gutes Wort für ihn übriggehabt habe.

Und nein, nie habe er den Jungen unstatthaft berührt oder ihn zu etwas verführen oder überreden wollen.

Nein, am Abend von Lennards Verschwinden habe er der Schule keinen zweiten Besuch abgestattet, am Nachmittag sei er dort gewesen und habe mit Lennard gesprochen, danach nicht mehr.

Daraufhin hatten Franck und er sich auf dem Parkplatz nahe dem Brückenwirt verabschiedet. Dass er bald einen Anruf aus dem Dezernat erhalten würde, war Amroth klar.

Was er unter einem guten Wort verstehe, wollte Hauptkommissar Block wissen. Inzwischen war die Protokollantin eingetroffen – Amroth schätzte sie auf Anfang fünfzig, schwarze Ponyfrisur, Jeansjacke über der weißen Bluse – und hatte auf ihrem Laptop zu schreiben begonnen; neben dem Computer lagen ein Schreibheft und ein Kugelschreiber; hin und wieder – Amroth blieb der Grund schleierhaft – machte sie sich in Windeseile eine Notiz.

Da er davon ausging, dass Franck seinen ehemaligen Kollegen das gesamte Gespräch im Brückenwirt und sein anschließendes Geständnis am Waldhang bis ins kleinste Detail übermittelt hatte – im Nachhinein unterstellte er Franck, heimlich ein Aufnahmegerät benutzt zu haben –, achtete Amroth eher beiläufig auf Genauigkeit. Zunehmend verspürte er das Bedürfnis, zu widersprechen und die in seinen Augen an falscher Stelle übermotivierten Ermittler darauf hinzuweisen, dass ihre Pflicht als vom Volk bezahlte Staatsdiener in der Ergreifung gemeingefährlicher Verbrecher bestünde und nicht im Verhören unschuldiger Mitbürger.

In diesem Sinn äußerte er sich etwa zwanzig Minuten nach Beginn der Befragung. Sofort schlug Block eine kurze Pause vor; seiner Beobachtung nach wirke Amroth angespannt und gleichzeitig unkonzentriert, und er rate ihm zu einem Glas Wasser oder einer Tasse grünem Tee, die zu besorgen kein Problem darstelle. Auch könne er, sagte Block, belegte Brote und Semmeln bringen lassen, falls Amroth noch nicht gefrühstückt habe. Er sei fit, meinte Amroth, der wieder seinen Janker mit dem Einstecktuch anhatte. Schweiß trat ihm auf die Stirn, aber er dachte nicht daran, die Jacke auszuziehen oder das Angebot mit dem Wasser anzunehmen.

Mehr und mehr geriet Amroth in einen von ihm selbst erzeugten Sog aus Selbstgenügsamkeit, der seine Gedanken durcheinanderwirbelte und seine Gefühle verwässerte, ohne dass ihm dieser Vorgang Furcht einflößte oder ihn zur Besinnung gebracht hätte. Vielmehr hielt er sein inneres Rumoren für das Triumphgeheul eines souveränen Mannes; eines Siegers über die Dorftrottelhaftigkeit von Polizisten und anderen Gesetzeslakaien.

Was Gesetz war, dachte Amroth, zog seine Jacke am Revers glatt und behielt die Hände dort, regelten die Gesetzbücher und auf keinen Fall von Vorurteilen und armseligen Erfolgsstatistiken in die Irre geleitete Beamte.

»Mit mir ist alles in Ordnung«, sagte er und stieß ein schmatzendes Geräusch aus.

Im Lauf des Vormittags manövrierte Amroth sich in eine Gegend aus Widersprüchen, Unschlüssigkeiten, Lügen und Halbwahrheiten, in der er jeglichen Halt verlor. Bis er begriff, was geschah, dauerte es fast drei Stunden. Er hatte einen Plauderton angeschlagen, der in den Ohren von Holland und Block nach einer ausgedachten, mehr oder weniger auswendig gelernten Strategie klang.

Nach dem, was Franck seinem Freund Block berichtet hatte, jonglierte der Versicherungsvertreter zwar mit allerlei selbstbetrügerischen Motiven, basierend auf seinem Doppelleben und seinen Neigungen; dass seine Aussagen eine tatrelevante Wendung nehmen könnten, hätten dennoch weder Franck noch seine Kollegen für möglich gehalten.

Von einem bestimmten Zeitpunkt an – die Protokollantin notierte 12.45 Uhr – betrachteten die beiden Vernehmer den palavernden Mann nicht länger als Zeugen, sondern als Verdächtigen.

Bevor sie ihn offiziell darüber in Kenntnis setzten, wollten sie ihm eine letzte Chance zu einer wahrheitsgemäßen, glaubwürdigen Aussage einräumen. Amroth zuckte mit der Schulter, saß eine Zeitlang mit gesenktem Kopf da und schien angestrengt nachzudenken. Dann sah er sowohl die Kommissarin als auch deren Kollegen und die Protokollantin an und fragte, ob er nun doch eine Semmel mit kaltem Leberkäs und eine Tasse Kaffee mit Milch bekommen könne; danach stünde er für weitere Fragen zur Verfügung.

In der Pause – eine Mitarbeiterin aus der Kantine brachte den Kaffee und die Semmel auf einem Tablett – öffnete Block eines der Fenster. Er sah Amroth zu, wie dieser, in sich versunken, in kleinen Schlucken seinen Kaffee trank und bedächtig in gleichmäßigen Abständen in die Semmel biss. Elena Holland war am Tisch sitzen geblieben, die Protokollantin auf die Toilette gegangen.

Ein kühler Wind wehte herein; im Hinterhof türmten sich Berge grauen Schnees, der nicht tauen wollte. Per SMS beantwortete Block Fragen aus der Pressestelle. Eigentlich war für diesen Freitag wieder eine Pressekonferenz geplant gewesen, die der ermittelnde Staatsanwalt aber aufgrund mangelnder neuer Erkenntnisse kurzfristig abgesagt hatte; logischerweise führte das zu Nachfragen der Journalisten. Block deutete an, die Soko verfolge eine aktuelle Spur, Einzelheiten würden nicht vor Montag bekanntgegeben.

»Ich bin dann so weit.« Amroth tupfte sich mit der Papierserviette den Mund ab, zerknüllte sie und warf sie aufs Tablett.

Die Protokollantin war ebenfalls bereit; seit sie den Raum am Morgen betreten hatte, hatte sie noch kein Wort gesprochen. Über das, was folgte, wunderte sie sich nicht, sie war gewohnt, keinerlei Regung zu zeigen, seien die Details eines Verbrechens noch so abscheulich und die Aussagen eines Täters noch so menschenverachtend.

Hauptkommissar Block erklärte, Siegfried Amroth werde nicht länger als Zeuge vernommen; stattdessen bestehe gegen ihn von nun an ein Anfangsverdacht gemäß Paragraf einhundertzweiundfünfzig-eins der Strafprozessordnung; er werde beschuldigt, möglicherweise an der Entführung und Ermordung des elfjährigen Lennard Grabbe beteiligt gewesen zu sein. Ob ein Ermittlungsverfahren eingeleitet werde, entscheide der Staatsanwalt. Als Beschuldigter habe Amroth das Recht, die Aussage zu verweigern, einen Rechtsanwalt hinzuzuziehen und Beweiserhebungen zu beantragen. Ob Amroth den Sinn der Belehrung verstanden habe, fragte Block.

»Ja.«

»Möchten Sie die Aussage verweigern?«

»Ich bin aussagebereit, immer noch. Ich brauche keinen Anwalt.«

Block fragte ihn ein zweites Mal, ob ihm die veränderte Situation bewusst sei; Amroth sagte Ja und auf die ergänzende Frage nach einem Rechtsbeistand Nein.

Daraufhin begannen André Block und Elena Holland

mit ihrer Vernehmung von vorn. Sie stellten zum Teil dieselben Fragen und erhielten zu ihrer Verblüffung dieselben kruden Antworten, die eindeutig nicht zur Entlastung des nunmehr Beschuldigten beitrugen.

Auf die entscheidende Frage, ob er am Abend des achtzehnten November den elfjährigen Lennard Grabbe an der Schule abgepasst, ihn im Auto mitgenommen und später ermordet habe, sagte Amroth mit tonloser Stimme Nein. Er gab zu – anders als gegenüber Franck –, gegen neunzehn Uhr, als das Fußballspiel in der Halle beendet war, in der Nähe der Schule gewesen zu sein; er habe im Auto gesessen und sich schlecht gefühlt; warum er sich schlecht gefühlt habe, wisse er nicht mehr, er könne sich nur noch an den Zustand erinnern; der Regen habe aufs Autodach geprasselt und der Sturm an seiner alten Kiste gerüttelt. Den Jungen habe er nicht mehr gesehen.

Warum er überhaupt noch einmal zur Schule gefahren sei, wo doch seine Freunde im Brückenwirt auf ihn warteten, könne er sich nicht erklären. Ob er Sehnsucht nach Lennard gehabt habe, fragte Elena Holland. Möglich wär's, erwiderte Amroth und wich dem Blick der Kommissarin aus.

Ob er Lennard geliebt habe, fragte die Kommissarin weiter. Amroth zuckte mit den Achseln, wog den Kopf hin und her, lächelte verlegen – die Protokollantin vermerkte die Reaktion in ihrem Notizheft – und ruckte mit dem Stuhl vom Tisch weg; er presste die Beine aneinander und atmete schwer. Er habe ihn gerngehabt, sagte Amroth, immerzu habe er an ihn denken müssen; als der Junge aus der Untersbergstraße weggezogen sei, habe er einen Herzstich verspürt. Er habe aber wieder Mut geschöpft, als er Lennard auf dem Schulhof gesehen habe und mit ihm habe sprechen dürfen; Lennard habe nämlich immer ein gutes Wort für ihn übriggehabt.

Welches gute Wort, wollte Hauptkommissar Block zum zweiten Mal wissen. Diesmal sagte Amroth etwas anderes als beim ersten Mal vor mehreren Stunden. Er behauptete, Lenny – erstmals nannte er den Jungen beim Spitznamen – habe ihm gesagt, er brauche sich nicht zu verstecken, wenn er ihn besuchen komme. Das sei ein gutes Wort gewesen, meinte Amroth, und er habe sich darüber gefreut.

Gegen Ende der Vernehmung zeigte der Vierundsechzigjährige Ermüdungserscheinungen; er hatte Probleme, die Sätze klar auszusprechen, musste mehrfach von vorn beginnen; sekundenlang drückte er die Augen zu, ehe er weitersprach. Als er ein Gähnen unterdrückte, gab er sich einen Ruck und setzte sich aufrecht.

Er sei jetzt, sagte er, mit seinen Ausführungen fertig und wolle erfahren, was mit ihm geschehe. Seine veränderte Gesichtsfarbe – ein faseriges Grau – war unübersehbar, seine rechte Hand zitterte leicht; die letzten Worte hatte er nur noch schleppend hervorgebracht.

Auf ihn warte eine erkennungsdienstliche Erfassung, und er, Block, werde einen Durchsuchungsbeschluss beantragen, und zwar nicht beim Ermittlungsrichter, sondern wegen Gefahr im Verzug bei der zuständigen Staatsanwaltschaft. Er rate Amroth, bei der Durchsuchung seiner Wohnung, der Garage, des Fahrzeugs und seines Büros in Begleitung eines Rechtsanwalts anwesend zu sein. Die Durchsuchungen würden noch an diesem Abend stattfinden.

»Ich habe nichts zu verbergen«, sagte Siegfried Amroth, mehr zur Protokollantin als zu Block und Holland.

Für den altgedienten Ermittler war der Mann einer der seltsamsten Verdächtigen, die er jemals vernommen hatte. Obwohl er keineswegs überzeugt war, Lennards Mörder vor sich sitzen zu haben, würde Block keine andere Wahl haben, als ihn dem Richter vorzuführen und Untersuchungshaft zu beantragen. Auch dachte er daran, den Mann von einem Psychologen untersuchen zu lassen, falls Amroth zustimmte.

Vor seinem Gang zum Erkennungsdienst reichte Amroth allen die Hand. Dann steckte er beide Hände in die Jackentaschen und verharrte einen Moment.

»Ich bin ganz erleichtert jetzt«, sagte er. »In jüngster Zeit strauchele ich oft ... in mir drin. Ich weiß nicht mehr, was ich getan habe; bestimmt nichts Schlimmes. Oder doch? Ich rede mit Kunden, und hinterher habe ich alles vergessen; ich mache mir Notizen, so wie Sie ...«

Er nickte der Protokollantin zu. » ... und wenn ich lese, was ich geschrieben habe, erschrecke ich; weil ich vergessen hatte, dass ich's aufgeschrieben habe. Heute war ein guter Tag; ich werde nach Hause fahren und auf Sie warten. Zwei Zimmer, mehr gibt's nicht zu durchsuchen. Ich werde Dr. Fender anrufen, er muss überwachen, dass nichts durcheinandergerät und Dinge wegkommen. Hinterher können wir in mein Büro am Goetheplatz fahren. Was das Gesetz erfordert, muss getan werden.

Mir ist klar, dass Sie mir nicht glauben und dringend einen Schuldigen brauchen; die Leute werden mit dem Finger auf mich zeigen und mich einen Pädophilen nennen, das geht schnell heutzutage. Schlecht für meine Arbeit, ich rechne mit dem Schlimmsten. Meine Rente ist niedrig; unter der Brücke werde ich aber nicht landen, das verspreche ich Ihnen. Mir dreht niemand das Wasser ab.

Sie haben mich ausgefragt, und ich habe Ihnen Rede und Antwort gestanden. Auf das Protokoll bin ich schon gespannt ...«

Wieder nickte er der Frau mit dem Laptop zu. »... jedes Wort werde ich kontrollieren, da steht am Ende nichts, was ich nicht gesagt habe; Sie haben mich ausgequetscht. Mir war klar, dass Sie versucht haben, mich in die Enge zu treiben; so was verlangt der Beruf von Ihnen, ich akzeptiere das. Auch Ihr Exkollege, der Herr Franck, wanzte sich geschickt an mich heran, und ich habe ihm ebenfalls geantwortet und am Ende sogar ein Geständnis abgelegt, wie auch vor Ihnen.

Ich gebe zu, dass Lennard mich ermutigt hat, ehrlich zu sein und mich zu zeigen und zu mir selber gut zu sein, und das bin ich von jenem Tag an, als er zu mir gesprochen hat. Das bin ich seither jeden Tag. Verhaften Sie mich, stellen Sie mich an den Pranger, ich werde mich nicht ducken.

Können Sie mir bitte ein Taxi rufen? Ich hole mein Auto morgen ab, wenn Sie es durchleuchtet haben. Sie haben mich mit Ihrer Befragung zermürbt, die Art Ihres Verhörs grenzte an Folter. Das werde ich Dr. Fender mitteilen, damit er die angemessenen rechtlichen Schritte unternimmt.

Übrigens werfe ich Ihnen nichts vor, Sie folgen Ihrer Natur, dafür kann man Sie strafrechtlich nicht zur Rechenschaft ziehen. Habe ich recht?«

»Recht will er kriegen«, sagte sie. »Und er ist überzeugt, immer im Recht zu sein.« Hanne Amroth brachte ein Glas frisch gepressten Orangensaft ins Wohnzimmer und reichte es ihrem Besucher; sie setzte sich zu ihm an den Tisch und nippte an ihrem Glas. »Wir haben uns aus bestimmten Gründen getrennt, mehr möchte ich nicht dazu sagen. Ist er von der Polizei schon verhört worden?«

»Er wird vernommen«, sagte Franck. »Verhöre finden seit fünfundvierzig nicht mehr statt.«

Ein verschmitztes Lächeln huschte über die geschminkten Lippen der Frau mit dem grauen Lockenhaar. »Bei solchen Themen muss ich ihm fast recht geben, meinem Mann. Er ist nämlich der Meinung, dass die Polizei grundsätzlich nur das eine Ziel verfolgt: jemanden dingfest zu machen, wenn sie ihn einmal in ihren Klauen hat; harte Verhöre sind da unvermeidlich, ganz gleich, wie Sie so was nennen. Ein Verhör ist ein Verhör, und nur weil Vernehmung harmloser klingt, macht das für den Betroffenen keinen Unterschied.«

In diesen Sätzen glaubte Franck Stimme und Meinungen des Mannes wiederzuerkennen, mit dem er im Brückenwirt gesprochen hatte; wenn er sich nicht täuschte, benutzte dessen Frau sogar ähnliche Ausdrücke wie er.

»Eine Vernehmung«, sagte Franck, »dient vor allem der Wahrheitsfindung und nicht dem Sammeln von Beweisen für oder gegen einen Beschuldigten oder Verdächtigen; darüber können wir ein andermal sprechen. Ich möchte von Ihnen wissen, wie gut Ihr Mann Lennard Grabbe kannte und was Sie für einen Eindruck von dem Jungen im Lauf der Zeit gewonnen haben.«

Sie lächelte wieder und schaute Franck hinter ihrer runden, randlosen Brille mit wachen Augen an. »Ich mag Sie, ja, Sie sind mir fast sympathisch; dabei begegnen wir uns heut zum ersten Mal; Sie strahlen Gelassenheit aus, das ist viel wert. Ich arbeite in einem Kaufhaus, da herrscht nichts als Hektik, jeder will als Erster drankommen, alle haben es immer eilig, nicht nur am Wochenende. Als Sie mich angerufen haben, hab ich zuerst gedacht, nein, bloß kein Besuch, noch dazu von einem Fremden, ich will allein sein, niemanden sehen; ich bin krankgeschrieben, wegen meiner Zahn-OP, das hab ich Ihnen schon am Telefon gesagt. Und jetzt sitzen Sie hier und stören mich überhaupt nicht. Möchten Sie nicht doch einen Kaffee?«

»Nein«, sagte Franck.

»Sie sind also pensioniert, arbeiten aber weiter als Kriminaler. Wie das?«

»Den Eltern des ermordeten Jungen habe ich die Todesnachricht überbracht. Diese Verpflichtung habe ich aus meiner Dienstzeit übernommen. War Lennard bei Ihnen oft zu Besuch in der Weißenseestraße?«

»Möglich, ich bin mir nicht sicher. Was ist daran wichtig?«

Die Bemerkung könnte von Amroth stammen, dachte Franck und sagte: »Mich interessiert, was der kleine Junge aus Ihrer Sicht für ein Mensch war.«

»Halten Sie mich bitte nicht für unmenschlich, aber: Er ist tot. Alles, was ich sag, macht ihn nicht mehr lebendig. Er war ein Kind, was soll ich sonst sagen?«

In ihrem rotgelb gemusterten Kleid, das ihren Körper großzügig umhüllte, mit ihrer scheinbar unverkrampften und mädchenhaften Art, die durch ihr vermutlich operativ bedingtes Lispeln eine besondere Note erhielt, wirkte sie wie die personifizierte Nettigkeit. Aus seiner Zeit im Morddezernat kannte Franck sämtliche vergleichbaren Spielarten; er wusste, dass solche Menschen die Rüstung, in die sie irgendwann, aus den unterschiedlichsten und manchmal durchaus nachvollziehbaren Gründen geschlüpft waren, nicht einmal bemerkten; endlich hatten sie ein kuscheliges Empfinden.

Die Hände auf dem Tisch gefaltet, nickte er bedächtig. »Würden Sie sagen, Lennard war ein aufgeweckter Junge, der keine Scheu vor Erwachsenen hatte?«

Sie schnippte mit den Fingern. »Absolut«, sagte sie.

Franck musste sich zwingen, nicht ihre Hand anzustarren; so ein Schnippen hatte er lange nicht mehr gehört und gesehen; Hanne Amroth wirkte ungemein heiter.

»Dem konnten Sie nichts vormachen«, sagte sie mit

Nachdruck. »Der Kleine war auf dem Posten; wenn er mit Sigi über Fußball redete, war er nicht zu bremsen; und sie redeten nur über Fußball, die ganze Zeit, ununterbrochen. Ich interessiere mich nicht dafür; ab und zu schau ich Tanzwettbewerbe, hab früher selber mal getanzt, lang her. Fußball? Nein. Sportsendungen langweilen mich. Aber der Junge und Sigi, nichts als Fußball im Kopf.«

Also doch, dachte Franck, sie kannte den Jungen gut und wusste, wann er und ihr Mann sich trafen. Er sagte: »Lennard spielte im Park nebenan.«

»So oft wie möglich. Sigi meinte, aus dem wird mal ein Nationalspieler. Kann ich nicht beurteilen; ich würd mir trotzdem kein Spiel anschauen. Was wollten Sie noch mal genau wissen?«

»Der Junge war regelmäßig hier bei Ihnen.«

»Wir waren Nachbarn, da ergibt sich so was. Wenn ich Kuchen gebacken hab, hat er natürlich ein Stück abgekriegt. Hat sich immer höflich bedankt, das muss ich zugeben. Ansonsten fand ich ihn eher aufdringlich, er wusste immer alles besser. Perfekt. Sigi ist genauso. Vielleicht haben die beiden sich deswegen so gut verstanden. Risiko: Wenn beide immer recht haben wollen, kracht's irgendwann; wie in einer Ehe. Dann fliegen Gegenstände durch die Luft, oder einer von beiden wird handgreiflich; oder alle beide; dann ist nichts mehr zu retten. Bei uns sind keine Gegenstände geflogen, das darf ich Ihnen verraten. Ich bin ausgezogen, und die Sache war erledigt.«

»Warum sind Sie ausgezogen, Frau Amroth?«

»Wie ich schon sagte: Ich hatte meine Gründe, und die möchte ich für mich behalten.«

»Bei der Polizei haben Sie die Aussage verweigert«, sagte Franck. »Sie wurden gefragt, ob Sie von den Neigungen Ihres Mannes wussten; dass er Jungen beobachtet, fotografiert und anspricht; dass er ein Stalker ist, nicht nur auf Schulhöfen, auch in Schwimmbädern und auf Privatgrundstücken. Sie haben geschwiegen.«

»Das ist mein gutes Recht als Ehefrau.«

»Halten Sie es für möglich, dass Ihr Mann Lennard ermordet hat?«

»Ist ja lächerlich.« Einen Lidschlag lang glaubte Franck, einen Schatten über ihren ungetrübten Blick huschen zu sehen. »Er hat seine Ticks, wer nicht? Er hat's nicht leicht im Beruf, die Versicherungsbranche boomt nicht grade, er braucht Ablenkung und muss Energie tanken, was ist daran verkehrt? Und, das geb ich zu, er redet manchmal groß daher, das haben Männer so an sich. Aber mehr ist da nicht. Jemanden umbringen? Sind Sie nicht ganz sauber? Sie verspielen gerade Ihre Sympathien, Herr Kommissar; Exkommissar. Mein Mann bringt niemanden um, schon gar nicht einen kleinen Jungen, den er noch dazu mochte. Ja, er mochte ihn, traf sich mit ihm auch noch, als die Familie schon nicht mehr in der Untersbergstraße gewohnt hat; sie sind Kumpels; verboten? Ich denke, Sie haben jetzt genug erfahren. Ich muss mich ausruhen, die Wunde in meinem Zahnfleisch fängt wieder an zu pulsieren.«

Für einige Sekunden war es in der kleinen, bescheiden eingerichteten Wohnung totenstill. Hanne Amroth hielt sich die Hand an die Wange; ihr Lächeln kam Franck mittlerweile wie ein Tick vor. Siegfried Amroth verlangte nach der Anwesenheit von Kindern, seine Frau nach Geborgenheit in Unschuld.

An der Tür sagte Franck: »Viel Glück für Ihren Zahn.«

»Das heilt wieder, alles halb so tragisch«, sagte Hanne Amroth lächelnd.

Vom Auto aus wollte Franck seinen Freund Block anrufen, um sich nach dem Verlauf der Vernehmung von

Amroth zu erkundigen; im selben Moment klingelte sein Handy.

»Stellen Sie sich das vor, Herr Kommissar«, sagte Max Hofmeister. »Meine Schwester hat sich die Haare abschneiden lassen, raspelkurz. Und sie ist nicht zu mir zum Schneiden gekommen. Warum macht sie das? Warum?«

XI

Menschenleere Welt
2

Einer der in der Sonderkommission verbliebenen fünfzehn Kommissare – zehn Männer, fünf Frauen – musste der Boulevardzeitung einen Hinweis gegeben haben. Unter Berufung auf Ermittlerkreise vermeldete das Blatt die Festnahme eines Verdächtigen im Fall Lennard Grabbe. Der Mann sei ein ehemaliger Nachbar und mit dem Schüler gut bekannt gewesen. Spekulationen über einen möglichen sexuellen Missbrauch wurden als solche bezeichnet, gleichzeitig aber – ohne einen konkreten Hinweis – mit Nachdruck geschürt.

Wie der Reporter schrieb, hätte die Vernehmung die ganze Nacht gedauert, auch die Ehefrau und weitere Personen aus dem nahen Umfeld des Verdächtigen seien befragt worden. Zumindest dieser Teil des ganzseitigen Artikels – darin wurde das Schicksal des Jungen noch einmal ausführlich geschildert und mit Bildern vom Fundort der Leiche und des wahrscheinlichen Tatorts ergänzt – entsprach der Wahrheit. Das musste André Block zugeben, so schwer es ihm fiel.

Die Tatsache, dass bei außergewöhnlichen, zumal ungeklärten Mordfällen immer wieder Informationen vom Dezernat nach draußen drangen, gehörte – anscheinend unvermeidbar, wie er mittlerweile resignierend feststellte – zum Alltag eines leitenden Ermittlers; er trug die Verantwortung für jeden Vorgang, jeden Kollegen, jede Kollegin, jedes Blatt Papier und jedes öffentliche Gehüstel über die gemeinsame Arbeit.

Was Block am meisten ärgerte, betraf nicht einmal im Wesentlichen die Indiskretion – schlimm genug, den eigenen Leuten nicht hundertprozentig vertrauen zu können; für viel gravierender hielt er die durch solche Berichterstattung beeinträchtigte Fahndung aufgrund der Preisgabe von Täterwissen.

Wenn Lennard tatsächlich bereits in der Nacht seines Verschwindens zwischen frühestens zwanzig und spätestens vierundzwanzig Uhr getötet worden war – wer außer dem Mörder hätte das mit Sicherheit wissen können? Nach der Zeitungslektüre blieb dem Täter nun unendlich viel Zeit, sein Alibi zu konstruieren und die Spuren, die er vielleicht übersehen hatte, zu beseitigen.

Auch wenn ein altgedienter Ermittler wie André Block noch nie eine Täterwissen implizierende Frage gestellt hatte – Wo waren Sie an diesem oder jenem Tag zwischen acht und Mitternacht oder dergleichen –, behielt er sich gewöhnlich Erkundigungen zum zeitlichen Ablauf so lange vor, bis ein Verdächtiger einen Fehler beging, von sich aus Hinweise auf eine mögliche Tatzeit lieferte oder in seinem selbstgezimmerten Lügenlabyrinth über die eigenen Widersprüche stolperte.

In der Öffentlichkeit führte die Bekanntgabe einer Festnahme zur vorübergehenden Versöhnung mit der in den Augen vieler Bürger unfähigen Polizei. Das Ermittlerteam setzte dieser scheinbare Erfolg erst recht unter Druck, zumal im Fall von Siegfried Amroth die vorliegenden Fakten kaum Anlass zum Optimismus boten, die endgültige Aufklärung stehe bevor. Bei der Durchsuchung von Amroths Wohnung in der Weißenseestraße, der Garage und des

Autos sowie des Büros am Goetheplatz fanden die Kommissare, begleitet von Spurensuchern aus dem Landeskriminalamt, keinerlei Anhaltspunkte für eine Tatbeteiligung. Allerdings identifizierten die Techniker im Labor auf zwei Bildbänden über Fußballweltmeisterschaften DNS-Spuren von Lennard Grabbe, ebenso auf einem kleinformatigen Imitat des Champions-League-Pokals, das Amroth seiner Aussage nach auf der Auer Dult entdeckt und für Lennard gekauft hatte. Bei seinem letzten Besuch hätte der Junge das Symbol aus bemaltem Kunststoff in der Eile bei ihm vergessen.

Auf die Frage, wann Lennard zum letzten Mal in der Wohnung gewesen sei, meinte Amroth: »Kurz nach der Kirchweih-Dult im Oktober, so was in der Gegend.«

Basierend auf neuen Aussagen von Siegfried Amroth (»Von Fotos und Geschichten der alten Helden auf dem Rasen hat Lenny nie genug kriegen können, er ist auf dem Sofa gesessen und hat geblättert und geblättert, stundenlang«) unternahmen Block und seine Kollegin Elena Holland den Versuch, noch einmal die Eltern des Jungen über dessen Umgang mit Erwachsenen aus der Nachbarschaft zu befragen, speziell mit dem fußballbegeisterten Versicherungsvertreter.

Der Versuch scheiterte.

Tanja Grabbe lehnte ein Gespräch ab; sie öffnete den Kommissaren nicht einmal die Wohnungstür, sondern rief ihren Bruder an, der wiederum ihrem Mann Bescheid geben sollte, dass die Polizei vor der Tür stehe. Daraufhin rief Stephan Grabbe den Hauptkommissar auf dem Handy an und bat ihn um Verständnis, seine Frau verweigere sogar jede vernünftige Unterredung mit ihm, die häusliche Situation sei äußerst schwierig.

So trafen sie sich im Café Strandhaus, dessen Bewirtung Grabbe mit einem zweiten Konditor, einer Küchenhilfe, seiner Bedienung Claire und der aus Afghanistan stammenden Studentin »wieder halbwegs im Griff hatte«, wie er betonte. Zu seinem Leidwesen kämen immer noch Neugierige und Gaffer herein, die sich verdruckst nach Lennards Mutter erkundigten oder das Foto an der Wand abfotografierten; aus der Zeitung wussten sie, dass das Bild von Lennard stammte.

Aus den kargen Äußerungen des Familienvaters ergaben sich für die Kommissare keine Erkenntnisse, die Rückschlüsse auf eine konkrete Schuld des vorübergehend in Untersuchungshaft sitzenden Verdächtigen zuließen.

Obgleich der Staatsanwalt wegen der in Amroths Wohnung gefundenen Fotos von Kindern einen Untersuchungshaftbefehl unterschrieben hatte – er schloss Flucht- und Verdunkelungsgefahr nicht aus –, rechnete Block damit, dass Dr. Fender, Amroths Anwalt, seinen Mandanten nach maximal zweiundsiebzig Stunden aus der U-Haft herausholen würde. Allen Widersprüchen und Grobschlächtigkeiten vonseiten des Festgenommenen und den dürftigen, einseitigen und bewusst verallgemeinernden Aussagen der Ehefrau zum Trotz würde dem Ermittlungsrichter angesichts der unbefriedigenden Beweislage keine andere Wahl bleiben, als den Haftbefehl außer Vollzug zu setzen.

Welcher mediale Hagel dann auf die Sonderkommission niederprasseln würde, verdrängte Block vorerst. Noch hielt die Firnis seiner Hoffnung. Die Erfahrung hatte ihn gelehrt, dass das Bedürfnis zu gestehen jeden Verdächtigen überwältigen konnte, unabhängig davon, welche Strategien er verinnerlicht zu haben glaubte.

Sosehr vor allem Hauptkommissarin Holland darauf drängte, mit Lennards Mutter ein paar Worte wechseln zu dürfen, so entschieden wies Stephan Grabbe die Bitte ab. Die Gründe blieben verschwommen, auf Nachfragen reagierte er barsch. Die Polizei habe versagt und wolle ihr Versagen auf die Opfer abwälzen, das kenne man ja von Beispielen aus früherer Zeit. Er, Grabbe, habe das Vertrauen in die Ermittlungsbehörden verloren. Solange Lennards Mörder frei herumlaufe, hätte die Kripo kein Recht, in seinem Leben herumzuwühlen und Unterstellungen in die Welt zu setzen, er und seine Frau hätten ihren Sohn vernachlässigt und womöglich mit den falschen Leuten in Kontakt gebracht.

Auf die wiederholte Frage, ob er es in irgendeiner Weise für möglich halte, dass sein ehemaliger Nachbar Amroth am Verschwinden Lennards und den Vorgängen in der verhängnisvollen Nacht beteiligt gewesen sein könnte, antwortete Grabbe, entschiedener als bisher und in einer Art grober Entrüstung, mit Nein.

Keine fünf Minuten später standen Block und Elena Holland wieder auf der Straße vor dem Café, ernüchtert, zornig vor Enttäuschung.

»Ich muss was trinken«, sagte Block.

»Ich komme mit«, sagte die Kommissarin.

Eine Stunde nachdem er den Anruf erhalten hatte, traf Franck im Gasthaus Weinbauer nahe der Münchner Freiheit ein. Das bayerische Restaurant lag nur wenige Schritte vom Café des Ehepaars Grabbe entfernt. Als Franck zur Tür hereinkam, bestellte Block gerade sein zweites Bier. Sie begrüßten sich mit Handschlag. Franck setzte sich neben Elena Holland auf die Bank, mit Blick ins Lokal, in dem sich nur vier weitere Gäste aufhielten, zwei alte Männer und zwei ältere Frauen, jeder an einem eigenen Tisch.

Zuerst hatte Franck bedauert, aus der Arbeit gerissen zu

werden; dann wurde ihm klar, dass seine Beschäftigung an diesem Tag aus einer Aneinanderreihung von Leerstellen und einem Geständnis bestand, dessen Wahrheitsgehalt ihm zweifelhaft erschien. Die Ablenkung, dachte er auf der S-Bahn-Fahrt in die Innenstadt, verschaffte ihm vielleicht neue Luft in seinem gedankenstickigen Kopf.

Block berichtete von der Begegnung mit Stephan Grabbe. Er machte keinen Hehl aus seinem Unverständnis für die Haltung des Mannes.

»Ihm ist alles egal, sogar, dass wir einen Verdächtigen haben, er verteidigt ihn auch noch, stell dir das vor.« Auf Blocks fast kahl rasiertem Kopf glänzten Schweißperlen, an seinem Hals, oberhalb des enganliegenden Hemdkragens, traten die Adern hervor, seine Gesichtsfarbe changierte zwischen dunklen Rottönen. Selten hatte Franck den Kommissar so angespannt erlebt; seinem Eindruck nach fühlte Block sich durch das Auftreten der Angehörigen fast persönlich beleidigt; als würden sie nicht nur seine Arbeit für gescheitert halten, sondern auch ihn selbst.

»Ihr Kind ist tot«, sagte Block voller unterdrücktem Zorn. »Der Junge wird ermordet, und wir sind schuld daran, oder was? Wir waren jeden Tag bei ihnen ...« Er sah seine Kollegin an. »Du hast alles versucht, um mit der Mutter eine Vertrauensbasis aufzubauen, du bist nachts zu ihr gefahren und hast sie getröstet und ihr von unseren Ermittlungen berichtet; wir waren offen und zugänglich, obwohl wir das nicht sein müssten und eigentlich auch nicht sein dürfen.

Sachlichkeit, Nüchternheit, Unbestechlichkeit, frei von Gefühlen, das ist die Basis unserer Arbeit und der Grund für unsere Erfolge bei der Aufklärung von Verbrechen. Von dir haben wir viel gelernt, Jakob, du warst immer der Erste, der uns ermahnt hat, keine Sekunde den Blick von den Tatsachen abzuwenden, von dem, was beweisbar ist, von dem, was offensichtlich vor uns liegt, von dem, was möglich und wahrscheinlich sein könnte, von jedem einzelnen Detail, in dem das Gesamtbild bereits enthalten ist, wir müssen nur genau genug hinsehen.

Und wir dürfen uns unseren Blick auf gar keinen Fall von Gefühlen vernebeln lassen, von zu viel Mitgefühl und zu viel Nähe zu den Opfern und Angehörigen der Opfer; wir sind Ermittler, wir sind Sachbearbeiter, wir sind dazu verpflichtet, Spuren zu lesen und Zusammenhänge zu begreifen, zu analysieren und die richtigen Schlussfolgerungen zu ziehen.

Wir werden nicht dafür bezahlt, Händchen zu halten und uns von der Verzweiflung anstecken zu lassen. Darunter würde unsere Arbeit leiden, und wir wären erst recht die Idioten, die Steuergelder verschwenden, anstatt den Mörder zu fassen, am besten innerhalb von ein paar Tagen. Schlampereien sind verboten. Deine Worte, Jakob.

Und wenn die Ermittlungen länger dauern, weil die Umstände entsprechend chaotisch sind oder der Fundort der Leiche nicht mit dem Tatort übereinstimmt oder das Wetter sämtliche Spuren vernichtet hat oder wenn nachweislich nicht die kleinste Verbindung zwischen Opfer und Täter besteht oder wir keine Zeugen auftreiben, die was gesehen haben, oder wenn weder die Handyortung noch die Überwachungskameras uns einen brauchbaren Hinweis liefern, dann kann es passieren, dass wir auch nach drei Monaten noch im Dreck wühlen auf der Suche nach einem Trüffel Wahrheit oder, wie du dich ausdrückst, Jakob, nach dem Fossil.

Weitersuchen, weitergraben, was anderes haben wir nicht zu tun, und wir tun auch nichts anderes.

Und niemand hat das Recht, uns zu unterstellen, wir

säßen nur rum und der Tod eines Kindes wär uns egal und wir wären nichts als Versager und würden sowieso nur Fragen stellen, damit nicht auffällt, dass wir den ganzen Tag untätig in unseren Büros hocken und Kreuzworträtsel lösen.

So lass ich mich nicht behandeln, niemand aus meiner Abteilung darf so behandelt werden. Das wollte ich mal klarstellen. Dieser Stephan Grabbe wird sich noch wundern.«

Block stand auf, wischte sich übers Gesicht, setzte sich wieder. Keiner der vier Gäste an den Einzeltischen hatte ob des in die Höhe schnellenden Glatzkopfs auch nur eine Braue gehoben, sie hatten andere Sorgen.

Er hielt inne und winkte der Bedienung; er bestellte ein Bier für sich und eines für Franck; Elena Holland hatte noch Ingwertee in der Tasse.

»Er leidet wegen seiner Frau«, sagte die Kommissarin. »Er redet und handelt stellvertretend für sie, das müssen wir akzeptieren.«

»Ich nicht.« Block trank einen Schluck und zeigte mit dem Glas auf sein Gegenüber. »Gib uns einen Rat, Jakob: Wie bringen wir die Eltern zum Sprechen? Und wer hat deiner Meinung nach die Presse informiert?«

Darüber hatte Franck bereits nachgedacht, ohne größere innere Aufregung. »Niemand aus deinem Team ist dafür verantwortlich«, sagte er. »Außer, jemand möchte dir was heimzahlen.«

»Ja, ich«, sagte Elena Holland mit ernster Miene.

»Klar.« Block schüttelte den Kopf. »Aber dazu brauchst du keine Hilfskraft aus Journalistenkreisen.« Er sah Franck an. »Sie ist stinkig, weil ich sie bei unserem letzten Fall von den Vernehmungen abgezogen hatte.«

»Vertrauen wär gut gewesen.«

»Das Thema ist beendet. Der Mann hat dich bedroht, bevor wir ihn festgenommen haben, er wurde gewalttätig, hast du das verdrängt? Du warst weit davon entfernt, eine objektive Befragung durchzuführen.«

»Du weißt genau, dass ich meine Gefühle bei der Arbeit abschalten kann.«

»Wer weiß das besser als ich?« Nach dem nächsten Schluck hatte Block auch sein drittes Glas geleert. Er wartete, dass Franck den Faden wieder aufnahm.

»Bei den Uniformierten gibt es immer Kollegen, die zu bestimmten Journalisten einen guten Draht haben«, sagte Franck. »Indiskretionen sind unvermeidlich; zum Glück wurden jetzt keine Fotos weitergegeben. Als Sedlmayr erschlagen in seinem Bett aufgefunden wurde, gelangte eines der Tatortfotos mit der unbekleideten Leiche in die Zeitung; ich wusste, wer dafür verantwortlich war, aber die eigenen Leute haben den Kollegen gedeckt und seine Beteiligung auch vor dem Polizeipräsidenten bestritten. Die Nennung der mutmaßlichen Tatzeit im Fall Lennard ist natürlich ärgerlich.«

Franck machte eine Pause; unmerklich sog er den Duft von Elena Hollands Parfüm ein, der ihn an ihre erste Begegnung erinnerte. Der Mann ihrer Cousine, ein Streifenpolizist, war nach einem nächtlichen Kneipenbesuch von einem Lastwagen angefahren und tödlich verletzt worden. Nachdem die Kommissarin sich auf der Straße vor dem Friedhof verabschiedet hatte und zu ihrem Auto ging, hatte Franck den hilflosen Wunsch verspürt, sie wiederzusehen; ihr Parfüm, bildete er sich ein, habe er noch abends in seiner Wohnung erschnuppert.

Als sie ihn bei der Begrüßung im Weinbauern angesehen hatte, wäre er aus Verlegenheit beinah ihrem Blick ausgewichen.

»Was die Familie betrifft«, sagte er, »so wirst du dich mit dem abfinden müssen, was sie dir geben. Die Mutter begann schon nach der Beerdigung ihres Sohnes in ihrem Schmerz zu versinken, meinem Eindruck nach lehnt sie jede Hilfe ab, auch die ihres Mannes und ihres Bruders, mit dem ich ein langes Gespräch geführt habe. Tanja Grabbe erträgt die Wirklichkeit nur, weil sie sich vor ihr verschließt. Wir wissen nicht, ob sie der Polizei eine Schuld gibt; ich vermute, ihr Zustand wäre nicht viel anders, wenn der Mörder inzwischen gefasst worden wäre. Ihr Sohn war ihr Lebensmittelpunkt. Was soll sie tun? Weiterleben wie bisher? Unvorstellbar für sie. Mit ihrem alten Leben hat sie abgeschlossen, und wie ein neues beginnen soll, weiß sie noch nicht. Sie ist allein, sie schaut in den Spiegel und erkennt sich nicht wieder.«

»Was meinst du damit?«, fragte Elena Holland.

»Die Frau, die sie im Spiegel sieht, kann unmöglich dieselbe sein wie die vor einem halben Jahr, wie vor drei Monaten. Vor drei Monaten war sie die Mutter eines elfjährigen Sohnes, und nun, da er tot ist, existiert sie nicht mehr. Jedenfalls stelle ich mir vor, dass sie ihr Dasein für einen Irrtum hält, eine optische Täuschung, eine Beleidigung der Natur.«

»Aber sie trägt keine Schuld am Tod ihres Kindes«, sagte die Kommissarin.

»Wenn aus ihrer Sicht jemand Schuld an Lennards Tod hat, dann sie. In ihren Augen hätte sie ihren Sohn an jenem Abend niemals allein lassen dürfen; Regen und Sturm wüteten in der Stadt, sie war zu Hause in der Küche und hat ihn nicht beschützt. Niemand war da, als er aus dem Schulgebäude kam. Lennard hatte keinen Regenschirm, kein Cape, und irgendein Kerl hatte sein Fahrrad geklaut. Er hatte den Schulranzen auf dem Rücken und den Fußball unterm Arm. Seine Mutter war im Haus auf der anderen Seite des Friedhofs, sein Vater noch im Café, sein Onkel im Friseursalon, kein Freund weit und breit, kein Begleiter. Er ging los und kam nirgendwo an. Was denkt eine Mutter, wenn sie sich diese Situation vorstellt? Was soll sie empfinden angesichts dieser unauslöschlichen Erinnerung? Was außer Schuld bleibt von diesem achtzehnten November in ihr übrig?«

»Aber ihr Mann«, sagte Elena Holland. »Und ihre Mutter. Und ihr Bruder. Da sind Menschen in ihrer Umgebung, die ihr beistehen. Sie ist nicht allein. Wir wissen, wie nah sie ihrem Bruder steht. Was ist mit ihm? Warum dringt er nicht zu ihr durch? Du hast erwähnt, du hättest mit ihm gesprochen. Was sagt er? Was hast du für einen Eindruck von ihm?«

»Er trägt ein Geheimnis mit sich herum.« Nach einem Schweigen fügte Franck hinzu: »Er behauptet, weder er noch seine Schwester seien zum Leben geboren.«

Eine Weile blieb es still am Tisch. Dann stand André Block auf und ging nach draußen; sein angetrunkener Zustand ekelte ihn an.

XII

Nach Sonnenuntergang

Diesmal hatte er stabile Lederschuhe mit einer dicken Gummisohle angezogen, sauber gewaschene, an den Enden nicht ausfransende Jeans, eine schwarze Daunenjacke und sich eine Wollmütze, aus der sein Haarzopf herausragte, tief ins Gesicht gezogen. Das dunkle Rot der Mütze entsprach der Farbe seines Schals, den er sich mehrfach um den Hals gewickelt hatte. Anders als in der Fraunhofer-Gaststätte machte Lennards Onkel auf Franck einen konzentrierten Eindruck; er wirkte entschlossen, zuversichtlich, fast euphorisch, falls Franck sich nicht täuschte.

»Frei an einem freien Tag«, sagte Maximilian Hofmeister, der sich den Bart gestutzt und mit dem Rasierwasser nicht gespart hatte.

Franck verbarg seine Verwunderung – nicht nur über den Tonfall und die Duftnoten des Mannes. Nach kaum einer Minute kam ihm das Verhalten seines Begleiters aufgesetzt und komisch vor, was gleichwohl seine Neugier entfachte und bei ihm eine gewisse Vorfreude auf den geplanten Spaziergang in der kalten, aufputschenden Schneeluft in Flussnähe auslöste.

Drei Tage zuvor hatte Hofmeister ihn um ein erneutes Treffen gebeten, nachdem er am Telefon seine Entrüstung über die Haarschneideaktion seiner Schwester losgeworden war.

Von der Reichenbachbrücke gingen sie am Hochufer in südlicher Richtung. Nach dem Anfangsschwung verebbte der Redefluss des Friseurs eine Zeitlang, bis er abrupt stehen blieb, die Hände aus der Jackentasche nahm und die rechte Hand zur Faust ballte. »Vielleicht hab ich meine Schwester ein Leben lang falsch eingeschätzt.«

»Erzählen Sie«, sagte Franck.

»Weiß gar nicht mehr, wer sie ist. Haben Sie mit ihr gesprochen in letzter Zeit?«

»Nein.«

»Ich auch nicht, niemand.« Er rieb sich am Kopf, schob die Mütze vor und zurück. »Sogar, als ich bei ihr gewesen bin, vorgestern, hab ich praktisch kein Wort aus ihr rausgebracht. Sie saß bloß da und schaute mich an; mit diesen ausgefransten Haaren; wer schneidet so was? Ich weiß es nicht, Herr Franck. Und Stephan weiß auch nicht, bei welchem Friseur sie war. Ist das nicht irrsinnig? Herr im Himmel, was geht da vor in ihr?

Wissen Sie, was ich am liebsten machen würd? Wegfahren; rauf in den Norden, an die Nordsee, dahin, wo wir früher oft waren, wir alle, die ganze Familie. In der guten alten Zeit.«

Seine blassen Lippen krümmten sich zu einem Lächeln. »Ich red wie ein alter Mann. Und wenn ich vor Tanja steh und sie anschau, bin ich ein alter Mann, und sie ist eine alte Frau. Das Leben, Herr Franck, hat uns verstoßen, und wahrscheinlich waren wir nie zum Leben geboren, das haben wir uns nur eingebildet. Aber ich weiß, es gab eine Zeit ...«

Er schaute zum reißenden Fluss; auf der Wasseroberfläche trieben Äste, Fetzen entwurzelter Bäume und Abfälle in Richtung Stauwehr im Norden. »Damals war das ganze Jahr über Frühling.« Um seine Rührung zu überspielen, lächelte er wieder und schüttelte den Kopf. »Hören Sie mir bloß nicht so genau zu, womöglich denken Sie, ich fang schon an zu spinnen, wie meine Schwester.«

Mit einem zornigen Ruck wandte er sich von Franck ab. »Ich bin ihr Bruder. Ich hab ihr immer alles erzählt. Ich hab immer auf sie aufgepasst. Ich hab das Geschäft für sie übernommen, obwohl ich das gar nicht wollt. Ich war ihr nicht gram deswegen, keinen einzigen Tag. Ich wollt, dass sie frei ist und leben kann und in die Welt hinauszieht und nicht in einem Friseursalon verkümmern muss. Alles, alles hätt gut werden können und ist's nicht geworden. Warum denn nicht?«

Die letzten Worte hatte er so laut geschrien, dass ein Spaziergänger, der auf der vereisten Fläche nah am Ufer mit seinem Hund unterwegs war, erschrocken stehen blieb und mit den Händen die Augen abschirmte, um besser sehen zu können; der Hund fing an zu bellen.

Vornübergebeugt hustete Hofmeister mit aufgerissenem Mund. Durch die Erschütterung seines Körpers rutschte ihm die Mütze vom Kopf und landete im Schnee. Sein streng gebundener Zopf schwang hin und her, sein Gesicht hatte sich dunkelrot verfärbt; es sah aus, als würde er keine Luft mehr bekommen. Als Franck näher kam, winkte Hofmeister mit einer hastigen Bewegung ab.

Nach und nach fand der Friseur seinen Atem wieder. Er bückte sich nach der Mütze, setzte sie auf, schob sie in Position und stieß noch einmal einen tiefen Seufzer aus.

»Was war jetzt?«, sagte er und schloss für einen Moment die Augen. »Entschuldigung, da ist mir was entglitten.« Offensichtlich wollte er noch etwas hinzufügen; er sah Franck an, räusperte sich und berührte ihn flüchtig am Arm; kopfschüttelnd zeigte er auf den Weg, der vor ihnen lag. Was genau Hofmeister damit ausdrücken wollte, war Franck nicht klar, und er verschränkte die Hände hinter dem Rücken.

»Kommen Sie doch weiter«, sagte Hofmeister. Da Franck keine Reaktion zeigte, machte der Friseur wieder einen Schritt auf ihn zu. »Was denn? Ich hab gesagt, es tut mir leid, dass ich so ausfällig geworden bin. Sind Sie mir bös?«

»Natürlich nicht. Sie wurden nicht ausfällig, im Gegenteil, Sie waren ehrlich und direkt. Erzählen Sie mir mehr von Ihnen und Ihrer Schwester, von Ihrer Verbundenheit.«

Franck sprach mit leiser Stimme. In seinem Gesicht waren nicht die geringsten Anzeichen dessen zu erkennen, was ihn in den vergangenen Minuten erschüttert und durch sein intensives Zuhören in einen Zustand versetzt hatte, der ihn überforderte und dem zu entrinnen ihm nicht gelang.

Er tat, als wäre er unvermindert der nüchtern analysierende Polizeiexperte, zusätzlich befähigt, dem Leid von Angehörigen eines Mordopfers Trost und Zuversicht zu vermitteln, sie ein Stück Wegs zu begleiten, leidlich nahbar, verständnisvoll, aus der Erfahrung schöpfend und stets darauf bedacht, keine Versprechungen zu machen, was die Ergreifung des Täters betraf.

An diesem frostigen Montagmittag taumelte Franck, unbemerkt von seinem Begleiter, in seine eigene Welt; in dieser Welt hatte er seine Schwester verloren und nie aufgehört, sie zu vermissen; als läge ihr Tod nicht schon fast ein ganzes Leben zurück, sondern vielleicht erst drei Monate – so lange wie die Ermordung des elfjährigen Lennard.

Am liebsten hätte er vorhin in Hofmeisters Aufschrei mit eingestimmt.

Am liebsten hätte Franck kehrtgemacht und wäre wortlos geflüchtet.

»Ich weiß nicht, ob ich das möcht«, sagte Hofmeister. »Sie sind ein fremder Mensch für mich, trotz allem.«

Nach einem Moment der Irritation fand Franck den Anschluss wieder. »Was halten Sie davon, wenn wir so lange weitergehen, bis Ihnen das Sprechen leichtfällt«, sagte er. »Bis ich Ihnen weniger fremd erscheine, so, als würden wir öfter einen Spaziergang unternehmen, zwei Männer aus der Nachbarschaft, die sich einen Tag freigenommen haben.«

Weil die Worte nicht ausreichten, um die Stimme seiner fünfzehnjährigen Schwester zum Verstummen zu bringen, deutete Franck zum Fluss, wo der Spaziergänger auf seinen vor ihm hockenden, noch immer bellenden Hund einredete. »Die beiden müssen sich anscheinend auch noch aneinander gewöhnen.« Er wandte sich an Hofmeister. »Helfen Sie mir, Ihre Schwester zu verstehen, vielleicht finde ich dann einen Zugang zu ihr.«

»Den findet niemand.« Hofmeister ging los, und Franck blieb neben ihm. »Ich glaub, eine Schwester von jemand anderem kann man überhaupt nur verstehen, wenn man selber eine hat. Haben Sie Geschwister?«

Franck lag eine Lüge auf der Zunge. Im Glauben, sich nicht an der Wahrheit zu vergreifen, wenn er diese rein zeitbezogen auslegte, schüttelte er den Kopf. Er wollte Lillys Namen verdrängen und strengte sich unbändig an. Die Anstrengung zeichnete Furchen in sein Gesicht, die Hofmeister bemerkte, aber auf den biestigen Wind schob, der ihnen entgegenschlug. Wie hätte Hofmeister ahnen sollen, dass das aufkeimende Schamgefühl Franck schlimmer zusetzte als die Kälte?

»Auch Einzelkinder haben ihre Sorgen«, sagte Hofmeister verständnisvoll und zog die Mütze tiefer in die Stirn.

Ab und zu kamen ihnen vermummte Gestalten entgegen, die mit ausholenden Armbewegungen Skistöcke schwangen – vermutlich, überlegte Franck, hielten sie das für eine gesunde sportliche Betätigung. In einem Anflug nutzloser Überlegenheit amüsierte er sich bei dem Gedanken, dass ihm nicht mehr einfiel, wann er zum letzten Mal Sport getrieben hatte. Mit Marion hatte er früher regelmäßig Tischtennis gespielt, und viel später, nachdem er wegen gewisser Unpässlichkeiten das Rauchen vorübergehend aufgegeben hatte, war er ein paar Mal beim Joggen gewesen; es langweilte ihn unvorstellbar.

Das musste fast zwanzig Jahre her sein; seither begnügte er sich damit, so oft wie möglich zu Fuß zu gehen, anstatt mit dem Auto zu fahren, keine Rolltreppe und wenn möglich keinen Aufzug zu benutzen, selten Alkohol zu trinken und höchstens fünf Zigaretten pro Woche zu rauchen.

Die regelmäßig wiederkehrende Bitte seiner Exfrau, bei einem Arzt oder Spezialisten einen Termin für eine Vorsorgeuntersuchung zu vereinbaren, ignorierte er; ihm genügte der unvermeidliche Besuch beim Zahnarzt; allerdings legte dieser in den letzten Jahren – wahrscheinlich aufgrund seiner hypermodernen Gerätschaften in den ansonsten antiquierten Praxisräumen – eine etwas übermotivierte Reparatureifrigkeit an den Tag; der Dentist hatte ihn bereits zu drei Implantaten überredet – eine Maßnahme, deren Notwendigkeit Franck bis heute nur schwer einleuchtete und deren finanzielle Konsequenzen er an der Grenze zur Beutelschneiderei verortete. In dieser Hinsicht hielt Marion ihn für überraschend krämerhaft, sie ermahnte ihn zur Dankbarkeit für seinen fürsorglichen Arzt.

Als sie unter der Wittelsbacher Brücke hindurchgingen, war seine Schwester lautlos hinter die Tapetentür seiner Erinnerung zurückgekehrt.

»Worüber haben Sie mit ihr gesprochen?« Franck genoss die kühle Luft. »Was hat Ihre Schwester Ihnen anvertraut?«

Hofmeister blieb einen Moment stehen und ging gleich wieder weiter. »Sie sagt, sie will mich nicht sehen, sie könne mich nicht sehen, sagt sie. Sie hat sich dafür entschuldigt. Was soll ich damit anfangen?«

»Waren Sie allein mit ihr?«

»Ja, in Lennards Zimmer; woanders hält sie sich selten auf; auf dem Fensterbrett brennt eine Kerze Tag und Nacht, und eine Vase mit einer weißen Rose steht da.«

»Sie erneuert beides, die Kerze und die Rose«, sagte Franck. »Wenn die alte Kerze heruntergebrannt und die Rose verwelkt ist.«

»Das tut sie, ja.«

»Sie verlässt die Wohnung und geht einkaufen.«

»Das weiß ich nicht.« Hofmeister warf dem Kommissar einen hilflosen Blick zu. »Muss ich Stephan mal fragen. Bisher hab ich gedacht, sie geht nie aus dem Haus. Vielleicht stimmt das gar nicht.«

»Sie waren mit ihr im Kinderzimmer, und die Tür war geschlossen.«

»Die Tür ist immer zu.«

»Was ist passiert zwischen Ihnen und Tanja?«

»Nichts.« Wieder blieb Hofmeister stehen; er ließ die Arme hängen, blickte zum Fluss, legte den Kopf schief, als lausche er einer Musik oder der Stille. »Sie lag im Bett, in Lennards Bett, die blaue Decke bis zum Kinn hochgezogen; sie schaute zum Fischernetz mit dem ganzen Getier, das hängt da oben seit Jahren; aus den Ferien hat Lennard immer neue Muscheln und Steine mitgebracht und sie sorgfältig verteilt und aufgepasst, dass nichts durch die Maschen rutscht. Und ich? Ich stand da, hab auf sie eingeredet; sie hat einfach nicht geantwortet. Dann hab ich mich auf den Klavierhocker gesetzt. Da saß ich dann, weiß nicht mehr, wie lang.«

»Niemand sprach ein Wort.«

»Niemand.«

»Aber irgendwann«, sagte Franck, »hat sie doch mit Ihnen gesprochen.«

»Ob man das so nennen kann? Gesprochen? Ihre Stimme war so dünn und fremd, ich wollt schon aufstehen und mich vors Bett knien, damit ich sie besser verstehe; hab mich nicht getraut. War das feig von mir?«

»Nein.«

»Ich weiß nicht.«

»Was hat Tanja gesagt?«

»Sie hat mich gefragt, warum ich noch da bin. Sie hatte die Augen geschlossen, lag so da, ihr Gesicht schneeweiß, mit ihren zerrupften Haaren. Hab gedacht, so redet meine Schwester doch nicht mit mir, sie muss mich mit jemandem verwechseln.«

»Was haben Sie gemacht?«

»Das kann ich Ihnen nicht sagen.« Hofmeister ging weiter; Franck blieb stehen.

»Sagen Sie's mir.«

Nach zwei Schritten wandte Hofmeister sich um, verharrte und hielt sich beide Hände vors Gesicht. Er hob den Kopf, ließ die Hände sinken und schlenkerte, während er weitersprach, mit den Armen. »Hab mir die Augen zugehalten, wie ein Kind; das mach ich oft; ich ertapp mich dabei, und dann ist es zu spät.«

»Ihre Schwester hat nicht darauf reagiert«, sagte Franck.

»Weiß ich nicht. Als ich wieder hinschaute, lag sie da wie vorher. Vielleicht hat sie reagiert, ich hab ja mindestens eine Minute so dagesessen, mit den Händen vorm Gesicht. Ich erinner mich, dass es in der ganzen Wohnung still gewesen ist. Stephan war da, wahrscheinlich saß er in der Küche, wie immer in letzter Zeit, sitzt da und starrt auf den Boden. Er ist machtlos, Tanja beachtet ihn nicht; als wär er Luft, so wie ich.«

»Haben Sie anschließend etwas zu Ihrer Schwester gesagt?«

Hofmeister sah sich um, wie jemand, der überlegte, welche Richtung er einschlagen sollte. »Lassen Sie uns weitergehen, bitte.« Er wartete, bis Franck bei ihm war. »Ich hab sie gefragt, ob sie sich an was Bestimmtes erinnert; an unsere letzte gemeinsame Reise, bevor Lennard geboren wurde.«

»Wo waren Sie damals?«

»Auf Juist. Da waren wir früher mit den Eltern. Jedes Jahr sind wir hingefahren, für uns Kinder war das ein Paradies, der weiche Sand, die Nordsee, das Essen, die Sonne, der Wind und der Nebel, der plötzlich da ist und die Welt verschwinden lässt. Dorthin sind wir gereist, Tanja und ich.«

»Aus welchem Anlass?«

»Den Anlass weiß ich nicht mehr«, sagte Hofmeister und strich sich über den Bart. Die Geste löste im von Haus aus misstrauischen Exkommissar komplizierte Überlegungen aus; er nahm sich vor, stärker als bisher auf die Zwischentöne des scheinbar so gradlinig seine Unsicherheit und Verletztheit offenbarenden Mannes zu achten.

»Die Reise fiel Ihnen aber wieder ein«, sagte Franck.

»Ich hab an Lenny gedacht, da sah ich meine Schwester und mich wieder am Strand sitzen, im tiefsten Nebel, der so schnell dahergekommen war, dass wir nicht mehr in den Ort zurückfanden; wir blieben einfach sitzen und hielten uns fest; und haben geredet und waren uns nah.«

»Worüber haben Sie geredet?«

»Alles Mögliche; über das Leben, über die Zeit, die vergeht, über die Menschen, die wir mögen oder auch nicht.«

»Hatten Sie damals keine Freundin?«

Hofmeister blieb abrupt stehen. »Wie kommen Sie auf meine Freundin? Was hat meine Freundin damit zu tun? Wir hatten uns damals gerade getrennt. Sie wollten wissen, was ich mit meiner Schwester besprochen hab, und jetzt wissen Sie's.«

»Hat ihr die Erinnerung gefallen?«

Wieder fuhr Hofmeister sich mit einer Hand übers Gesicht. Er schniefte und schien nach Worten zu suchen. Er spürte, dass er etwas preisgegeben hatte, was er unter allen Umständen verbergen wollte, doch er war sich nicht sicher, was. Die Erwähnung seiner Freundin hatte ihn aufgeschreckt. Er überlegte, ob womöglich ein anderer Grund ihn dazu getrieben hatte, den Kommissar anzurufen und um ein Treffen zu bitten.

Je länger Hofmeister nachdachte, desto beklemmender erschien ihm die Vorstellung, sich selbst belogen zu haben und das Drama um seine Schwester womöglich als Vorwand für die Preisgabe seines eigenen, seit Jahren tief in ihm hausenden Alptraums zu missbrauchen.

Das konnte niemals wahr sein. »Nein. Nein«, sagte er laut.

»Die Erinnerung hat ihr nicht gefallen.« Franck war neugierig, welche Volten die Veränderung des Mannes noch schlug.

»Nein.« Hofmeister wurde bewusst, wie falsch seine Stimme geklungen hatte, und er schüttelte, wie bekennend, den Kopf. »Was ich wieder red. Doch, die Erinnerung hat ihr gefallen, sie hat mich angelächelt und gesagt, dass sie auch vor ein paar Tagen an unseren Ausflug denken musste und dass das damals eine schöne Woche war.«

»Das hat sie also gesagt.« Franck wirkte überzeugt; in Wahrheit glaubte er kein Wort, ohne dass er hätte erklären können, wieso.

»Ja, und dann haben wir noch ein wenig weiter über die Reise geredet. Ich glaub, ich möcht jetzt wieder nach Haus, mir geht's nicht so gut, hoffentlich hab ich mir keine Erkältung eingefangen.«

»Kehren wir um«, sagte Franck. »Und das war alles.«

»Bitte?«

»Mehr haben Sie nicht miteinander gesprochen, Ihre Schwester und Sie.«

»Nein.«

»Fühlten Sie sich am Ende versöhnt?«

»Wie meinen Sie das?«

»Am Anfang fühlten Sie sich ausgestoßen und missachtet, Ihre Schwester behandelte Sie wie Luft. Und am Ende des Besuchs?«

»Ich versteh Sie nicht«, sagte Hofmeister; er ging mit schweren Schritten, seine Stiefel schabten über den gefrorenen Schnee.

»Haben Sie sich zum Abschied umarmt?«

»Ich hab ... Nein ... Ich gab ihr einen Kuss auf die Wange, sie lag ja immer noch im Bett und wollt nicht aufstehen.«

Schweigend gingen sie eine Zeitlang nebeneinander her.

»Was mich wundert«, sagte Franck wie beiläufig. »Sie haben gar nicht nach dem Friseur gefragt.«

»Bitte?«

»Bei welchem Ihrer Kollegen hat Ihre Schwester sich die Haare schneiden lassen?«

»Das weiß ich nicht.« Es klang abweisend, beleidigt. »Interessiert mich nicht mehr.«

»Sie hat es Ihnen nicht verraten?«

»Nein.«

»Ihr Schwager weiß es auch nicht.«

»Was soll daran so wichtig sein?«

»Das war das Erste, was Sie mir am Telefon berichtet haben«, sagte Franck. »Und wie sehr es Sie verletzt hat, dass Tanja zum Haareschneiden nicht zu Ihnen gekommen ist.«

Hofmeister wischte durch die Luft, vergrub die Hand in der Jackentasche; schlurfend und schneller als bisher ging er weiter. Franck ließ ihn ziehen; er verfiel in ein Schlendern, das besser zu seinen Gedanken passte.

Vor dem Spielplatz unterhalb der Reichenbachbrücke drehte Hofmeister sich im Gehen um; er staunte über die Entfernung, die zwischen ihnen entstanden war, und blieb stehen, wehrlos der Vorstellung ausgeliefert, seit jenem Tag vor dreizehn Jahren ein erbärmlicher Feigling zu sein.

Er sah den Mann mit den kurzen grauen Haaren, der gepflegten Lederjacke und dem aufrechten, scheinbar unerschütterlichen Gang näher kommen und war kurz davor, ihm entgegenzulaufen, sich in aller Öffentlichkeit auf die Knie fallen zu lassen und ein Geständnis abzulegen.

Hinterher, zurück in seiner stickigen, überheizten Wohnung, fragte er sich, was ihn davon abgehalten hatte.

»Was vermutest du hinter dem Geheimnis des Bruders?«, fragte Elena Holland in der Gaststätte Weinbauer einen Tag später.

»Seine Schwester kennt es auch, da bin ich sicher«, sagte Franck.

»Aber was ist es?«

Sie schwiegen, bis André Block von draußen zurückkam und kühle Abendluft mit sich brachte. »Wir übersehen was«, sagte er. »Das Rätsel liegt offen vor uns, und wir kapieren's nicht.«

Dieselbe Überlegung brachte Franck seit Tagen um den

Schlaf; und der Gedanke an Tanja Grabbe, die sich vor aller Augen in einen Schatten verwandelte, der an einem Abend in nicht allzu ferner Zukunft auf ewig verschwunden sein könnte.

XIII

Der verstoßene Apostel

Die Leute starrten ihn an. Einige blieben in größerem Abstand stehen und warteten, ob etwas passierte; ob er sich bewegte; ob vielleicht ein Junge von der gegenüberliegenden Schule herüberlief und ihm den Ball wegschnappte; ob die Polizei kam, um ihn mitzunehmen.

Die Supermarktkassiererin, die mit einer Kollegin beim Rauchen auf dem Bürgersteig stand und den Mann nicht aus den Augen ließ, schätzte ihn auf ungefähr sechzig oder älter und hielt ihn für verwirrt oder dement oder einfach bloß einsam; so wie ihren Großvater, der daheim in Split jeden Tag zum Meer hinunterging, unterm Arm einen Weidenkorb mit einer Flasche Rotwein und Weißbrot, und für die Rückkehr seiner Frau betete, die vor einundzwanzig Jahren ertrunken war. Dem Mann an der Kreuzung, von dem sie sich einbildete, ihn schon einmal gesehen und sogar mit ihm gesprochen zu haben, hätte sie gern eine Breze oder eine Zigarette angeboten, aber dazu reichte ihre Zeit nicht. Als sie wieder hineingingen, tippte ihre Kollegin sich an die Schläfe, während die Kassiererin sich noch einmal umsah und dem Mann, der mit dem Rücken zu ihr reglos dastand, einen mitleidvollen Blick zuwarf.

Die Hände in den Taschen seiner Lederjacke, harrte Franck seit drei Stunden an derselben Stelle aus. Zwischen den Spitzen seiner Wildlederstiefel lag der schwarze Ball mit der orangefarbenen Musterung und dem Puma-Motiv, den der Nachbarsjunge auf dem Spielplatz am Spitzingplatz gefunden und der Lennard Grabbe gehört hatte.

Stinksauer über den Diebstahl seines Fahrrads – überlegte Franck –, hatte Lennard das Schulgelände verlassen, die Straße an der Ampel überquert und aus einem noch zu klärenden Grund den Weg über den Spielplatz eingeschlagen, anstatt auf der näher gelegenen Südseite der Eintrachtstraße nach Hause zu laufen.

Franck vermutete, dass der Junge – trotz Regen und Sturm – seinen Frust loswerden und zuerst noch ein paarmal gegen den Ball treten wollte, bevor er zielstrebig den Heimweg antrat.

Also hatte sich Franck am südlichen Eingang zum Spielplatz postiert, dort, wo Lennard vorbeigekommen sein musste.

Es war nur ein karger Versuch; Ausdruck seiner flatterigen Hoffnung, die ihm zu entgleiten drohte. Vielleicht erinnerte sich jemand an den auffälligen Lederball, ein Passant, ein Autofahrer, ein Supermarktkunde, ein Nachbar, ein Gast aus einer der Kneipen ringsum, ein Fahrer vom Pizzaservice auf der anderen Seite, ein verirrter Streuner. Vielleicht sah jemand aus dem Fenster, und der Ball löste eine Erinnerung aus. Vielleicht kam ihm selbst plötzlich ein neuer, wegweisender Gedanke.

Vielleicht war er auch nur eine Witzfigur.

Franck bemerkte die Blicke der Leute, sah, wie sie tuschelten und den Kopf schüttelten. Vielleicht sollte er den Ball dem Ehepaar Grabbe zurückbringen und um Verzeihung für sein kindliches und erfolgloses Tun bitten und danach den Kontakt abbrechen, auf den das Ehepaar sowieso keinen Wert legte.

Das schaffte er nicht.

Als Lennard das Schulgebäude verließ – zum wievielten Mal mochte Franck über diesen Moment nachgedacht haben; zum dreißigsten Mal? –, prasselte der Regen auf den Schulhof und die übrig gebliebenen fünf, mit Bügel- oder Rahmenschlössern gesicherten Fahrräder; der Sturm peitschte Laub und Müll über die Bürgersteige. Lennard sah sofort, dass sein Rad nicht mehr dastand; vielleicht zögerte er einige Sekunden, weil er nach jemandem – seiner Mutter, seinem Onkel – Ausschau hielt, der ihn abholen kam; als er niemanden entdeckte, rannte er los, vor zur Kreuzung; garantiert wartete er nicht auf Grün; er überquerte erst die Werinherstraße bis zum türkischen Gemüsemarkt und flitzte von dort hinüber zur Straßenbahnhaltestelle, hinter der der Spielplatz lag. Er hätte – Franck wünschte, die Frage würde aufhören ihn zu martern – auf die nächste Tram warten und mit ihr bis zum Ende des Ostfriedhofs fahren können, von wo aus er keine zehn Minuten bis nach Hause gebraucht hätte.

Wie ein grausames Gespenst verfolgte Franck der Konjunktiv. Lennard hätte dies oder das tun können; eigentlich hätte er sich so und nicht anders verhalten müssen; der kürzeste Weg wäre der auf jener Straßenseite gewesen; hätte jemand an der Tramhaltestelle gestanden, hätte Lennard sich womöglich dazugestellt; hätte er sein Fahrrad abgesperrt, wäre nichts passiert; hätte Maximilian Hofmeister seine Stammkundin nicht seinem Neffen vorgezogen …

Es war stockfinster an jenem Abend im November. Niemand ging freiwillig aus dem Haus; niemand wartete an der Haltestelle auf die Tram – zumindest hatte sich kein Zeuge gemeldet, und auch die Straßenbahnfahrer, die zu der Zeit in der Gegend unterwegs waren, hatten nichts Auffälliges beobachtet; der Fahrer, der kurz nach halb acht die Haltestelle an der Werinherstraße erreichte und den André Blocks Kollegen befragt hatten, konnte sich nicht erinnern, dass jemand dort eingestiegen war.

Niemand; nichts; Finsternis; Unwetter; Menschenlosigkeit.

Trotzig verharrte Franck an diesem kalten, nicht verregneten Donnerstagabend im Februar auf seinem Platz, bei trübem Licht, einen Tatort im Rücken, der seine Geheimnisse wie ein Lehrling des Todes für sich behielt.

Unmöglich, aufzugeben. Franck fror. Wieder einmal hatte er seinen Hut vergessen; die gefütterten Handschuhe, die Marion ihm vor zwei Jahren zum Geburtstag geschenkt hatte, lagen unbenutzt in der Schublade. Immerhin hatte er an einen Schal gedacht, doch der, den er ausgesucht hatte, schien besser für einen kühlen Herbstabend geeignet als für eine frostige Winternacht.

Seine aufkommende Übellaunigkeit ärgerte Franck. Er fürchtete, sein Körper könnte das lange Stillstehen nicht verkraften und ihn zwingen, sich zu bewegen und seinen Plan zu zerstören: gegen die Kälte einen Schnaps zu trinken; eine Suppe zu essen; auf die Toilette zu gehen.

Erschrocken bemerkte er, wie er auf der Stelle trippelte, seine Beine zuckten; er wollte damit aufhören. Er hätte mittags etwas Vernünftiges essen müssen, dachte er. Schon wieder das Gespenst. Nichts anderes hätte er tun sollen als das, was er getan hatte und tat.

Er war hergekommen, um die Uhrzeit urbar zu machen.

Zum ersten Mal schaute er sich um und sah aus den Augenwinkeln, wie ihn von drüben, vor dem beleuchteten Fenster des Supermarkts, eine Frau beobachtete; sie hatte sich einen Mantel über die Schultern geworfen und rauchte eine Zigarette. Als er sich bückte, um den Ball aufzuheben, strengte ihn die Bewegung maßlos an; er krümmte sich mehr, als dass er sich zur Seite beugte; seine Knochen schmerzten, er hatte Mühe, die Finger auszustrecken.

Nach einem weiteren kurzen Blick zur Supermarktfrau, von der er glaubte, sie als Kassiererin wiederzuerkennen, wandte er sich zu dem von Büschen und Bäumen gesäumten Spielplatz um. Mit holprigen Schritten, den Ball mit beiden Händen vor dem Bauch umklammernd, machte er sich auf den Weg.

Außer ihm hielt sich niemand auf dem Gelände auf; verwaist die zehn allmählich morsch werdenden Holzbänke, die Kletteranlage mit der gelbroten Rutsche, die noch von gefrorenen Schneeresten bedeckten Sandflächen. Knorrige, wie abgestorben wirkende Äste ragten aus schwarzen Baumstämmen.

Das Brummen der Fahrzeuge von den nahen Hauptstraßen hörte er nicht. Franck nahm nichts als Stille wahr – jene trügerische, mit Alltagsgeräuschen sich tarnende Stille, die er auch nach Hunderten ähnlich erlebter Augenblicke bösartig und verleumderisch fand.

Lange betrachtete er den Baumstamm, aus dessen Rinde die Partikel stammten, die der Rechtsmediziner in Lennards Kopfhaut entdeckt hatte. Hier, unweit einer der Holzbänke, musste der Junge auf seinen Mörder getroffen sein. Und ganz gleich, wie viele Stunden Franck an dieser Stelle oder bloß in unmittelbarer Nähe verbringen würde, die Stille des Ortes verhöhnte seine Ahnungslosigkeit – wie damals …

Wie damals in der Friedenstraße hinterm Ostbahnhof, wo die neunzehnjährige Prostituierte Valerie mit einem Schraubenzieher niedergestochen worden war, bevor sie hinter einem Müllcontainer verblutete. Ungefähr vierzig Kolleginnen von ihr machten eine Aussage, versuchten, sich an zwielichtige, gewalttätige Kunden zu erinnern; ebenso viele Freier erzählten ihre für den Fall belanglosen Geschichten; die Befragungen der Nachbarn und Bahnhofsbesucher brachten keine konkreten Hinweise. Valerie, geboren in Untermenzing, wurde begraben, und ihr Bild verschwand aus den Zeitungen.

Solange Franck seinen Dienst als Mordermittler im Dezernat 11 ausübte, musste er Valeries Eltern auf einen späteren Tag vertrösten, an dem er den Mörder festnehmen würde ...

... Der Mörder des Tippelbruders Jockl Zeiss war wahrscheinlich einer seiner Kumpel. Als der Wein zu Ende war und auch die Nacht, lag Jockl in seinem Blut keine hundert Meter von der Tierparkbrücke entfernt; sein Kompagnon hatte sich in Luft aufgelöst wie ein Elefantenfurz. Wochenlang trieb Franck sich zwischen Landstreichern herum, übernachtete unter Brücken und in verrotteten Unterkünften, redete mit Menschen, die jedes Morgenrot aus ihren Augen verbannt hatten. Er sammelte Fingerabdrücke und DNS-Material; manchmal hatte er ein schlechtes Gewissen, weil er der Meinung war, dass die genetischen Spuren der meisten dieser Männer und Frauen im Gewissen einer Stadtgesellschaft besser aufgehoben wären als in einem Polizeicomputer.

Er weitete die Suche bis ins benachbarte Ausland aus. Der Täter musste an den Nordpol getippelt sein.

Am Ende umarmte ihn Jockls Mutter, die alte Frau Zeiss

aus der Preysingstraße, und sagte, der Herrgott werde schon gewusst haben, warum er ihrem Sohn als gelernten Dachdecker einen Schwindel verpasst und ihn gezwungen habe, auf der Straße zu landen. Immer wieder kehrte Franck an den Tatort bei der Tierparkbrücke zurück, immer wieder verachtete er die Stille …

… Karla, glaubte er sich zu erinnern, hieß sie, die in ihrer Wohnung lag, zweiundfünfzig Jahre alt, erdrosselt mit einer Nylonschnur aus ihrem Nähkästchen. Kein Mensch hatte sie vier Wochen lang vermisst, nicht einmal ihr Sohn, dem sie jeden Monat hundert Euro zusteckte, weil das Studium seiner Selbstfindung einen gewissen Aufwand an Nichtstun erforderte, wie er in den Befragungen durch die Kripo ausführlich erläuterte.

Franck hatte ihn nie in Verdacht, ertappte sich aber beim Wunsch – vermutlich aufgrund seiner gärenden Verzweiflung. Weder Nachbarn noch Freunde, Bekannte, Arbeitskollegen aus der Krankenkasse, wo Karla tätig war, oder ihre Schwester und Mutter lieferten einen Hinweis auf ein zwingendes Tatmotiv.

Die geschiedene Angestellte lebte in einer bescheidenen Dreizimmerwohnung am Harras; einmal im Jahr reiste sie für zwei Wochen an die Ostsee, ab und zu mit ihrer Schwester, die ebenfalls geschieden war und unermüdlich nach einem neuen, soliden Partner Ausschau hielt; anders als Karla, die allein offensichtlich gut zurechtkam.

Immerhin wurden in Karlas Wohnung DNS-Spuren eines Mannes gefunden, unter anderem an einer Zahnbürste und auf einem Kopfkissen. Die Daten ließen sich nicht zuordnen, niemand im Haus oder in den umliegenden Gaststätten schien Karla jemals mit einem Begleiter gesehen zu haben.

Nach acht Monaten ebbte jegliche Zuversicht bei den Ermittlern ab. Gern hätte Franck die Wohnung wie in den Wochen nach der Tat weiterhin regelmäßig besucht – um vielleicht doch noch etwas zu begreifen und der Stille Schritte und Atem entgegenzusetzen. Doch inzwischen war ein neuer Mieter eingezogen.

Franck blieben die Besuche der Umgebung, des Hinterhofs, gelegentlich des Treppenhauses, dessen hässliche, stumme Gleichgültigkeit ihn bestürzte ...

... Verstummt saß die zwölfjährige Azra auf dem Stuhl in Francks Büro neben ihrem türkischen Vater und dessen Anwalt, der wiederholt die Arbeit der deutschen Polizei und Justiz lobte und seiner Überzeugung Ausdruck verlieh, dass die Behörden den Mörder bald fassen und vor Gericht stellen würden.

Franck hatte zugehört, das Mädchen beobachtet, dem erschütterten Vater Papiertaschentücher gereicht, dem Anwalt zugenickt und gewusst, dass die Sätze der beiden Männer – beide trugen Anzüge von der Stange und Krawatten – aus maßgeschneiderten Lügen bestanden, dem einen Zweck dienend, vom wahren Motiv abzulenken und die Spekulationen der Ermittler vom Landeskriminalamt zu unterfüttern.

Azras Bruder Berat, vier Jahre jünger als sie, lag an einem Sonntagnachmittag tot in der elterlichen Badewanne. Nach den Untersuchungen und der Obduktion im Gerichtsmedizinischen Institut stand nicht eindeutig fest, ob der Schüler beim wilden Planschen in der Wanne, was er angeblich liebte, ausgerutscht, mit dem Kopf am Wannenrand aufgeschlagen und anschließend ertrunken war oder ob ein Verbrechen dahintersteckte.

Wie Franck wenige Stunden nach Auffinden der Leiche

von Kollegen aus der Abteilung für Organisierte Kriminalität erfuhr, liefen sowohl gegen Berats Familie als auch gegen zwei weitere Familien aus dem Umfeld der Kleinunternehmer in der Landwehrstraße Ermittlungen wegen Erpressung, Menschenraubs und illegaler Prostitution. Die Verdächtigen würden seit Monaten observiert; nach dem gewaltsamen Tod eines Familienmitglieds habe eine Zeugin sich einer ihr bekannten Streifenpolizistin anvertraut und dieser mitgeteilt, sie habe gesehen, wer ihren Onkel erstochen habe. Kurz darauf habe die Zeugin ihre Aussage zurückgezogen, die Suche nach dem Täter blieb erfolglos. Bei der Zeugin handelte es sich um die Schülerin Azra.

Je stärker der Anwalt einerseits jede Anschuldigung gegen die Familie als absurd und nicht beweisbar abtat und gleichzeitig einen möglichen Verdacht auf die mit organisierten Banden in der Türkei vernetzten hiesigen Kriminellen lenkte, desto misstrauischer wurde Franck.

Die Vermutung des Anwalts, bestimmte Kreise könnten den kleinen Berat – sollte er nicht doch, wovon natürlich auszugehen sei, beim Herumtollen ertrunken sein – heimtückisch ermordet haben, weil die Familie kriminelle Machenschaften mit Landsleuten grundsätzlich ablehne, ließ Franck vor Scham das Zimmer verlassen.

Aufgrund der Spuren am Körper des Opfers, Aussagen von Nachbarn und einer einzigen, winzigen Andeutung von Berats Schwester war Franck von einem Familiendrama überzeugt, das möglicherweise nach einem Streit zwischen dem Jungen und dem Vater oder seinem Onkel stattgefunden hatte.

Franck hielt Totschlag für nicht ausgeschlossen. Berat aber wurde in Antalya beerdigt, die Spuren der LKA-Fahnder verliefen im Sand, die Familien in der Landwehrstraße schwiegen Franck ins Gesicht. Azra, die vielleicht eine Zeugin war, wechselte angeblich auf eine Schule in Istanbul. Franck sah sie nie wieder ...

Vier Todesfälle blieben bei seinem Abschied aus dem Dezernat ungeklärt zurück. Er würde nicht zulassen, dass ein fünftes Verbrechen, in dessen Sog er geraten war – oder in den er sich aus freien Stücken begeben hatte –, in einer Akte bei den kalten Fällen endete.

Deswegen stand er hier, an diesem lausigen Abend Anfang Februar, zwölf Wochen nach der Nacht des Mordes, mit einem schwarzen Fußball zwischen den Händen wie eine Weltkugel, auf der ein allwissender Gott in Gestalt einer Raubkatze über eine explodierende Sonne sprang.

Wenn er den Ball lang genug in den Händen hielt, dachte Franck, sprach die Erde vielleicht mit ihm.

Wie bei einer Andacht stand er da. Dann bemerkte er am anderen Ende des Spielplatzes eine dunkle, gebückt gehende Gestalt, die vier Plastiktüten mit sich schleppte. Der Mann stellte die Tüten auf einer Bank ab und drehte sich zum Gebüsch, nestelte an seiner Hose unter dem Anorak. In diesem Moment überkam auch Franck ein dringendes Bedürfnis.

Er gab sich einen Ruck und ging los. Gerade rechtzeitig, bevor er ein Problem bekam, erreichte er an der nächsten Kreuzung die Gaststätte, in der die Trauerfeier für Lennard stattgefunden hatte. Die Wirtin erkannte ihn wieder, zeigte es aber nicht. Bevor er zur Toilette ging, bestellte er eine Nudelsuppe und ein Bier.

Nachdem er gegessen und ausgetrunken hatte, bekreuzigte er sich, faltete die Hände auf dem Tisch und schloss die Augen.

Er hatte keine Erklärung, warum er das tat und wie lange er schließlich so dagesessen hatte.

Als er den Kopf hob und die Augen öffnete, stand Tanja Grabbe vor ihm, in einem langen, dunkelblauen Mantel; ihre abgeschnittenen blonden Haare bildeten ein struppiges Nest auf ihrem Kopf.

»Sie?«, sagte sie mit verhuschter Stimme.

»Ich habe auf Sie gewartet.«

In der Welt, in der er seit Wochen wie ein verstoßener Apostel umherirrte, war der Satz keine Lüge, dachte Franck.

XIV

Nächtliche Fluchten

Sie weigerte sich zu sprechen. Als die Wirtin ihr den schwarzen Tee und ein kleines Glas Rum brachte, drehte sie, während sie den Mantel aufknöpfte, dem Gast am Nebentisch, so gut es ging, den Rücken zu.

Sie saß an einem Fensterplatz, wie er, und ärgerte sich, dass sie keinen Tisch weiter von ihm entfernt gewählt hatte. Sie waren die einzigen Gäste, freie Auswahl, und sie hatte sie nicht genutzt.

Nicht schimpfen, dachte sie und kippte den Rum in den Tee. Beim ersten Schluck störte sie der strenge Geschmack, aber die Hitze vom Alkohol versöhnte sie mit der eisigen Nacht, die sich auf dem Weg durchs Viertel in ihr Gesicht gekrallt hatte.

Der alte Mann, dachte sie, konnte nichts dafür, dass er alt war und allein; er hatte keine Kinder, keine Frau; bestimmt fürchtete er sich vor daheim und trank noch schnell ein Bier zur Stärkung. Beinah hätte Tanja Grabbe ihm wieder einen Blick zugeworfen. Er tat ihr leid; dann begriff sie nicht, wieso. Sie nahm das Teeglas in beide Hände, atmete mit geschlossenen Augen den Rumduft ein, als hätte sie lange darauf gewartet, und nahm sich fest vor, eine zweite Runde zu bestellen, sobald der alte Mann das Gasthaus verlassen hätte.

Aus irgendeinem Grund, dachte sie, musste er in den

vergangenen Wochen ungeheuer gealtert sein; womöglich war etwas Schlimmes passiert, das ihn auszehrte und in eine graue Gestalt verwandelt hatte, so gekrümmt und mager, wie er da hockte und sein abgestandenes Bier anstarrte, die Hände auf dem Tisch gefaltet, beinah armselig. Er erinnerte sie an einen Stadtstreicher, der manchmal ins Strandhaus kam und am Fenstertisch sitzen durfte, ohne etwas bestellen zu müssen; sie brachte ihm einen Kaffee und ein Glas Mineralwasser, er bedankte sich höflich und ließ sich Zeit; wenn er fertig war, stand er auf, deutete eine Verbeugung in Richtung Theke an, egal, wer gerade dort stand, und kehrte zurück in die Anonymität der Stadt; angeblich hieß er Fiete; er war alt und grau, und oft fragte sie sich, ob er je jung und bunt gewesen war.

Dem grauen Mann am Nebentisch wünschte sie nichts. Vielleicht, überlegte sie, hätte sie sofort kehrtmachen sollen, als sie ihn sah; er hatte kein Recht, hier zu sein; sie fühlte sich von seiner Gegenwart überrumpelt.

Gequält von der Vorstellung, er hätte ihr womöglich aufgelauert, wandte sie sich mit einer eckigen Bewegung ihm zu und stieß dabei mit dem Mantelärmel das Schnapsglas um.

»Können Sie nicht gehen?«, sagte sie zu Franck. »Ich wär gern allein.«

Er zögerte keinen Moment. »Wie ich schon sagte, ich habe auf Sie gewartet.«

»Wieso lügen Sie mich an?«

»Darf ich mich zu Ihnen setzen?«

»Nein.«

»Wollen Sie sich an meinen Tisch setzen?«

»Wieso?«

»Ich möchte mich mit Ihnen unterhalten.«

»Ich nicht.« Sein Blick hinderte sie daran zu reagieren.

Sie wollte den Kopf zur Seite drehen und nach der Wirtin Ausschau halten; oder das Schnapsglas, das zum Glück leer gewesen war, wieder hinstellen; oder den Rest des Tees trinken; vielleicht ihren Mantel auszuziehen und zur hinteren Wand des Lokals schauen; dort hing der gerahmte Stich einer Stadtansicht, die auf sie – daran erinnerte sie sich jetzt mit schmerzender Klarheit – während ihrer Rede nach der Beerdigung eine fast magische Anziehungskraft ausgeübt hatte. Was sie gesagt hatte, wusste sie nicht mehr, kein einziges Wort; aber das schwarzweiße Bild war ihr zu Hause, allein in Lennards Zimmer, nicht mehr aus dem Kopf gegangen. Dabei hatte sie keine Ahnung, um welche Stadt es sich handelte; sie sah bloß die Umrisse der Häuser und Kirchen, wie von einem Hügel aus oder einem Turm.

»Warum tun Sie das?«, fragte sie, unfähig, auch nur zu blinzeln.

»Ich bin froh, Sie zu sehen«, sagte er.

Tanja Grabbe verstand nicht, was er damit meinte. Ihre Kopfschmerzen kamen wieder; sie hatte einen schlechten Geschmack im Mund und spürte den Schweiß auf ihrer Stirn, im Nacken, unter ihren Achseln. Das Licht im Raum, so schien ihr, wurde schwächer.

Als es ihr endlich gelang, sich vom Anblick des wie versteinert dasitzenden Mannes loszureißen, weil sie bei der Wirtin ein Glas Wasser bestellen wollte, erfasste sie ein Schwindel, der sie im Sitzen taumeln ließ.

Ihr Oberkörper schwang vor und zurück; ihr Kopf zuckte so stark, dass sie erschrak. Mit offenem Mund rang sie nach Luft. Mit beiden Händen umklammerte sie die Tischkante, überzeugt davon, sie würde sonst zu Boden stürzen.

In derselben Sekunde nämlich, in der sie ihren Blick zum Tresen wandte, gewahrte sie auf der Bank neben dem Kommissar einen Gegenstand; er katapultierte sie zurück in die Zimmergruft, aus der sie vor zwei Stunden unter Aufbietung aller Reserven geflüchtet war – den Bitten ihres Mannes zum Trotz.

Und sie glaubte, der Kommissar habe den schwarzen Lederball, eine Zehntelsekunde nachdem sie ihn entdeckt hatte, mit voller Wucht auf ihr Herz geschossen.

Erschüttert von ihrem Gedankenwahn, krallte sie die Finger ins weiße Tischtuch und hörte ihr eigenes Keuchen wie eine fremde, bedrohliche Stimme. Vor ihren Augen verschwammen die Farben der gelben Flecke. Eine Weile kam es ihr vor, als würde der Ball sich rasend schnell drehen.

Dann sah sie Lennard im weißen Trikot und der roten Hose, wie er auf dem Rasen steht und lacht. Sie stieß einen Schrei aus, fuchtelte mit dem linken Arm durch die Luft, um das Trugbild zu verscheuchen, und die andere Hand riss das Tischtuch samt Tee- und Schnapsglas und der kleinen Porzellanvase mit den drei roten Nelken zu Boden.

Vor Schreck stieß sie erneut einen Schrei aus.

Weder die Gläser noch die Vase waren zersprungen. Beim Anblick der über den Boden kullernden Gläser begann Tanja Grabbe zu lachen, so lange, bis jemand nach ihren Handgelenken griff und nicht wieder losließ.

Aus verschwommenen Augen erkannte sie einen Mann, der sich über sie beugte und behutsam Druck ausübte, dem sie nachgab. Sie spürte, wie ihr Rücken die gepolsterte Banklehne berührte. Sie wollte etwas sagen, hatte aber die Kraft nicht. Die Erschütterungen in ihr ebbten nur langsam ab; wirre Bilder entfachten ein neues Pochen in ihren Schläfen, als sie kurz die Augen schloss, weil jemand sie dazu aufforderte.

Alles, was sie wahrnahm, waren Geräusche in weiter Ferne, ein leises Klirren, die unverständliche Stimme einer Frau und die kurze Antwort eines Mannes; Schritte, die schnell verklangen; und wieder der unaufdringliche Geruch nach Bier, nah vor ihrem Gesicht. Der Geruch gefiel ihr, und sie schnupperte sacht.

Als keine Tränen mehr kamen, bemerkte sie, dass sie ihre Hände in den Schoß gelegt hatte; niemand hielt sie mehr fest. Sie hob den Kopf.

Ihr gegenüber saß der alte Herr Franck, an dessen Namen sie sich wieder erinnerte, und machte ein sanftes Gesicht. Sie schaute ihn an, eine Minute und länger, beseelt von einer fast vergessenen Ruhe.

Sie stieß einen Seufzer aus und streifte, wie unbewusst und mit einem leichten Schulterruck, den Mantel ab und blickte neben sich auf die Bank.

»Ach«, sagte sie zu Franck. »Sie haben mir Lennys Glücksball zurückgebracht. Das ist eine schöne Überraschung, ich dank Ihnen.« Ihr Lächeln galt dem Ball und dauerte noch an, als sie sich wieder dem Kommissar zuwandte. »Wenn Sie meinen Mann anrufen, sagen Sie ihm, dass es mir leidtut.«

»Ich habe nicht vor, ihn anzurufen.«

»Nicht?«

»Nein.«

Noch einmal glitt ihr Blick zum Ball, zur Ledertasche, die Franck auf die Bank gestellt hatte, zum leeren Bierglas auf dem Tisch. »Sie waren das«, sagte sie, weil ihr wieder der Biergeruch in die Nase stieg, den sie vorhin in ihrem Taumel als vertraut empfunden hatte. Sie erwartete keine Reaktion; Franck wusste nicht, was sie meinte.

Mittlerweile hielt er es nicht einmal mehr für ausgeschlossen, dass er in gewisser Weise tatsächlich auf Tanja

Grabbe gewartet oder ihr Auftauchen zumindest für möglich gehalten hatte. Das Gasthaus lag kaum fünfzehn Minuten von der Wohnung der Grabbes entfernt, und da sie die Trauerfeier hier abgehalten hatten, kehrten sie vermutlich öfter in dem Lokal ein.

»Was schauen Sie so?«, fragte sie.

Sie trug einen eng anliegenden schwarzen Rollkragenpullover und eine schmal geschnittene schwarze Hose und musste, schätzte Franck, seit ihrer letzten Begegnung acht bis zehn Kilo abgenommen haben. In ihrem schneefarbenen Gesicht, den hervorstehenden Wangenknochen, den wie von einem ungeübten Lächeln geformten Lippen und den türkis schimmernden Augen erkannte er eine ihn ebenso faszinierende wie verstörende Schönheit.

Je länger er sie betrachtete, desto stärker verspürte er das Bedürfnis, sie zu berühren, nicht nur – wie vorhin in ihrer kurzen Schockphase – an den Handgelenken, sondern im Gesicht und in ihren verstümmelten Haaren, die ihr, bildete er sich ein, die Aura eines Mädchens verliehen, das in einer selbstgewählten Wildnis lebte, fernab der Sonne.

»Sie sehen sehr traurig aus«, sagte sie. »Ich möcht nicht, dass Sie sich wegen mir Sorgen machen.« Wieder formten ihre Lippen ein zaghaftes Lächeln; wieder schaute er wie gebannt in ihr Gesicht. Aus Verlegenheit suchte er nach einer unverfänglichen Frage.

»Wollen wir noch was trinken?«

»Das wär schön. Ich nehm dann noch einen Tee mit Rum.«

In seinen Ohren klang ihre Stimme wie die eines Kindes, das fremde Sätze nachsprach. »Stimmt was nicht, Herr Franck? Weil Sie so seltsam schauen.«

»Nein«, sagte er.

Er wandte sich zum Tresen, wo die Wirtin schon die

ganze Zeit wartete. Sie hatte die Gläser und die Vase, in der kein Wasser mehr war, vom Boden aufgesammelt und in die Spülmaschine gestellt und anschließend die Nelken vom Tisch genommen und in den Abfall geworfen. Franck bestellte ein großes Bier und den Tee.

»Ihr Mann weiß nicht, dass Sie hier sind?«, sagte er zu Tanja Grabbe.

Sie legte die Hände unter die Oberschenkel und sah zur Tür. »Ich bin raus und weg; hab Luft gebraucht. Er wollt mich aufhalten, Sie dürfen ihm nicht bös sein, er ist von früh bis spät im Café und passt auf, dass alles läuft. Ohne ihn müsst ich zusperren. Waren Sie mal in unserem Café?«

»Ja.« Franck hoffte, sie würde sich an den Tag erinnern und er könnte es ihr ersparen, jene Stunden im Dezember noch einmal heraufzubeschwören.

»Hat's Ihnen gefallen? Haben Sie unseren Kirschpfannkuchen probiert? Der ist eine Spezialität.« Der Gedanke an den Pfannkuchen schien sie heller zu stimmen. »Das Rezept ist noch von der Vera, Stephans Mutter. Als Bub hat er sich jeden Freitag auf seine Leibspeise gefreut; am Freitag gab's bei ihm daheim kein Fleisch, nur Fisch oder Süßes. Solang ich ihn kenn, schwärmt er mir von den Pfannkuchen vor; als ich das Café eröffnet hab, wollt ich unbedingt Veras Pfannkuchen auf der Karte haben, darüber hat er sich unbändig gefreut. Und er ist ein Meister im Backen. Was haben Sie denn gegessen bei uns? Einen Toast? Die sind auch lecker, und immer frisch. Oder hat's Ihnen nicht geschmeckt?«

Die mädchenhafte Art, mit der sie zu ihm sprach, zwang ihn zur Wahrheit. »Ich habe Ihnen die Nachricht vom Tod Ihres Sohnes überbracht.«

»Ach, das weiß ich doch. Den Tag hab ich nicht gemeint, sondern einen anderen. Ich würd Sie gern einladen, aber das geht im Moment nicht; ich geh nur nachts hin, wenn geschlossen ist, dann bin ich ganz für mich.«

»Was machen Sie nachts im Café, Frau Grabbe?«

»Ich putz, was soll ich denn sonst machen?«

Die Wirtin brachte die Getränke – den Tee und den Schnaps auf einem kleinen Holztablett –, verteilte sie und legte die Hand auf die Schulter ihres weiblichen Gastes. »Du musst was essen, Tanja, ich hab noch frisches Hühnerfrikassee übrig. Darf ich dir eine Portion bringen?«

»Nein, danke, ich hab keinen Hunger.«

»Du siehst blass und erschöpft aus.«

»Vielleicht hat der Herr Kommissar Hunger.«

»Wenn Sie was essen«, sagte Franck, »nehme ich auch einen Teller.«

Tanja Grabbe kippte den Rum ins Teeglas. »Ich trink heut Alkohol, wie früher auf unserer Insel, mehr brauch ich nicht.« Sie schnupperte und leckte sich die Lippen. »Da wird mir warm«, sagte sie zur Wirtin. »Manchmal haben wir ganz schön gefroren da oben am Meer. Danke, Inge.«

Die Tür des Lokals wurde geöffnet. Ein Ehepaar um die siebzig, begleitet von einem eisigen Windstoß, kam herein; sie sahen sich um – er hielt derweil die Tür offen –, warfen der Wirtin und den beiden Gästen einen Blick zu und verharrten. Beide trugen rote Daunenjacken, der Mann einen tief ins Gesicht gezogenen Hut, die Frau eine bunt gestrickte Mütze mit Ohrenschützern. »Ist geöffnet?«, fragte sie.

»Selbstverständlich.« Die Wirtin ging auf die beiden zu. »Wir haben auch noch warme Küche.«

»Eis wär jetzt eh nicht nach meinem Geschmack«, sagte der Mann zwischen seiner Frau und der Wirtin hindurch zu einem Tisch, den er möglicherweise als Sitzziel auserkoren hatte. Franck hatte sich zu den beiden umgedreht und fragte sich, was den Mann daran hinderte, die Tür loszulassen. Innerhalb von Sekunden zog die kalte Luft quer durch die Gaststube.

»Setzen Sie sich, wo Sie möchten«, sagte die Wirtin mit einer ausladenden Armbewegung. Die Frau schien zu überlegen; ihr Mann bildete keinen Windfang.

Franck, unmerklich fröstelnd, wandte sich wieder an Tanja Grabbe, die die Neuankömmlinge aus großen Augen musterte. Dann hielt sie, wie ein Kind, die Hand an die Wange und flüsterte: »Die kenn ich, die wohnen bei uns in der Anlage und sind den ganzen Tag im Viertel unterwegs, meistens streiten sie.«

Franck hörte, wie die Tür ins Schloss fiel und die beiden zu einem Tisch gingen, wo sie geräuschvoll ihre Jacken auszogen. Die Wirtin brachte ihnen die Speisekarte.

»Möchten Sie wirklich nichts essen?«

Tanja Grabbe schüttelte den Kopf. Sie nippte behutsam am heißen Tee und schloss die Augen; sie trank zwei Schlucke und sah, über den Tisch gebeugt, ihr Gegenüber an. »Sie trinken gar nicht. Zum Wohl.«

Er hob das Glas und prostete ihr zu; er trank und hörte die Frau in seinem Rücken sagen: »Du isst keine Gulaschsuppe, die bekommt dir nicht, das weißt du doch.«

»Angeblich war er früher bei der Bundesbahn.« Tanja Grabbes Stimme huschte durch den Dampf, der aus dem Teeglas aufstieg. »Wie der Emil, mein Schwiegervater. Sie kannten sich aber nicht, glaub ich, und ich weiß auch gar nicht, wie der Mann heißt.« Sie linste an Franck vorbei und schaute, wie ertappt, gleich wieder weg. »Sie hat ihre Mütze aufgelassen.« Ihre Flüsterstimme war kaum zu verstehen. »Sie hat jetzt zwei Schlappohren.« Ein unterdrücktes Kichern kam aus ihrem Mund, das schneller vorbei war, als Franck es begreifen konnte.

Was er sah, war ein von Verlorenheit ausgebleichtes Gesicht, dessen Augen – allem gelegentlichen, flüchtigen, von verirrten Zufallsblicken ausgelösten Funkeln zum Trotz – wie bloß noch mechanisch funktionierende Organe wirkten.

Wenn sie ihn an diesem Abend ansah, hatte Franck den Eindruck, jenes Ewige Licht, das er hin und wieder in den Augen von Angehörigen als Beweis der unzerstörbaren Verbindung zu einem geliebten, toten Menschen wahrzunehmen meinte, sei in den Nächten ihrer eisigen Einsamkeit erloschen und kein Gebet, kein Lebensfreund, keine Zeitenwende könnten es je wieder entfachen.

Tanja Grabbe hatte ihren Sohn verloren, dem sie ihr Leben gewidmet hatte, und er, Jakob Franck, Hauptkommissar a.D., sowie sämtliche diensteifrigen Kollegen schafften es nicht, den Tod des Elfjährigen aufzuklären und der Mutter zumindest diese eine Form der Erlösung zu gewähren; dann würde sie vielleicht wieder Mut für einen Gedanken an eine sich öffnende Tür im lautlosen Kinderzimmer schöpfen.

»Manchmal«, sagte sie mit unerhört kräftiger Stimme – beinah laut, als wären ihr Zuhörer recht –, »manchmal denk ich, wenn Lenny immer noch verschwunden wär, dann gäb's noch Hoffnung für uns alle. Ewig schön wär das.«

Zwischendurch hoffte sie, der Kommissar würde ihre höllische Aufgeregtheit nicht bemerken. Den ganzen Tag über hatte sie an eine Frau denken müssen, ohne die kleinste Idee, wieso. Die Frau spielte doch nicht mehr die geringste Rolle, weder im Leben ihres Bruders noch in ihrem eigenen. Nicht einmal gut gekannt hatte sie die Frau, fast gar nicht, eine oder zwei Begegnungen, dann war sie weg und kam nie wieder.

Hätte ihr Bruder nicht die Geschichte ihres Todes erzählt, für sie wäre Jella Hagen längst gestorben gewesen.

Jella Hagen aus Berlin.
Hatte Maximilian betrogen und belogen. Wohnte mit einer Freundin irgendwo am Rand der Stadt; jobbte als Model oder im Rotlichtmilieu, wer wusste das so genau? Wieso tauchte sie plötzlich wieder auf, in ihrer Vorstellung, wie aus dem Nichts, plötzlich in der Nacht?

Stundenlang hatte Tanja Grabbe wach gelegen und an die junge Frau denken müssen, die nicht einmal mehr ein Gesicht hatte; nur einen Namen; und die Geschichte ihres Todes, den angeblich ihr Bruder verschuldet hatte.

Dann fiel ihr etwas ein: Hatte ihr Bruder nicht erwähnt, er habe, am Geländer stehend, das Geräusch des fallenden Körpers nur gedämpft wahrgenommen, wie bei jemandem, der über einen Teppich rollte?

Ob er gelogen hat, überlegte Tanja Grabbe eine Weile; immerhin hatte er ihr auf der Insel alle möglichen Variationen aufgetischt, ungefragt, fast übermütig am Strand und später in verschwörerischem Ton in der Pizzeria.

Er hatte ihr ein Unglück gestanden; einen Unfall mit Todesfolge. Oder doch einen Mord? Er hatte Jella gestoßen, sie verlor das Gleichgewicht; danach beseitigte er ihre Leiche.

Die Erinnerung hörte nicht auf. War ihr Bruder wirklich zu einer solchen Tat fähig, dachte sie und schlug die Hände vors Gesicht, wie er es manchmal tat und als kleiner Bub oft getan hatte, wenn er die Welt um sich herum nicht mehr ertrug oder bloß seine nervende Schwester.

In der Gewissheit, dass sie seit jenem Kurzausflug an die Nordsee vor dreizehn Jahren nie wieder mit ihrem Bruder über die Frau und die Ereignisse gesprochen hatte, verbrachte Tanja Grabbe eine nicht enden wollende Nacht.

Mehrmals bat sie Lennard für ihr Abtrünnigwerden um Verzeihung.

Der nächste Tag verging, und Tanja Grabbe dachte weiter an die Nordseeinsel und das Geständnis ihres Bruders und daran, dass all das wie hinter einem undurchdringlichen Küstennebel in Vergessenheit geruht hatte.

Bei Einbruch der Dämmerung hielt sie es nicht länger in der Wohnung aus. Wie ein Echo hallte der Name Jella in ihrem Kopf wider; sie brachte ihn nicht zum Verstummen, auch nicht, als sie mit beiden Händen auf die Tasten des Klaviers einschlug und ihr Mann sie anbrüllte. Nicht einmal Stephans sich überschlagende Stimme verjagte den verfluchten Eindringling.

Sie zog ihren Mantel an, befreite sich aus der Umklammerung ihres Mannes und lief die Welfenstraße in Richtung Ostbahnhof, anschließend durch die dunklen, vereisten Straßen rund um den Bordeauxplatz. An den Straßenbahnschienen entlang kehrte sie zum Rosenheimer Platz zurück.

Ungeduldig wartete sie auf eine Tram und ging dann, weil aus dem Lautsprecher aufgrund eines Unfalls eine Einstellung des Linienverkehrs gemeldet wurde, zu Fuß weiter; vorbei an ihrem Wohnhaus, in dem die meisten Fenster hell erleuchtet waren, am Schnellrestaurant, vor dem sie innehielt und das Bedürfnis verspürte, sich bei einem Kaffee aufzuwärmen.

Sie folgte der Friedhofsmauer nach Osten mit den Krallen des Windes auf der Haut und den versprengten Gedanken an ihren Bruder; an dessen untreue Geliebte; an ihren Mann in der lautlosen Wohnung, nachdem sein Schreien verklungen war; an Lennard, der, egal, wie viele Burger er in sich hineinstopfte, kein Gramm zunahm; an die sternenlose Nacht; den gefrorenen Schnee am Straßenrand; an ihr Café, das sie heute noch putzen musste, damit die Gäste nichts zu klagen hatten.

Das helle Licht über dem Eingang von Inges Berghof löste eine Art Freude in ihr aus. Sie hatte keinen Hunger, keinen Durst; sie wollte weitergehen und vom Giesinger Bahnhof aus vielleicht mit dem Bus zur Münchner Freiheit fahren, zu ihrem Café.

Sie schaute zum Gasthausschild; das gelbe Licht blendete sie, und sie fragte sich, ob Inge eine stärkere Birne reingeschraubt oder das verschmutzte Milchglas sauber geschrubbt hatte. Aus heiterem Himmel hatte sie den Geschmack nach starkem Tee mit Rum im Gaumen. Die Vorstellung, ein Glas zu trinken, ließ sie die Tür öffnen und eintreten.

So war alles gekommen.

Aus Furcht, sie könnte sich in ihrer Verfassung mit einer unbedachten Bemerkung verraten, griff Tanja Grabbe nach der Hand des Kommissars und hielt seinem verwunderten Blick stand.

»Vor dem Fenster fiel Schnee«, sagte sie. »An dem Tag kam mein Sohn auf die Welt.«

Er hatte sie unten auf der Straße vorbeigehen sehen und sich vorgenommen, sie ohne Vorwurf und Fragen beim Hereinkommen zu begrüßen und ihr ein gemeinsames Essen in einem nahe gelegenen türkischen Lokal vorzuschlagen. Er stand im Flur und wartete auf sie. Nach fünf Minuten begriff er, dass sie nicht kommen würde, sondern wahrscheinlich einen neuen Irrsinn verfolgte – statt wie bisher in der Wohnung, diesmal aushäusig.

»Können wir uns treffen?«, fragte Stephan Grabbe ins

Handy. Im Hintergrund hörte er Musik, Stimmen, Gläserklirren, Autohupen.

»Komm vorbei.« Maximilian Hofmeister stand nah bei der halb geöffneten Tür, vor der zwei junge Frauen und ein junger, dürrer Mann im Kapuzenshirt Zigaretten rauchten und mit der anderen Hand ihre Bierflaschen hielten.

In der Kneipe, nur ein paar Schritte von seiner Wohnung entfernt, wurde sein Lieblingsbier ausgeschenkt; trotzdem kam er nicht oft her. Als Vierzigjähriger fühlte er sich inmitten all der dynamischen Zwanzig-, höchstens Dreißigjährigen rostig und spießig, mit seinem biederen Friseursalon und seiner Fünfzig-Stunden-Woche, eingemauert in Routine. In seinen Augen änderte nicht einmal sein irgendwie modischer Vollbart samt Zopf etwas an seiner durch und durch kleinbürgerlichen, uncoolen Ausstrahlung.

Nachdem er um Punkt neunzehn Uhr abgesperrt hatte, brauchte er nicht lange zu überlegen, wie er den heutigen Abend gestalten würde. Die Gespräche des Tages hatten ihn stärker ausgelaugt als die Arbeit. Sarahs unaufhörliche Fragerei – Kann ich dir was Gutes tun, Chef? Soll ich dir was vom Chinesen holen? Hast du Kummer, Chef? – erinnerten ihn ungerechterweise an die kindischen Reibereien mit seiner Schwester. Er begann, jede halbe Stunde auf die Uhr zu schauen, mürrisch über sich selbst und unfähig, seine Stimmung durch den Gebrauch altbewährter Floskeln und mit leutseligem Palaver zu entkrampfen.

Außerdem brachte ihn seit zwei Tagen ein Gedanke um den Schlaf, dessen Herkunft ihm ein einziges, erschreckendes Rätsel war.

Er hockte im Bett und fror erbärmlich.

Dann überwand er seine Starre und schlug mit der flachen Hand auf den Lichtschalter. Von der Helligkeit geblendet, schloss er die Augen; als er sie wieder öffnete, war der Spuk immer noch da.

Er sank aufs Kissen und wünschte wie als Kind, seine Schwester käme herein, würde sich neben ihn legen und mit ihrer Wimper seine Nase berühren.

Seither dachte Hofmeister unentwegt an Jella, und lange begriff er nicht, warum.

Das war das dritte Bier, das der Wirt ihm über den Tresen reichte. Die Ankündigung seines Schwagers, vorbeizukommen, empfand Hofmeister als ideale Ablenkung von der Verderbnis seiner Vergangenheit.

Wenig später stießen sie mit den Flaschen an. Grabbe leerte seine zur Hälfte und prustete erschöpft. »Hier ist wenigstens was los«, sagte er. »Nicht so eine Gruft wie bei uns zu Hause.«

»War auch nicht mein Tag heut. Wie geht's Tanja?«

»Das weiß ich nicht, sie ist weggegangen.«

»Hab schon befürchtet, sie kommt nie mehr aus dem Kinderzimmer raus«, sagte Hofmeister.

»Sie hat mir nicht gesagt, was sie vorhat.« Bis Grabbe die Flasche geleert hatte, verfiel er in ein Schweigen und musterte die Frauen am Tresen. Er orderte zwei neue Flaschen, bezahlte, hielt Hofmeister eine Flasche hin und ließ seine in die Manteltasche gleiten. »Komm mit raus.« Er holte eine Packung Zigaretten aus der Tasche.

»Seit wann rauchst du wieder?«

»Anders geht's nicht.«

Auf dem Bürgersteig zog Hofmeister den Reißverschluss seiner Daunenjacke zu; Grabbe ließ seinen Mantel aufgeknöpft.

»Du darfst ihr nicht bös sein«, sagte Hofmeister.

Grabbe nickte, zog an der Zigarette, sah der vorüberfahrenden Straßenbahn hinterher. Er holte die Flasche aus der Manteltasche und trank einen Schluck. »Sie trauert, ja. Ich trauere auch, wir trauern alle, Tag und Nacht. Wir hocken in unseren Wohnungen und trauern. Was sonst? Unser Kind ist gestorben, ist ermordet worden. Unser Sohn liegt auf dem Ostfriedhof, sein Bett ist leer; falsch; in seinem Bett liegt jetzt seine Mutter, Nacht für Nacht, tagsüber eigentlich auch; soweit ich weiß. Wir reden nicht, ich schau nicht heimlich nach, was sie im Kinderzimmer macht. Sie will allein sein, von mir aus. Darf ich dir was anvertrauen? Ja?«

»Klar«, sagte Hofmeister. Nicht eine Sekunde dachte er daran, seiner Schwester auch nur eine Silbe von etwas zu verschweigen, das jemand ihm über sie erzählte, und sei es ein Verwandter im Vertrauen.

»An dem Tag, als wir erfahren haben ...« Grabbe brauchte einen weiteren Schluck; dann schnippte er die Kippe über die Straße, zeigte mit dem Flaschenhals auf sein Gegenüber. »Als der Kommissar ins Café kam, du weißt schon, an dem Nachmittag war ich spazieren, allein, drei Stunden lang. Tanja war im Geschäft, saß da rum, wartete auf irgendwas; dann kam tatsächlich jemand, der Kommissar.

Ich konnte nicht bei ihr sein. Willst du wissen, wieso? Ich habe drüber nachgedacht, mich scheiden zu lassen. Verstehst du, was ich sage? Das war genau an dem Tag, bevor die Polizei uns mitteilte, dass Lenny tot aufgefunden worden ist. Ich wollte Schluss machen. Natürlich konnte ich an dem speziellen Tag über dieses Thema dann nicht reden. Verstehst du, Max? Das hat nichts damit zu tun, wie sie sich im Moment verhält; dieser Wahnsinn, der von ihr ausgeht; dass sie sich in Lennys Bett verkriecht; dass sie nicht mehr mit mir redet; dass sie fast jede Nacht ins Café geht, um sauber zu machen.«

»Sie macht das immer noch?«

»Immer noch, und jedes Mal ist sie länger dort und schrubbt und poliert und putzt die Fenster mitten in der Nacht. So kann man nicht leben, trotz der Umstände, trotz der Trauer.

Und ich sage dir noch was: Auch wenn Lenny noch leben würde, wäre sie genauso abweisend zu mir; das ist sie nämlich schon lange, und ich habe keine Erklärung dafür. Ich berühre sie, und sie zuckt zusammen. Ich frage sie, was los ist, und sie sagt, nichts, alles in Ordnung. Ich habe sogar Lenny gefragt, den kleinen Lenny, ob er findet, dass seine Mutter sich irgendwie seltsam verhält. Was soll er sagen? Sie kümmerte sich um ihn, sie war immer da für ihn, sie hat ihn vergöttert, er hatte keinen Grund, sich vernachlässigt zu fühlen.

Ich jammere nicht, ich hab versucht, mit ihr zu reden; ruhig, liebevoll. Ja, ab und zu haben wir noch miteinander geschlafen. Im Nachhinein dachte ich immer, sie hat nur eine Pflicht erfüllt, wollte mir einen Gefallen tun. Das ist kein Leben, Max, keine Ehe, keine Gemeinschaft. Das war vor Lennys Tod so und nach seinem Tod wurde alles noch schlimmer.

Was soll ich tun? Ich sag's dir: Ich werde mich scheiden lassen. Ich werde mich weiter kümmern, ich zahle ihr Unterhalt, ich hoffe, wir können das Café gemeinsam weiterführen, ich werde nicht abhauen und sie hängenlassen. Uns verbindet nichts mehr; nur noch Trauer und Einsamkeit. Wo bleibt da die Zukunft, Max? Und wir haben noch eine Zukunft, wir alle. Oder?«

Am liebsten hätte Hofmeister ihn stehenlassen; hätte ihm die leere Flasche in die Hand gedrückt und wäre gegangen, zurück in seine Wohnung zwei Häuser weiter, hätte die Tür verriegelt, den Fernseher angestellt, noch ein Bier aus dem Kühlschrank geholt und den Ton so laut gestellt, bis sich die Stimme seines Schwagers in Luft aufgelöst hätte. Er empfand einen solchen Widerwillen gegen alles, was er soeben gehört hatte, dass er erst reagierte, als Grabbe ihm mit der Faust gegen den Oberarm schlug.

»Ganz ehrlich?«, fragte Hofmeister. »Willst du wissen, was ich denk?«

»Red endlich.«

»Ich bin mir nicht sicher, ob wir eine Zukunft haben.«

»Was?« Grabbe verzog sein Gesicht wie jemand, der sich gleich übergeben musste. Der Anblick war Hofmeister unerträglich; er sah zur Kreuzung, wo sich vor dem Vierundzwanzig-Stunden-Kiosk eine Schlange von Leuten gebildet hatte.

»Lennard ist tot, wo soll da eine Zukunft herkommen?«

»Ich rede nicht von Lennard«, schrie Grabbe. »Ich rede von mir. Um mich geht's, kapierst du das nicht, du Depp? Logisch, dass du zu deiner Schwester hältst. Hast du immer getan, euch zwei bringt nichts auseinander; ist mir klar seit hundert Jahren.

Ihr fahrt zusammen in Urlaub, ihr telefoniert stundenlang miteinander, du weißt alles von ihr, und sie weiß alles von dir, und wenn sie ein Problem hat, dann spricht sie erst mit dir, bevor sie sich dran erinnert, es gibt auch noch einen Ehemann und Geschäftspartner, mit dem man die Dinge ausdiskutieren und klären könnte.

Glaubt ihr, ich bin eine Figur auf einem Spielfeld, die man hin und her schieben kann, wie man's grade braucht? Von Anfang an habe ich mich um Kompromisse bemüht, in allem, im alltäglichen Leben und im Geschäft, in der Erziehung, im Zusammensein. So bin ich erzogen worden; dass man nicht immer recht haben muss, dass man auch mal verzichten kann, ohne sich klein zu machen. Mein Vater war ein Vorbild für mich; die Ehe meiner Eltern wäre immer noch ein Glücksfall, wenn mein Vater nicht so plötzlich hätte sterben müssen. Vergessen? Kommt ins Krankenhaus, stirbt; fünf Monate vor Lennards Geburt; er hat sich so auf seinen Enkel gefreut.

Was bildet ihr euch ein mit eurer Vertrautheit, euren Geheimnissen, euerm Geschwisterbund, in den niemand eindringen kann, euerm verschworenen Kreis, von dem ihr jeden ausschließt, der auch nur in die Nähe kommt. Mit wem ist sie in die Kirche gegangen, kaum, dass sie nach der Geburt wieder zu Hause war, um Kerzen anzuzünden und zu beten? Mit mir? Nein. Dich rief sie an, wenn sie von meiner Mutter kam, die vor Verzweiflung aufgehört hatte zu essen und zu trinken und nur noch im Bett lag und sterben wollte. Zum Trösten war ich nicht geeignet, das hat sie mich deutlich spüren lassen, ich hatte fürs Geschäft zu sorgen, das war mein Part, sonst nichts.

Sie hat mich fallenlassen, Max, und ich hab's nicht gerafft; kein Kompliment für einen Mann, ein Armutszeugnis. Ich war ein Weichei; jetzt nicht mehr. Sie hat die Macht über mich verloren, das kannst du ihr ausrichten, wenn du heut Nacht mit ihr telefonierst.«

»Sag's ihr selber.« Hofmeister war schon an der Tür; er brauchte dringend noch ein Bier. »Und ihr Name ist Tanja. T-a-n-j-a.« Mit grimmiger Miene und kantigen Bewegungen zwängte er sich an den Gästen vorbei zum Tresen.

In der Zwischenzeit hatte Grabbe sich eine weitere Zigarette angezündet und sein Handy herausgeholt. Er strich mit dem Daumen übers Display, bis der Name Claire auftauchte.

»Bist du daheim? Ich muss bei dir übernachten.«
»Wo ist Tanja?«
»Weg. Ich bin in einer Viertelstunde da.«

»Warte …«

Er steckte das Handy ein, nahm die leere Bierflasche aus der Manteltasche, stellte sie an die Hausmauer und winkte einem Taxi, das in diesem Moment mit beleuchtetem Schild über die Brücke kam.

XV

Das Problem mit Fischen

Die Geschichte vom Schnee am Morgen des fünfundzwanzigsten April beschäftigte ihn noch am nächsten Tag. Stundenlang saß Franck in dem Zimmer, das nie ein Kinderzimmer geworden war, und blätterte in seinen schludrig niedergeschriebenen Aufzeichnungen aus dem Gasthaus Berghof. Er suchte nach einer Erklärung für sein Unbehagen, das er verspürt hatte, als Tanja Grabbe ihm von der Geburt ihres Sohnes erzählte.

Er zweifelte nicht am Wahrheitsgehalt; was ihn umtrieb, war die Art, wie sie das Ereignis heraufbeschworen und mit immer neuen Details ausgeschmückt hatte; wie jemand, der glaubte, er müsse seinen Zuhörer mit allen Mitteln überzeugen, dass die Dinge sich tatsächlich exakt so zugetragen hatten; inzwischen waren elf Jahre vergangen; und eine Mutter wurde bei einer Geburt – zumindest in Francks Vorstellung – gewöhnlich auf andere Weise in Anspruch genommen als durch die intensive Betrachtung des Wetters oder der kirschfarbenen Ohrringe der Schwiegermutter.

Etwas an ihren Schilderungen hatte ihn misstrauisch gemacht. Unter den gegebenen Umständen schämte er sich ein wenig dafür. Doch je länger er in seinem Arbeitszimmer darüber nachdachte, desto ruppiger gerieten seine Unterstellungen. Er brauchte Stunden, bis er seinen noch aus Kripozeiten jederzeit verfügbaren Vernehmungspanzer halbwegs wieder abgestreift hatte und in seine inoffizielle Rolle als polizeilicher Hilfsdienstleister und Zuhörer in Notzeiten zurückkehrte – so unvoreingenommen wie möglich.

Trotzdem fand er keine Ruhe.

Um sich besser konzentrieren zu können, wiederholte er eine Übung, die ihm während seiner Dienstzeit in scheinbar trostlosen Ermittlungsphasen gelegentlich neue Impulse verschafft hatte; in dem einen oder anderen Fall hatte sie ihn sogar auf die entscheidende Spur zu dem geführt, was er »das Fossil« nannte.

Während er sich auf seine blaue Wolldecke am Boden legte – Arme und Beine ausgestreckt, barfuß, gleichmäßig atmend – und, die Augen offen, in einen Zustand entspannter Konzentration geriet, ordneten sich seine Gedanken und die damit verbundenen Empfindungen wie von selbst.

Mit dieser Methode versuchte er, Klarheit in den Wust der vorliegenden beweisbaren Fakten zu bringen und diesen gleichsam einen Wärmewert zu verleihen, ohne sich vom Schrecken und der naturgemäßen Gnadenlosigkeit des jeweiligen Verbrechens überwältigen oder täuschen zu lassen.

Diesen Prozess, der zwei oder drei Stunden dauern konnte, nannte er Gedankenfühligkeit. Wenn er anschließend, in einem Zustand beschwingter Erschöpfung, unter der kalten Dusche seine neu gewonnenen Erkenntnisse vor sich hin murmelte, war ihm sein für jeden Absolventen der Polizeifachhochschule absolut ungeeignetes Handeln durchaus bewusst. Im Dezernat wiederum fanden seine Kollegen selten überzeugende Einwände gegen seine neuen

Fahndungsansätze und Vorschläge, wie sie die Tatorte und Aussagen von Verdächtigen und Zeugen noch einmal unter einem anderen Blickwinkel betrachten könnten.

Nach dem erfolgreichen Abschluss eines Falles lehnte Franck jede Analyse seiner eigenwilligen Methode ab. Lediglich gegenüber seinem Freund und engsten Kollegen André Block hatte er hin und wieder Andeutungen gemacht, wobei dieser großen Wert darauf legte, der einzige Eingeweihte in dieser Angelegenheit zu bleiben; andernfalls, so erklärte Block ungeniert, fürchte er um das Ansehen der Abteilung.

Franck ließ sich nicht beirren. Auch nach seinem Ausscheiden aus dem Polizeidienst hatte er schon einmal auf bewährte Weise die Details der Akten auf sich wirken lassen – mit dem Ergebnis, dass der Tod eines Mädchens in einem neuen, unerwarteten Licht erschien.

Und nun tat er es wieder.

Am Morgen nach der Begegnung mit Tanja Grabbe im Gasthaus Berghof lag Franck auf dem Boden seines Arbeitszimmers. Er horchte der Stimme nach, die ihn verfolgte und mit Informationen versorgte, deren Bedeutung er nicht einschätzen konnte. Er rekapitulierte die Berichte seiner ehemaligen Kollegen und projizierte in Gedanken so viele Fakten wie möglich im Mordfall Lennard an die Zimmerdecke, um seinen inneren Erschütterungen nachzuspüren, seinen Zweifeln, seiner Fassungslosigkeit angesichts einer ins Nichts deutenden Beweislage.

Seine Perspektive, dachte er immer wieder, stimmte nicht. Das Fossil, nach dem er wie ein Verirrter im Dunkeln grub, existierte hier nicht; davon war er zunehmend überzeugt und nach dem Prozedere an diesem Morgen erst recht.

Wonach er suchte, musste in einem Nebenuniversum versteckt sein; außerhalb dessen, was er längst begriffen hatte; fernab der Aussagen und Beteuerungen der Zeugen, Angehörigen und der bei jedem Verbrechen auftauchenden Zufallspersonen und Zaungäste.

Möglicherweise – wegen seiner Rückenschmerzen beendete er nach eineinhalb Stunden seine Liegendrecherche – musste Franck nach einer bisher unbekannten oder missachteten Person Ausschau halten oder nach etwas, das da gewesen war, aber aus einem dubiosen Grund seine Gestalt verloren hatte.

Wie ein Schatten, der – von niemandem bemerkt oder von jedem als das Selbstverständlichste der Welt betrachtet – über einen Platz wanderte und bei Sonnenuntergang schlagartig verschwunden war.

Wie jener Junge, erinnerte sich Franck auf dem Weg ins Badezimmer, der unsichtbar in der Nähe war, als die Schülerin starb, deren schicksalhafte letzte Stunden zu klären ihm zwanzig Jahre später doch noch gelungen war.

So viel Zeit hatte er diesmal nicht.

Was, dachte Franck beim Duschen, beim Anziehen, beim Kaffeetrinken in der Küche, hatte es mit der Geschichte des Schnees auf sich, der vor dem Fenster des Krankenhauses fiel, als Lennard geboren wurde?

Welche Bedeutung hatten die roten Ohrringe von Vera Grabbe, die ebenso bei der Geburt anwesend war wie ihr Sohn, der Vater des Jungen?

Was war wichtig daran, dass Tanja Grabbe den slawischen Tonfall der Hebamme nachahmte und dabei keine Miene verzog und immer weiterredete, mit der leeren Teetasse in den Händen, als würde sie einen auswendig gelernten Text aufsagen?

Wozu musste er wissen, dass an der Wand die gerahmte Kopie eines Bildes von Cézanne hing und Tanja Grabbe sowohl den Namen des Malers als auch den Titel – *Die Bucht von Marseille* – vom Arzt erfahren hatte, der, behauptete sie, mit seinem gezwirbelten Schnurrbart einem Künstler glich und im Übrigen keine weißen, sondern grüne Stoffschuhe trug?

Als junge Frau – Franck hatte bereits das Haus verlassen und war auf dem Weg zur S-Bahn – sei Vera, ihre Schwiegermutter, eine leidenschaftliche Keglerin gewesen; Stephan, ihr Sohn, habe das größte Vergnügen daran gehabt, sie zu begleiten, um nach jeder Runde die Kegel auf der alten Holzbahn neu aufzustellen und den Erwachsenen die Getränke zu servieren. Vater Emil dagegen, ein Lokführer, der von Berufs wegen oft tagelang nicht nach Hause kam, pflegte in seiner Freizeit vor dem laufenden Fernseher Zeitung zu lesen und sich ansonsten nicht weiter um die Erziehung seines Sohnes oder die Belange im Haushalt zu kümmern. Alle heiligen Zeiten, meinte Tanja Grabbe, habe er seine Frau ins Gasthaus zu ihren Kegelfreundinnen begleitet, wo er mit seinem Sohn Karten spielte, was diesen eher anödete.

Außerdem erfuhr Franck – auf der Fahrt in die Innenstadt kam er in Gedanken noch einmal auf die ausführlichen Schilderungen von Tanja Grabbe zurück – vom tagelangen Schweigen zwischen den Eheleuten, nachdem Emil Grabbe »total überraschend für uns alle« an Herzversagen gestorben war, keine fünf Monate vor Lennards Geburt, auf die er sich so sehr gefreut habe. Der Tod ihres Schwiegervaters habe sie an den ihrer Großmutter erinnert – Eleonore war ihr Name, wie sie Franck mitteilte –, die mit Anfang sechzig »von heut auf morgen tot umgefallen« sei.

Während Franck, wie so oft, vom Fenster der S-Bahn

aus die einfältig und monoton konstruierten Gewerbebauten entlang der Gleise betrachtete, fiel ihm ein, dass Tanjas Bruder, Maximilian Hofmeister, den Tod der Großmutter ebenfalls erwähnt hatte.

Überhaupt, dachte Franck im Tunnel unter dem Hauptbahnhof, schien die seelische und geistige Verbindung zwischen Tanja und Maximilian den wesentlichen Teil der Familienbande zu bestimmen, stärker als die Ehe der Grabbes; und Hofmeister führte ein konstantes, möglicherweise zufriedenes Singleleben – als genügte ihm seine Schwester als Lebensbegleitung.

Kurz davor, wieder in seinen überwunden geglaubten Misstrauensmodus zu verfallen, hätte Franck um ein Haar den Ausstieg am Ostbahnhof verpasst. Von dort musste er mit einer anderen Bahn bis zur Haltestelle St.-Martins-Platz fahren, in dessen Nähe der Tatort lag.

Um ihn herum eilten Leute. Die Stimmen der Zugansagerinnen schallten über die Bahnsteige.

Franck ging der unaufhörlich mäandernde Monolog von Lennards Mutter nicht aus dem Kopf, all die Einzelheiten von jenem fünfundzwanzigsten April; plötzlich schlugen Kirchenglocken, betonte sie, und im Mund der Hebamme habe sie einen Goldzahn blinken sehen; ihr eifriges Betonen bestimmter Sätze, das unmöglich von den zwei kleinen Gläsern Rum herrühren konnte; die Art, wie sie in sich versunken dagesessen hatte, seinem Blick auswich und versonnen an dem blauen Stein an ihrer Halskette rieb, bevor sie unvermittelt nach seiner Hand griff.

Ihm wie unter Zwang in die Augen schauend, hatte sie mit den Episoden ihrer Erinnerung begonnen. Franck, konzentriert aufs Zuhören, spürte die schmalen, festen Finger, die sich um seine krallten; er brauchte einige Minuten, bis er seine Hand wegzog und unter dem Tisch, während er den Oberkörper leicht vorbeugte, unauffällig ausschüttelte.

Sie redete. Er wollte sich Notizen machen, zögerte aber aus Rücksicht auf etwas, das er nicht genau benennen konnte. Schon nach den ersten Sätzen hielt er ihre Fabulierlust für einen Akt verbitterter Zerstreuung.

Obwohl sie mit all der ihr verbliebenen Intensität von der Geburt ihres einzigen Kindes erzählte und von den Dingen, die auf unmittelbare oder entfernte Weise damit zusammenhingen, gewann Franck den Eindruck, sie verfolge einen Plan, der ihre gegenwärtige Not nicht berührte; sondern der einem Zweck diente, welcher ihm bisher so fremd blieb wie das Motiv von Lennards Mörder.

In der kurzen Straße, die auf den Spitzingplatz mit dem von Strauchwerk und Bäumen umgrenzten Spielplatz zuführte, hielt Franck keuchend inne. Gescheucht von ineinanderpurzelnden Gedanken, war er zu schnell gegangen und wäre fast an der Abzweigung vorbeigelaufen. Was er dringend brauchte, war ein Moment absoluter Kopfstille.

Aus seiner Umhängetasche holte er eine Flasche Mineralwasser hervor und schaute, während er trank, zu der Stelle, an der mit höchster Wahrscheinlichkeit der Schüler und sein Mörder einander begegnet waren.

Worauf es Franck jetzt ankam, betraf ausschließlich das elfjährige Kind; nicht dessen Vater und Mutter; nicht die Klassenkameraden und Angehörigen. Nichts war wichtiger als die Handvoll Zeit, die es brauchte, um inmitten der bewohnten Welt ein Leben auszulöschen.

Tausende Morde und Todesfälle später und der unbestechlichen Nüchternheit der Kriminalistik zum Trotz kam Franck noch immer kein anderes Bild in den Sinn, wenn er stumm der Opfer gedachte: Als hätte die Mittagssonne aus purer Eifersucht eine brennende Osterkerze schmelzen lassen.

Er war nicht besonders gläubig; die Namen von Heiligen waren ihm nicht geläufig. Doch das gewaltsame Ende eines Menschen versetzte ihn seit geraumer Zeit in eine Art abrahamitische Gottesfürchtigkeit, aus der er möglicherweise einen höheren Sinn im Schicksal des Getöteten ableiten könnte.

Vielleicht, dachte er und klingelte am Eckhaus gegenüber dem Spielplatz, beschäftigte ihn auch nur das eigene Ableben intensiver als früher, als er keine Zeit dazu hatte.

»Ich seh alles«, sagte die alte Frau, die ihn in ihrer Einzimmerwohnung ans Fenster führte und die Gardine zur Seite zog. Franck roch den Duft nach Waschpulver. »Da unten sind die Kinder, schreien rum, den ganzen Tag. Mir macht das nichts, ich hör gern zu, versteh eh kein Türkisch oder Griechisch oder was weiß ich. Möchten Sie einen Kaffee?«

»Erinnern Sie sich an den achtzehnten November?«

»Auf gar keinen Fall.« Sie hieß Irmgard Zille und war neunundsiebzig Jahre alt; das hatte Franck der Vernehmungsakte entnommen und auch, dass sie zunächst behauptet hatte, jemanden beobachtet zu haben, was sie nach einer weiteren Befragung jedoch zurücknahm; sie habe sich im Tag geirrt.

»Sitzen Sie abends oft am Fenster?«

»Wo soll ich sonst sitzen? Einen Fernseher hab ich nicht; was da läuft, das brauch ich nicht; außerdem war ich früher selber im Fernsehen.«

»Sie sind Schauspielerin?«

»Gott behüte! Ich war Platzanweiserin bei Spielshows, am Ende bei Talkshows, aber da hätt ich gleich in den Zoo gehen können. Möchten Sie einen Schnaps? Blutwurz.«

»Wollen Sie mich vergiften, Frau Zille?«

»Wieso? Mein Sohn lebt noch, und der trinkt den ständig, sogar in der Arbeit.«

»Was macht Ihr Sohn?«

»Angestellter in einem Bestattungsbetrieb, sicheres Einkommen. Ist Ihnen nicht zu warm in der Lederjacke?«

Er fragte sie noch ein paar Mal nach ihren Beobachtungen, und als er feststellen musste, dass er nichts Neues erfahren würde, verabschiedete er sich.

»Danke für den Besuch«, sagte sie an der Tür. Sie wartete, bis er auf der Treppe verschwunden war; dann sperrte sie ab, ging in die Küche, nahm die Schnapsflasche aus dem Kühlschrank und goss sich ein Stamperl voll ein. Mit dem Glas in der zittrigen Hand ging sie zum Fenster; sie prostete dem Nachmittag zu und trank das Glas in einem Zug aus.

Was ihr Sohn an dem Getränk fand, wusste sie nicht, für sie schmeckte das Zeug übler als Absinth, den sie damals hinter den Kulissen heimlich gekippt hatten, wenn wieder einer dieser schwitzenden Politiker vor laufender Kamera seinen Senf zum Besten gab.

Unten auf dem Bürgersteig schrien sich zwei dunkelhaarige Buben an; durch die Schallschutzfenster drang kein Laut. Irmgard Zille überlegte, ob sie auf den Balkon gehen sollte, um noch ein wenig vom Treiben des Tages mitzubekommen, bevor es wieder stockdunkel wurde.

»Bei dem trüben Licht der Straßenlampe kann man praktisch nichts erkennen.« Ralf Lahner, der Mieter in der Wohnung über der alten Dame, lehnte an der Balkonbrüstung. »Und an dem Abend hat's wie blöd geregnet, das weiß ich noch. Später haben wir über nichts anderes geredet; nachdem man die Leiche von dem Jungen gefunden hat, hieß es, er wär hier unten ermordet worden; vor unserer Haustür.

Ich hab Ihren Kollegen alles gesagt, was ich weiß; ich weiß nichts. Hab mir das Hirn zermartert, das ist klar, man will helfen.«

»Sie waren an dem Abend zu Hause«, sagte Franck.

»War ich, steht alles in der Akte. Ich war da, ich hab auch garantiert mal aus dem Fenster geschaut, oder ich war auf dem Balkon, eine rauchen, hundertprozentig. Wenn da ein Mord passiert wäre, das hätte ich mitgekriegt. Oder nicht?«

»Sie waren allein.«

»Ja.«

Franck warf einen flüchtigen Blick in die Akte, die er aufgeschlagen in den Händen hielt. »Gegen zwanzig Uhr haben Sie die Wohnung verlassen.«

»Sicher, ich musste zur Arbeit, Schichtdienst im Parkhaus, steht alles auf Ihren Zetteln.«

»Sie fuhren mit dem Auto.«

»Sicher. Ich bin runter in die Tiefgarage und losgefahren.«

»Sie fuhren direkt am Spielplatz vorbei.«

»Muss ich, vor zur Eintrachtstraße, dann rechts.«

»Da war niemand, kein Mensch, kein Auto.«

»Gestürmt hat's und geregnet, ich musste aufpassen, dass ich durch die Windschutzscheibe überhaupt was seh. Warum kommen Sie eigentlich nach der langen Zeit noch mal? Ich dachte, die Sache ist erledigt.«

»Welche Sache?«

»Die Sache mit dem Spielplatz. Die Kripo hat doch nichts gefunden, hab ich gelesen. Sie ermitteln privat, oder wie?«

»Ich ermittle nicht, wie gesagt, ich führe Befragungen durch, ich suche nach einem Anhaltspunkt.«

»Find ich gut, aber sind Sie da nicht ein bisschen spät dran?«

»Nein.« Franck schlug die Akte zu, steckte sie in seine

Tasche, die er auf den verwitterten Korbstuhl gestellt hatte.
»Haben in jener Nacht Autos vor dem Spielplatz geparkt?«

»Da parken immer welche, sehen Sie ja.«

»Auch in der Nacht?«

»Denk schon. Hab ich dazu keine Aussage gemacht? Steht da nichts in der Akte?«

»Da steht, Sie hätten parkende Fahrzeuge gesehen.«

»Dann wird's stimmen.«

»Alles lief reibungslos«, sagte Franck. Wieder spürte er die Kälte am Kopf. Innerhalb von Minuten, so kam ihm vor, fiel die Dunkelheit wie ein steif gefrorenes Tuch über den frühen Abend.

»Was soll denn passiert sein?«

»Sie kamen aus der Tiefgarage, wandten sich nach rechts und bogen dann an der Ecke hier unten links ab.« Er deutete auf die Kreuzung, über die gerade ein Fahrradfahrer preschte.

»Genau.«

»Überall standen Autos.«

»Denk schon, ja. Einer stand quer, ich musste ausweichen, hab gehupt, genau, oder auch nicht; weiß ich nicht mehr.«

»Wo genau stand das Auto?«

»An der Ecke.«

»Am Eingang vom Spielplatz.«

»Schräg halt«, sagte Lahner. »Der kam wahrscheinlich von der Schlierseestraße und hat seine Kiste schnell da abgestellt, weil er was kaufen wollte.«

»Was?«

»Was?«

»Was wollte er kaufen?«

»Was ist das für eine Frage? Keine Ahnung. Eine Zeitung, irgendwas im Supermarkt.«

Franck steckte die Hände in die Jackentaschen; er hatte die Protokolle gelesen, drei oder vier Mal, besonders aufmerksam noch einmal die Aussagen der Anwohner, mit denen er heute sprechen wollte.
»Alles okay?«, fragte Lahner.
»Haben Sie die Sache mit dem schräg geparkten Auto meinen Kollegen erzählt?«
»Sicher.«
»In der Akte steht nichts davon.«
»Sicher?«
Im Zimmer brannte Licht. Franck ging hinein, um besser lesen zu können. Derweil rauchte Lahner eine Zigarette, die Asche stippte er in den leeren Blumenkasten. Franck kam zurück, sah hinunter auf die Straße, hielt die grüne Akte hinter dem Rücken, wartete, bis Lahner die Zigarette im Blumenkasten ausgedrückt hatte. »Was haben Sie noch bemerkt?«
»Nichts. Was ist? Was soll so wichtig sein an dem Wagen?«
»Das weiß ich noch nicht. Erst einmal frage ich mich, warum der Fahrer dort geparkt hat, fast auf der Straße, so dass Sie dem Auto ausweichen mussten.«
»Wie gesagt, er wollt was kaufen, schätz ich.«
»Der Zeitungsladen hatte schon geschlossen«, sagte Franck. »Und wenn jemand bei so einem Sauwetter in ein Geschäft will, stellt er seinen Wagen nicht hundert Meter weiter weg ab, wenn er direkt vor dem Eingang in zweiter Reihe parken kann.«
»Da ist was dran.«
»Sie haben niemanden am oder im Auto gesehen?«
»Ich wiederhol mich ungern: Erstens: dunkel; zweitens: Regen und Sturm; drittens: Blätter und Zeug sind durch die Luft geflogen, Weltuntergang; Scheibenwischer auf

die höchste Stufe gestellt. Das Auto hat nichts zu bedeuten, glauben Sie's mir. Wahrscheinlich wollt der Typ nur mal schnell pinkeln; das kommt hier dauernd vor, dass Leute hinter den Büschen verschwinden, nicht nur Penner; echt ekelhaft. Das ist ein Kinderspielplatz, oder nicht?« Er stutzte. »Sagen Sie auch mal wieder was?«

Franck dachte an den Mann mit den Plastiktüten, den er gestern Nacht am Spielplatz beobachtet hatte, als er selber dringend auf die Toilette musste, nachdem er stundenlang auf ein Wunder gewartet hatte. Der Mann, möglicherweise ein Stadtstreicher, hatte die Tüten auf einer der Bänke abgestellt und sich dann an einen geschützten Platz verzogen, um sein Geschäft zu verrichten. »Also kein Mensch weit und breit«, sagte Franck. »Was könnte das für ein Auto gewesen sein?«

»Alles Mögliche, nicht groß, nicht klein.«

»Kein Kastenwagen.«

»Nö.«

»Ein SUV?«

»Eher nicht. Normale Größe; da unten stehen lauter Mittelklassewagen, so einer war das auch. Ist lang her. Hab ich die Marke in meiner Aussage nicht genannt? Was steht in Ihrer geheimnisvollen Akte?«

»Da steht, dass Sie nichts gesehen haben. Was offensichtlich nicht stimmt.«

»Wollen Sie mir was anhängen?«

»Im Gegenteil«, sagte Franck. »Ich möchte, dass Sie sich noch besser erinnern. Denken Sie nach.«

»Ich denke.« Mit Zeige- und Mittelfinger beider Hände trommelte Lahner auf seinen Kopf mit den letzten sich behauptenden Haaren; er spitzte die Lippen, wiegte den Kopf, machte eine angestrengte Miene.

Franck brachte seinen Blick nicht von der Stelle, wo angeblich das bisher unbekannte Fahrzeug gestanden haben sollte, das Heck in die Straße ragend. Im prasselnden Regen hatte sich niemand darum gekümmert; womöglich hatte die alte Frau Zille den Wagen ebenfalls bemerkt und sich nichts dabei gedacht, sie könnte also doch eine Person an jenem Abend gesehen haben und nicht an einem anderen, wie sie später aussagte. Erinnerungen, wusste Franck aus unzähligen Zeugenbefragungen, bestanden aus Brüchen, Ellipsen, Sinnestäuschungen, sensorischen Wackelkontakten.

Als er sich zu Lahner umwandte, spielte er mit dem Gedanken, sämtliche Zeugen, die in den Akten auftauchten, noch einmal zu vernehmen, so belanglos ihre Wahrnehmungen auf den ersten Blick auch gewirkt haben mochten.

Kopfschüttelnd fischte Lahner die Zigarettenpackung aus der Hosentasche. »Ich muss Sie enttäuschen, mehr krieg ich nicht zusammen.« Er zog das Feuerzeug aus der Schachtel, hielt die Hand schützend vor die Flamme, inhalierte tief. »Ich hatte eh nicht mehr dran gedacht, das haben Sie gemerkt, und wenn ich früher dran gedacht hätte, wär's auch egal gewesen; bringt ja nichts.«

»War Licht in dem Auto?«

Lahner zuckte mit der Schulter.

»Ja? Nein?«

»Jein.«

»Bitte?«

»Ich bin mir nicht sicher.«

»Es könnte sein, dass die Innenbeleuchtung an war?«, fragte Franck.

Lahner zog die Schultern hoch, rauchte, pustete den Rauch aus. »Da ist die Lampe über der Kreuzung, wahrscheinlich hat die auf den Scheiben reflektiert. Was hat

Ihnen der Schorsch erzählt? Der hat den Wagen auch gesehen.«

Während seiner aktiven Zeit waren Franck solche wie aus dem Nichts auftauchenden und in keiner vorangegangenen Vernehmung zu erahnenden Überraschungen jedes Mal wie ein Hubbel auf einer Fahrt durch absolut planes Gelände vorgekommen.

»Der Schorsch«, wiederholte Franck. »Schorsch wie weiter?«

»Wie wie weiter?«

»Der Mann hat hundertprozentig einen Familiennamen.« Mit der Wucht seiner Ungeduld hatte Franck nicht gerechnet. »Den müssen Sie doch wissen.«

Lahner schnippte die Kippe in den Blumenkasten. »Weiß ich auch; was ist los mit Ihnen? Sie sind doch kein Polizist mehr, bloß Privatmann, entspannen Sie sich. Der Mann heißt Ritting, Georg Ritting. Da drüben.« Er zeigte auf das gegenüberliegende Eckhaus mit dem Friseursalon und dem leerstehenden Laden im Erdgeschoss. »Im dritten Stock sitzt der, sagen Sie ihm einen schönen Gruß von mir, da freut er sich.«

Den Gruß seines Nachbarn nahm Ritting beiläufig zur Kenntnis. Er führte Franck durch den mit Umzugskartons, Stühlen und Gerümpel vollgestellten Flur ins Wohnzimmer und bat ihn, im Sessel Platz zu nehmen. Dann schob er die auf dem Tisch aufgeschlagenen Kreuzworträtselhefte übereinander und legte die beiden Kugelschreiber und die verbogene Lesebrille obenauf; schnaubend ließ er sich auf die Couch fallen und verschränkte die Arme über seinem hervorstehenden Bauch. Bis auf die Begrüßung an der Wohnungstür hatte er noch kein Wort gesprochen.

Franck schätzte Georg Ritting auf Ende fünfzig, ein gebückt gehender Mann mit breitem Kreuz und kräftigen Oberarmen, deren Fett früher vermutlich Muskeln gewesen war; er trug ein weites, rotweiß kariertes, aus der grauen Stoffhose hängendes Hemd und weiße Socken, keine Hausschuhe. Aus seinem konturlosen Gesicht schickten zwei blaue Pupillen sanftmütige Blicke in die Welt.

»Ich störe Sie in Ihrer Freizeit«, sagte Franck, eingesunken in das dicke Sesselpolster.

»Das tun Sie nicht.« Neben Ritting lag ein schwarzgelber Kopfhörer, dessen farbliche Gestaltung Franck an Lennys Fußball erinnerte. Der Fernseher lief ohne Ton und zeigte historische Aufnahmen vom Bau der ersten Hochhäuser in New York. »Soll ich den Fernseher ausschalten? Berufskrankheit.«

»Sie waren auch beim Fernsehen?« Die Frage war Franck so herausgerutscht.

»Warum auch?«

»Ich sprach vorhin mit einer älteren Frau, die …« Er brach den Satz mit einem verschmitzten Lächeln ab. »Von mir aus können Sie den Fernseher anlassen.«

»Diese Dokumentationen kann ich mir immer wieder anschauen«, sagte Ritting; er hielt den Kopfhörer im Schoß fest. Franck fiel auf, dass Ritting oft mit einem Auge blinzelte, wenn er zuhörte. »Eigentlich peinlich; ich war von Beruf Straßenmeister beim Staat; wenn wo eine Straße gebaut wurde, war ich vor Ort, Bauen fand ich schon als Kind fantastisch. Ich stand an einer Baustelle und guckte zu, wie die Arbeiter herumwuselten und einen Stein auf den anderen häuften oder die riesigen Kräne Betonplatten durch die Luft hievten und Drähte und Kabel verlegt wurden; plötzlich war das Fundament gelegt, die ersten Fensteröffnungen kamen ins Mauerwerk, der Geruch nach Stein und Beton lag in der Luft. Andere Kinder gingen schwimmen oder zum Fußball, ich klammerte mich an Bauzäune und kriegte vor Staunen den Mund nicht zu; ich wollte Baumeister werden; dann bin ich Straßenmeister geworden; hat auch gepasst. Aber wegen meiner Lebensgeschichte sind Sie nicht hier.«

»Diesen Kopfhörer«, sagte Franck. »Den brauchen Sie bei der Arbeit, wegen der Lautstärke der Maschinen.«

Mit einer eigentümlich behutsamen Handbewegung hob Ritting den Kopfhörer an. »Nein. Ich arbeite nicht mehr, ich musste aus dem Dienst ausscheiden.«

Er sah zum Fernseher. Arbeiter mit unnatürlich weiß schimmernden Gesichtern schleppten Stahlträger über schwindelerregende Abgründe, eingehüllt in graues, körniges Halblicht.

»Die Ärzte diagnostizierten eine Krankheit, ich konnte plötzlich keinen Krach mehr ertragen, bei jedem lauten Geräusch zuckte ich zusammen. Der Motor einer Schneeräummaschine, die ein Kollege anstellte, verursachte bei mir fast einen Herzinfarkt. Dann hatte ich tatsächlich einen Infarkt, keinen schweren, aber ein deutliches Zeichen. Ich leide unter Ligyrophobie. Deswegen diese Dinger; ein Kapselgehörschutz, wie Sie ihn bei Schusswaffen benutzen können, wenn Sie Schießübungen machen. Die Dämmung geht runter bis dreißig Dezibel und sogar weniger. Ohne Kopfhörer kann ich nicht fernsehen, meist schalte ich sicherheitshalber auch noch den Ton aus; armselig, aber unvermeidlich. Niemand konnte mir je erklären, woher die Phobie kam, von einem Tag auf den anderen war sie da und ging nicht wieder weg. Ich lebe auf Staatskosten, ich war Beamter beim Staat; wie Sie. Aber Sie haben hoffentlich keine Phobien.«

»Ich weiß es nicht.«

»Dann haben Sie keine.« Ritting legte den Kopfhörer neben sich auf die Couch, beugte sich in einem Ruck nach vorn, nahm die Fernbedienung vom Tisch und schaltete den Fernseher aus. »Wussten Sie, dass es eine Phobie gegen Clowns gibt?«

»Sehr witzig.«

»Das ist wahr; ich hab vergessen, wie die Phobie heißt, aber manche Leute leiden darunter, auch Kinder; und ich rede nicht von Gruselclowns und solchen Idioten.«

Eine Zeitlang schienen beide Männer mit voneinander abgewandten Gesichtern die Frage zu ergründen, wie es geschehen konnte, dass das Auftreten bunt gekleideter Gestalten Menschen unterschiedlichen Alters in Angst und Schrecken versetzte, während andere aus dem Lachen und Jauchzen nicht mehr herauskamen.

Das Bellen eines Hundes im Treppenhaus beendete ihr Schweigen. Ritting blickte, wieder flackerte das rechte Augenlid, in den Flur. »Das ist Hugo, der Kläffer von nebenan; sein Besitzer, Herr Tell, ist taub, was er bestreitet. Der Hund bellt den ganzen Tag, zum Glück meistens unten im Park, da hör ich ihn durch die dicken Fenster kaum. Ich kann nicht den ganzen Tag mit dem Gehörschutz rumlaufen. Und ich habe mich noch gar nicht für die Unordnung entschuldigt. Meine Exfrau hat sich von ihrem Mann getrennt und stellt grad Sachen bei mir unter, bis sie in ihre neue Wohnung einziehen kann, die wird noch renoviert. Das habe ich richtig verstanden: Sie wollen nichts trinken?«

Zu seiner eigenen Verblüffung verspürte Franck nicht die geringste Eile. Er wollte immer noch nichts trinken, aber wenn er unbemerkt einen Blick auf den gelb-schwarzen Kopfhörer warf, gefiel ihm die Vorstellung, ihn aufzusetzen und in eine Stille einzukehren, in der die Lügen endeten und die wütenden Geräusche der Nacht vom achtzehnten November verstummten. Dann, dachte er, und die blauen Augen des Straßenmeisters ruhten auf ihm, wäre er vielleicht fähig, die Stimme des elfjährigen Lennard wahrzunehmen, die bis zu diesem Moment ungehört in einem Astloch schlummerte – ein österliches Geschenk des Todes, der über keinen Mörder seine Hand hielt.

»Ich brauche dringend Ihre Hilfe«, sagte Franck; er stützte sich ab und stand auf. Er ging zum gardinenlosen Fenster und schaute auf die Straße hinunter, auf der vereinzelt Autos fuhren und einparkten; hin und wieder kam ein Kunde mit Einkaufstüten aus dem Supermarkt. »Wie ich erwähnt habe, meint Ihr Nachbar von gegenüber, Sie hätten an dem Abend, an dem wahrscheinlich der Junge ermordet wurde, etwas beobachtet. Herr Lahner und Sie hätten darüber gesprochen.«

»So speziell sind wir auch wieder nicht. Wir treffen uns schon mal beim Grandl, das ist die Kneipe vorn am Eck, neben der Konditorei an der Werinherstraße. Das stimmt, dass wir an dem Tag, als die Polizei und die vielen Leute hier auftauchten und den Spielplatz absperrten, miteinander geredet haben; vor allem, nachdem alle Anwohner befragt worden waren. Ich nicht, das muss ich Ihnen gleich sagen.«

»Warum wurden Sie nicht befragt?«

»Das weiß ich nicht. Vielleicht war ich nicht zu Hause; eigentlich gehe ich nicht oft weg; bei mir hat jedenfalls niemand geklopft.«

»Unmöglich«, sagte Franck. »Meine Kollegen waren in jedem Haus in der Umgebung, in jeder Wohnung, überall.«

Wie entschuldigend hob Ritting beide Hände. »Ich hätte geöffnet, selbstverständlich.«

»Sie müssen doch etwas gehört haben, die Kollegen haben bestimmt Sturm geklingelt.«

»Das hat sowieso keinen Sinn; meine Klingel habe ich

abgestellt, ich bin jedes Mal zu Tode erschrocken, wenn der Postbote geklingelt hat. Das ertrage ich schon lang nicht mehr. Die Leute klopfen einfach an die Tür, wenn sie was von mir wollen. Und ich sage Ihnen: Ein Polizist hat nicht an meine Tür geklopft.« Er stemmte die Hände auf die Oberschenkel, blickte starr vor sich hin; dann hob er den Kopf und streckte den Zeigefinger in die Höhe. »Sekunde. Irrtum. Noch mal von vorn: Beim Grandl hat mich eine Frau angesprochen, schwarzhaarig war sie, glaube ich; jetzt sehe ich sie wieder vor mir, sie hatte eine Spange in Form eines Schmetterlings in den Haaren, kann das sein? Wie heißen Sie noch mal?«

»Franck. Und die Frau war von der Polizei.«

»Ja, weil sie mich nach dem Abend im November gefragt hat; am ersten Weihnachtsfeiertag war das, da war ich beim Grandl und hab zu Mittag gegessen. Was einem alles wieder einfällt, wenn jemand hartnäckig nachfragt. Deswegen hat niemand bei mir geklopft. Ich habe ja doch was ausgesagt! Jetzt bin ich erleichtert.« Mit einem erneuten Schnauben lehnte er sich zurück und streckte Arme und Beine von sich.

Franck ging zum Tisch zurück; in seiner Vorbereitung am Morgen, da war er sich sicher, hatte er die Aussage von Georg Ritting nicht gelesen. »Was haben Sie an dem Abend beobachtet?«

»Nichts Besonderes; Autos, die da standen; ein paar Leute, die es eilig hatten, kein Wunder bei dem Regen. Meine Aussage hat nichts ergeben, das steht fest.«

»Mit Herrn Lahner haben Sie darüber gesprochen, dass Ihnen beiden ein Auto auffiel, das ungewöhnlich geparkt war, nämlich direkt vor dem Eingang zum Spielplatz; das Auto ragte in die Straße hinein, so dass Lahner mit seinem Wagen ausweichen musste.«

»Richtig. Und ich habe noch gesagt, dass vorher ein Mann aus dem Auto gestiegen ist.«

Franck glaubte, er wäre soeben über einen Hubbel gestolpert. »Ein Mann«, wiederholte er, um Zeit zu gewinnen. »Haben Sie das der Polizistin gesagt?«

»Da fragen Sie mich was. Wahrscheinlich nicht; ich habe ja erst später mit Ralf darüber geredet. Oder? Das war auch nicht wichtig; ich habe zufällig aus dem Fenster gesehen; ein Mann steigt aus einem Auto, nicht gerade eine sensationelle Beobachtung. Wer weiß, ob das überhaupt dasselbe Auto war wie das, von dem Ralf gesprochen hat; reine Spekulation, noch dazu, weil schon ein Monat vergangen war.«

Er sah Franck zu, wie dieser sich bückte, seine Ledertasche aufhob, die er an den Sessel gelehnt hatte, und eine schwarze Mappe hervorholte.

Im Stehen blätterte Franck in den Kopien, überschlug mehrfach dieselben Seiten, suchte nach der entscheidenden Stelle. Daraufhin schloss er die Mappe, strich mit der Hand über den Einband und stieß einen undefinierbaren Laut aus, der ihm gewöhnlich nur entfuhr, wenn er sich nach seiner eigenwilligen Konzentrationsübung vom Boden erhob und seine Glieder ausschüttelte.

»Ihr Freund aus dem Gasthaus hat den Mann in seiner Aussage nicht erwähnt«, sagte Franck. »Das Protokoll Ihrer Aussage, Herr Ritting, habe ich nicht dabei, aber wenn ich es gelesen hätte, wüsste ich es. Sie haben den Mann gegenüber der Polizistin nicht erwähnt. Wie sah der Mann aus?«

»Ein Mann im Dunkeln«, sagte der Straßenmeister heftig blinzelnd. »Und heut würde ich nicht mehr beschwören, dass ich ihn wirklich gesehen habe, an dem bestimmten Abend. Vielleicht habe ich mich vertan, das kommt vor, die Zeit vergeht, ich schau nicht auf die Uhr und auf den Kalender auch selten. Wir reden halt im Gasthaus, das heißt, Ralf redet und unterhält die Leute, ich höre zu. Vielleicht kam die Idee mit dem Mann von ihm, und ich habe ihn nur bestätigt, damit ich meine Ruhe habe; so was passiert. Ich mag ihn, er ist im Grunde der Einzige, mit dem ich regelmäßig auf ein Bier gehe; hin und wieder mit meiner Exfrau, das sind wir von früher gewohnt, als wir noch verheiratet waren; im Gasthaus haben wir uns nie gestritten, im Gegenteil, da waren wir so was von ein Herz und eine Seele. Zu Hause hat's gescheppert, das war die Problemzone.«

Die alte Ungeduld stieg in Franck auf, und er wäre lieber auf und ab gegangen; dann setzte er sich wieder in den Sessel, weil er vermeiden wollte, dass sein Gastgeber zu ihm aufschauen musste. »Beschreiben Sie den Mann.« Und wie bei Ralf Lahner im Haus gegenüber fügte er eindringlich hinzu: »Denken Sie nach.«

Ritting schloss die Augen und blieb minutenlang wie erstarrt sitzen, trotz seines Bauches beinah aufrecht, die Hände auf den Oberschenkeln, mit halb geöffnetem Mund. Franck konnte nicht anders, als ihn anzusehen. Vor Anspannung bemerkte er nicht einmal, dass er die Hände auf der Aktenmappe faltete.

Ritting schlug die Augen auf, blinzelte. »Schwarzer Schatten«, sagte er. »Ist rausgehuscht und weg. Mehr kann ich Ihnen nicht bieten.«

Nach einem Moment ratloser Bestürzung nahm Franck seine Tasche vom Boden, steckte die Mappe hinein und zog einen unlinierten Block und einen Kugelschreiber heraus. Er stellte die Tasche zurück neben den Sessel, schlug das oberste Blatt um und zog in der Mitte der leeren Seite einen senkrechten Strich; rechts davon notierte er »Auto (normal groß)«, links »Mann huscht weg«. Er wollte noch mehr aufschreiben, die bruchstückhaften Erinnerungen Rittings, mit denen dieser seine Beobachtungen heraufbeschwor, mit eigenen Worten wiedergeben, da entglitt ihm der Stift und landete auf dem Teppich.

Erschrocken drehte Ritting den Kopf. »Was ist mit Ihnen?« Sein nervöser Tick übertrug sich auf beide Augen. »Es tut mir sehr leid, wenn ich Sie enttäuscht habe. Ich wollte Sie auch nicht anlügen wegen der Aussage, ich hatte vergessen …«

»Der Mann«, sagte Franck. »Huschte er auf den Spielplatz oder über die Straße?«

»Über die Straße? Nein. Das kann eigentlich nicht sein, das hätte ich gesehen. Er muss wohl … ich bin nicht am Fenster geblieben. Glauben Sie, ich habe den Mörder gesehen? Das kann nicht sein. Und … und …« Sein wuchtiger Oberkörper begann vor und zurück zu schwanken. »Da war hundertprozentig kein Kind, kein Junge, da war niemand sonst, das kann ich beschwören. Ich schwör Ihnen, Herr Franck, ich habe niemanden gesehen, nur diesen Schatten. Mehr kann ich für Sie nicht tun.« Er ließ sich gegen das Rückenpolster fallen, verharrte schnaufend, tastete nach den Kopfhörern.

»Soll ich Ihnen etwas zu trinken holen? Nehmen Sie Tabletten?«

»Ich nehme nichts«, sagte Ritting mit müder Stimme. »Ich möchte nur, dass es still ist.«

Von draußen drangen keine Geräusche herein, kein Hund bellte im Treppenhaus. Gerade als Franck aufstehen wollte, wandte Ritting sich ihm zu. »Deswegen müssen Sie nicht gehen«, sagte er. »Bleiben Sie noch, wir müssen ja nicht reden.«

Franck erhob sich, streckte die Hand aus. »Danke für Ihre Hilfe; vielleicht melde ich mich noch einmal bei Ihnen.«

»Mir wär's eine Freude.«

»Sie brauchen mich nicht zur Tür zu begleiten.« Er steckte den Block in die Innentasche seiner Lederjacke, hob die Tasche auf, hängte sie sich über die Schulter.

»Haben Sie ein Haustier?«, fragte Ritting unvermittelt.

»Nein.«

»Meine Exfrau meint, ich soll mir ein Aquarium zulegen, Fische machen keinen Lärm, und ich hätte trotzdem eine Ansprache. Würden Sie mit eingesperrten Fischen reden?«

Darüber hatte Franck noch nie nachgedacht.

»Die Fische können Sie durch das dicke Glas nicht einmal hören«, sagte Ritting. Er schüttelte den Kopf, und das zaghafte Lächeln, das seine bleichen Lippen formten – wieder sah Franck wie gebannt hin –, schien im Blau seiner Augen zu münden.

Von der Stelle vor dem Spielplatz, wo angeblich das von den beiden Anwohnern erwähnte Auto gestanden hatte, blickte Franck zum dritten Stock des Eckhauses hinauf.

Im schummrigen Licht der Wohnung erkannte er am Fenster die Silhouette des Straßenmeisters. Dann fiel sein Blick auf den hell erleuchteten Friseursalon im Parterre; er dachte an den Bruder von Tanja Grabbe, mit dem er am Fluss spazieren gegangen war und der offensichtlich ein Geheimnis mit sich herumtrug – so wie dessen Schwester.

Zum ersten Mal, angesichts des verlassenen kleinen Parks in einer gewöhnlichen Gegend, fragte sich Franck, was ihm erlaubte, sich in die privaten Angelegenheiten der Geschwister einzumischen, wenn er und seine erfahrungsgesättigten Kollegen derart kläglich an der Aufklärung des Verbrechens am Kind der Familie scheiterten.

Kein Mitglied der Familie trug eine Mitschuld am Tod des Jungen. Anders als in den meisten Fällen, wenn ein

Kind gewaltsam sein Leben verlor, starb Lennard nicht an der Grausamkeit seiner Nächsten, sondern durch die Hand eines absolut Fremden. Und zwar hier.

Im Dunkeln auf den von vereistem Schnee bedeckten Kieswegen im Kreis laufend, deutete Franck mit ausgestrecktem Arm zu der Bank unter einem der Bäume; an diesem Ort inmitten von Wohnblocks und viel befahrenen Straßen war der Junge getötet worden.

Immer schneller umrundete Franck die Spielgeräte, die wie Fremdkörper aus den schwarzen Schneeresten ragten; seine Stimme wurde lauter, als stünden Zuhörer hinter den Bäumen. »Das ist unser Versagen«, rief er. »Wir sind blind und taub und verstaubt, unsere Routine hat uns stumpf gemacht ...«

Nach der zweiten Runde um den Platz taumelte er zurück auf den Bürgersteig. Er drehte sich im Kreis, hielt Ausschau nach einem Fahrzeug, das er wiedererkennen könnte – woran auch immer –, und wusste nicht, wohin mit sich.

Ein Autofahrer hupte. Franck stand in der Mitte der schlecht beleuchteten Straße. Der Fahrer hupte ein zweites Mal; als Franck Platz machte, ein drittes Mal.

Er ging weiter. Ralf Lahner, der Parkhauswächter, sah ihm, auf dem Balkon rauchend, hinterher.

Unversehens gelangte Franck zum Gasthaus Grandl an der Ecke zur Werinherstraße. Ihm war nach einem Bier. Vorher aber musste er noch ein Telefongespräch führen.

Schwer atmend nahm er sein Handy aus der Jackentasche und lehnte sich neben der Tür an die Wand; zuerst wollte er seinen inneren Aufruhr zähmen; dann fehlte ihm der Grund dazu. Er tippte die Nummer von Hauptkommissarin Elena Holland. Kaum war sie dran, begann er mit seiner Suada.

Sie saß auf dem Drehstuhl, die Arme über der Nackenlehne, die Beine auf dem Schreibtisch, Blick zum Computer. Auf dem Bildschirm wurden ununterbrochen und tabellenartig angeordnet Polizeinachrichten aus dem gesamten Bundesgebiet angezeigt. Sie hörte dem Anrufer zu. Das Smartphone, aus dem Francks Stimme leicht verzerrt und untermalt von Motorengeräuschen schallte, lag auf ihrem Bauch. Drei Minuten und achtundvierzig Sekunden lang. Dann sagte er: »Habe ich mich verständlich machen können?«

Das Handy festhaltend, nahm Elena Holland die Beine vom Tisch und stützte die Ellbogen auf die Schreibtischplatte. »Akustisch auf jeden Fall«, sagte sie. »Inhaltlich schaut der Fall so aus: Wir haben am und um den Spitzingplatz, in neunzehn in der Nähe gelegenen Straßen insgesamt sechshundertfünfundvierzig Personen befragt und etliche von ihnen überprüft ...«

Noch während Francks Redefluss hatte sie, ohne ihre bequeme Haltung verändern zu müssen, den Newsticker aus dem INPOL-System weggeklickt und die Statistikdatei im Mordfall Lennard Grabbe aufgerufen.

»Keine einzige Person ist in den Fokus unserer Ermittlungen gerückt, kein Mann, keine Frau, kein Jugendlicher. Wir haben mehrmals die Miet- und Eigentumsverhältnisse abgeglichen und bei einer Anzahl von Leuten, deren Aussagen uns wacklig oder sogar erlogen erschienen, Angehörige oder Arbeitskollegen kontaktiert, zum Teil im Stadtgebiet, zum Teil in anderen Städten und Gemeinden, bis in die Schweiz, nach Italien, Serbien, Kroatien und Finnland. Keine Hinweise auf eine Tatbeteiligung, keine Verbindung zur Familie des Jungen oder zur Schule.

Ich darf die Zahl noch mal für dich wiederholen: sechshundertfünfundvierzig Personen. Wir waren umtriebig; kein Tag Pause, das kannst du dir vorstellen. Sämtliche Beobachtungen, den vermuteten Abend des Mordes betreffend, brachten uns keinen Schritt weiter, nicht einen.

Und wir sind jedem Hinweis nachgegangen, jedem noch so absurd erscheinenden Detail, jedem Schmarrn eines Wichtigtuers, jeder Behauptung und jedem Gerücht. Wir haben uns die Finger wund getippt.

Ach ja: Auf diese Weise haben wir fünf Crack-Dealer, zwei illegal in einer Brauerei beschäftigte Somalier und einen weiteren Spanner festgenommen, der am liebsten ältere Damen beobachtet und fotografiert, und zwar mit der Begründung, sie hätten doch sonst niemanden, der sie anschaut und begehrt. Und um auf deine zwei speziellen Zeugen zu kommen: der eine, dieser Nachtwächter ...«

»Parkhauswächter«, sagte Franck.

»Ich weiß, ich wollt nur testen, ob du noch zuhörst. Der Parkhauswächter hat mir bei der Befragung in seiner Bude das Hirn vollgequalmt und mir seine Riesenstory mit dem unmöglich geparkten Auto immer wieder aufgetischt; jedes Mal kam nichts Brauchbares dabei raus, gar nichts, null, weder eine halbwegs verwertbare Beschreibung des Fahrzeugtyps noch sonst was; der hört sich gern reden oder was auch immer; deswegen hab ich seine Aussage im Protokoll aufs Grundsätzliche reduziert.

Den anderen, den freundlichen Herrn Ritting ... Hat er sich echt an meine Haarspange erinnert? Erstaunlich bei seinem sonstigen Erinnerungsvermögen ... Den Herrn hab ich tatsächlich in dem Lokal angetroffen, und er meinte, er hätte vielleicht jemanden an dem Abend gesehen, aber er war sich keineswegs sicher; er wollte erst mit seinem Bekannten, dem Herrn Lahner von gegenüber, reden, die beiden hätten nämlich ausführlich über den Abend diskutiert. Da kam aber nichts mehr raus; wir waren bei dem Mann in der Wohnung, wie du, und alles, was er dort sagte, war unausgegoren; anders kann ich es nicht ausdrücken. Ich vermute, dass der Parkhauswächter ihm ein Ohr abgelabert hat mit seiner Geschichte vom Auto, das ihm beim Wegfahren in die Quere kam, und der arme Herr Ritting hat sich dann eingeredet, er hätte auch was bemerkt.

Bei so einer ständig ins Leere laufenden Ermittlung wird unsereiner zwischendurch auch mal grantig und hat keinen Bock mehr auf jedes Palaver. Du kennst diese Phasen. Der Mann war ehrlich zu uns, schon klar, du hast ihn erlebt, ein grundgütiger Mensch. Aber als Zeuge halt eine Nullnummer.

Also, Jakob: Danke für deine Versuche, Licht ins Dunkel zu bringen, wir wissen das zu schätzen, André und ich. Kein Grund, uns zu beschimpfen und uns zu unterstellen, wir würden ... wie hast du dich ausgedrückt ... mit Seifenblasen jonglieren, anstatt geerdetes Handwerk zu betreiben und unsere Zeugen ernst zu nehmen.

Zum letzten Mal: Da sind keine Zeugen; diese Nacht war wie ausgestorben am Spitzingplatz. Ein sehr seltener, fürchterlicher Zustand, leider nicht unmöglich, wie du von anderen Fällen weißt.

Dann frag ich dich jetzt ebenfalls: Habe ich mich verständlich ausgedrückt?«

»Wie immer«, sagte Franck.

Das anschließende Schweigen dauerte der Kommissarin zu lang. »Wo bist du?«, fragte sie. »Was ist das für ein Lärm?«

»Stau an der Kreuzung, ein Wagen steht quer, Chaos. Ich bräuchte eine Gehörschutzkapsel.«

»Bitte?«

»Was passiert mit Amroth, dem Versicherungsvertreter?«

»Nachdem du ihn auf deine besondere Art aus der Reserve gelockt hattest, musste er, wie du weißt, bei uns die Hosen runterlassen«, sagte Elena Holland. »Leider ohne Nutzen für unseren Fall. Der Mann ist inzwischen wieder zu Hause. Der war das auch nicht. Möchtest du, dass wir uns noch treffen und was zusammen trinken?«

»Heute nicht.«

Aus dem Lokal kam ein Mann in einem dünnen braunen Anzug und mit blauen, abgetretenen Turnschuhen; er schlotterte, streifte Franck mit einem krummen Blick, schlug den Kragen seines Sakkos hoch und schlich geduckt an der Hauswand entlang zur Kreuzung, wo nichts mehr vor und zurück ging.

»Willst du mit André sprechen? Er kommt grad rein.«

»Heute nicht«, wiederholte Franck.

Sie verabschiedeten sich; Franck öffnete die Tür zur Grandl-Kneipe.

Elena Holland und André Block sahen sich eine Weile wortlos an.

»Was war?«, fragte Block.

»Ihm geht's wie uns, er fängt an, den Boden unter den Füßen zu verlieren.«

Sie umarmte den Ball, den der Kommissar ihr beim Abschied in die Hände gedrückt hatte, und roch am Leder. Behutsam glitt sie mit den Fingerspitzen rundum; sie legte ihn neben das Kopfkissen und hielt ihn fest. Dann schlief sie ein. Als sie nach einem traumverlorenen Schlaf zwei Stunden später aufwachte, schmiegte sie ihre Wange an den Fußball und glaubte, Lennys Shampoo zu erschnuppern.

»Morgen um Punkt zwölf muss ich abhauen.«

»Dann bin ich, bis wir schließen, ganze zwei Stunden allein im Café«, sagte Claire Wiest.

»Nicht zu ändern.«
»Was ist so dringend?«
»Hab eine Verabredung mit einem Killer«, sagte Stephan Grabbe.

XVI

Die Gefangenschaft der Männer

Seine Schlaflosigkeit, dachte sie, war nicht der Grund für die Unruhe, die er ausstrahlte, für seine flatterigen Gesten, seine sprunghaften Äußerungen. Jakob, ihr Exmann, das war ihr bald nach seinem unangekündigten Auftauchen in ihrer Wohnung klargeworden, zappelte – ähnlich wie bei seinem letzten Besuch – in einem Netz von Erinnerungen. Er hatte eine Fahne und zugegeben, kurz hintereinander vier Biere getrunken zu haben. Marion Siedler kannte ihn gut genug, um zu wissen, dass Alkohol ihn noch nie aus der Reserve gelockt und zu Äußerungen veranlasst hatte, die er hinterher bereute.

Franck – das sah sie ihm an, und sie stellte zunächst keine Fragen – befand sich in einem Zustand schwerer Überforderung. Alles, was ihm ein wenig Erleichterung zu verschaffen schien, war die Begegnung mit einem Menschen, in dessen Gegenwart er seine Schuhe ausziehen und herumlaufen durfte, als wäre er in Selbstgespräche verstrickt.

Im Grandl-Lokal hatte Franck vor sich hin geschwiegen und ab dem zweiten Bier zur Bestellung nur noch das leere Glas gehoben. Die anderen Gäste interessierten ihn nicht. Dabei war er nur wegen ihnen hereingekommen. Während er am Telefon Hauptkommissarin Holland mit Vorwürfen überhäuft hatte, suhlte er sich in dem Glauben, er würde an diesem Abend noch auf eine Information stoßen, die den in seinen Augen nicht konsequent genug vorangetriebenen Ermittlungen eine entscheidende Wendung gäbe.

Sein inneres Betteln um Antworten im Mordfall Lennard Grabbe war unbewusst in eine Hybris umgeschlagen, in deren Folge ihm die Vorhaltungen gegenüber der Kollegin beinah entglitten wären.

Erst als Elena ihm die Fakten darlegte und ihn auf deutliche Weise zurechtwies, kam er wieder zur Vernunft.

Dennoch hielt er eine Befragung in der Kneipe immer noch für sinnvoll; er dachte, er sei auf dem richtigen Weg. Kaum hatte er sich jedoch an den Tisch neben der Tür gesetzt und einen Blick in die Runde der fünf männlichen Gäste geworfen, begriff er, dass er in die Irre gelaufen und jedes Gespräch im Vorhinein zum Scheitern verurteilt war.

Die angetrunkenen Männer strahlten nichts als Gleichgültigkeit aus. Vor sich hin starrend, voller zerrupfter Gedanken und abgestoßen von seiner fauligen Stimmung, trank Franck ein Glas nach dem anderen. Dann stand er auf – seine Jacke hatte er nicht ausgezogen –, legte einen Geldschein auf den Tisch und ging zur Tür. Niemand sagte etwas, jemand schnäuzte sich grölend.

Was er getan hätte, wenn die Frau, mit der er neun Jahre verheiratet gewesen war und seit langem eine neue Nähe teilte, nicht da gewesen wäre, wusste er nicht. Vermutlich wäre er von der Pariser Straße, wo sie wohnte, zum Ostbahnhof gelaufen und dort in die S-Bahn gestiegen. Gleichzeitig bereitete ihm die Vorstellung, allein in seinem Arbeitszimmer bei den unfassbaren Akten zu hocken oder aus Zwang zu stumpfer Ablenkung stundenlang Online-Poker zu spielen, ein solches Unbehagen, dass er vermutlich, anstatt nach Hause zu fahren, im Bahnhofslokal eine abstruse Unterhaltung mit einem der Dauergäste angezettelt hätte.

»Noch eins?«, fragte Marion Siedler, machte aber keine Anstalten, ihm ein frisches Bier zu holen. Ausgestreckt auf dem Sofa liegend, eingehüllt in ihren roten Kimono, verfolgte sie seine Wege durchs Zimmer. Wenn er eine Frage an sie richtete, gab sie keine Antwort; sie hatte begriffen, dass ihm in dieser Nacht wachsames Zuhören genügte, gelegentlich ein anteilnehmendes Nicken.

Sie erfuhr von seinen Begegnungen mit den beiden Männern in den gegenüberliegenden Eckhäusern, seinem anscheinend zwecklosen Bemühen um Konturen und präzise Zeitabläufe; von den schwarzen Löchern dieses Tages, an dem er sich so viel vorgenommen und der ihn, seinen Worten zufolge, wie einen ungebetenen Gast behandelt hatte.

Wieder und wieder beschwor Franck die Gestalt des Jungen herauf. Er beschrieb die Stelle, an der Lennard aller Wahrscheinlichkeit nach die tödlichen Verletzungen erlitten hatte; im nächsten Moment sprang Franck Jahrzehnte zurück, weil – wie Marion verstanden hatte – das Schicksal des Elfjährigen für ihn untrennbar mit dem der fünfzehnjährigen Lina verknüpft war, deren Mörder die Polizei aufgrund einer Zeugenaussage auf die Spur gekommen war.

Zu Elke, ihrer besten Freundin, hatte Marion Siedler vor kurzem gesagt, es komme ihr vor, als wäre durch das Verbrechen am Spitzingplatz der Tod von Francks Schwester wie ein Meteor in sein Leben zurückgekehrt und hätte noch einmal einen gewaltigen Krater in den Boden unter seinen Füßen gerissen.

»Setz dich doch einen Moment«, sagte sie.

Er stützte sich auf der Stuhllehne ab und verspürte das vage Verlangen nach Schlaf, nach Abwesenheit; für ihn bestand die Welt ringsum aus einem einzigen, schalldichten Kinderzimmer.

Er war sich seiner Besessenheit bewusst und sträubte sich nicht dagegen.

Sosehr er auch erschrocken war, als er sich eingestehen musste, dass die Übung seiner Gedankenfühligkeit ihn nicht zu einem tieferen Verständnis der Gegebenheiten geführt, sondern ihn im Gegenteil aus jeglichem ihm vertrauten Koordinatensystem katapultiert hatte, so unbeirrbar schwor er auf die Logik eines Labyrinths.

»Nehmen wir an, wir würden akzeptieren, es gibt keine Zeugen«, sagte er, schon wieder an die Balkontür gelehnt. Er hatte den linken Arm ausgestreckt, die Hand umgedreht und die Finger gespreizt, als balanciere er eine unsichtbare Kugel. »Was bleibt dann übrig? Was haben wir noch in der Hand? Auf dieser Seite ist nichts, siehst du? Angenommen, wir geben uns damit zufrieden. Und weiter?«

Marions Blick ruhte auf ihm; er streckte den rechten Arm aus und ballte die Faust. »Woran wir uns festhalten müssen, ist das, was hier drin ist.« Nachdem er beide Hände abwechselnd betrachtet hatte, ließ er die Arme sinken, stieß sich von der Glastür ab und redete im Gehen weiter.

»Spuren, Daten, forensische Beweise: eindeutig und unwiderruflich das Erbgut der Wahrheit. Das ist es, was wir erkennen müssen, was uns leitet, was uns vor die Tapetentür führt, hinter der der Täter in dem Glauben kauert, er wäre in Sicherheit. Uwe Nawrath glaubte das auch. Er ging zur Arbeit, erinnerst du dich, an den Wochenenden vergrub er sich in seinem Zimmer und hörte Musik. Hatte wenig Kontakte mit Gleichaltrigen.«

Vor dem Sofa stehend, sah er Marion Siedler ins Gesicht; sie richtete sich auf. Er verschränkte die Hände hinter dem Rücken. Sie sah den Schweiß auf seiner Stirn und die Schatten unter seinen Augen, die blasse Haut mit den Bartstoppeln. Sie kam nicht dazu, ihn noch einmal zu fragen, ob er etwas trinken wolle, vielleicht zur Abwechslung ein Wasser.

»Natürlich war er vernommen worden«, sagte Franck. »Seine Antworten klangen überzeugend, was sonst? Wer hätte gedacht, dass ein Neunzehnjähriger in Frage komme.«

»Du hättest es nicht ausgeschlossen.« Sie wollte ihn aufmuntern oder etwas in der Art; sein leidvoller, polizistischer Blick, den sie so gut von früher kannte und in ihrem Privatleben gewöhnlich nicht mochte, wühlte sie auf.

Er schien über ihre Bemerkung nachzudenken. »Er war ein guter Lügner, der Junge, auch in der Arbeit; er machte eine Ausbildung in einer Autowerkstatt und beklaute seinen Chef, er wurde lange nicht verdächtigt. Geschickter Kerl. Niemand von uns wusste, dass Lilly ihn kannte. Sie trafen sich heimlich, er gefiel ihr wahrscheinlich, weil er ein rauher Hund war, der sich nichts gefallen ließ ...«

»Bitte, Hannes, quäl dich nicht noch mehr.« Dass sie ihn mit seinem Spitznamen anredete, fiel ihr nicht auf.

(Den Film mit Hans Albers hatten sie vor Jahrzehnten zum ersten Mal gesehen, beide begeistert und gerührt, und danach unzählige Male auf DVD; irgendwann nannte Franck sie Gisa, also war er von da an Hannes; die Namen blieben über ihre Scheidung hinaus bestehen.)

»Sie spielte Blockflöte«, sagte er, vor dem Tisch auf und ab gehend. »Die schwierigsten Stücke, eine Meisterin; so wie er, Lennard, er spielte mit Hingabe und Talent, seit neuestem auch Klavier und Gitarre. Könnte sein, dass die beiden Musiker geworden wären ...«

»Hannes ...«

»Das sind nur Duseleien, die uns ablenken.« Er blieb stehen, senkte den Kopf, rang nach Luft.

»Bitte, setz dich, bitte ...«

»Sie gab ihm Schmetterlingsküsse«, sagte er und schwieg; kehrte in die Vergangenheit zurück. »Lilly küsste mich sanft auf den Kopf, wenn es mir nicht gutging, und Lennards Mutter berührte mit ihren Wimpern seine Wange; bestimmt hüpfte sein Herz vor Glück. Was meinst du, Gisa?«

»Bestimmt«, sagte sie. »Ich hol dir was zu trinken.«

»Geh nicht weg. Ich sag dir ...« Wieder ballte er die rechte Hand zur Faust. »Sie erkennen die Fakten nicht, sie haben sie in der Hand, aber sie ziehen die falschen Schlüsse. Davon abgesehen, das muss ich noch mal betonen, ist die Annahme, dass es keinen Zeugen gibt, falsch; ich habe mindestens einen getroffen; sie haben den Mann vor zwei Monaten nicht intensiv genug befragt, sie haben mit Hunderten Leuten geredet, aber nicht zugehört.«

»Du fängst schon wieder an, deine Kollegen zu beschimpfen. Die Kommissarin hat dir alles erklärt, und du glaubst ihr immer noch nicht.«

»Ich glaube ihr und bin überzeugt, dass die entscheidende Spur in den Akten vorhanden ist.«

»Wieso bist du dir da so sicher? Die Soko um deinen Freund André besteht nicht aus Idioten.«

»Nein.«

»Und warum kritisierst du dann so verbissen ihre Arbeit?«

»Was soll ich Lennards Mutter sagen, wenn wir uns wieder begegnen? Wie soll ich ihr ins Gesicht sehen? Sie kippt aus der Welt, sie braucht uns bald nicht mehr, niemanden, auch ihren Mann und ihren Bruder und ihre Familie nicht, wir haben sie verstoßen. Wir haben sie mit dem Tod ihres Sohnes allein gelassen, und ihr bleibt nichts, als darin zu versinken. Wir sind nicht mehr zuständig, weil wir keinen Zeugen haben, kein Indiz; Millionen Menschen in der Umgebung, doch keinen Verdächtigen. Ich habe ihr die Nachricht von der Ermordung ihres Jungen überbracht, und sie erwartet, dass ich noch einmal komme und ihr die Nachricht von der Ergreifung des Mörders überbringe. Wie damals der Kommissar, der uns mitteilte, ein Minderjähriger mit dem Namen Uwe Nawrath habe den Mord an meiner Schwester gestanden. So muss das sein. Begreifst du, Gisa?«

»Ich möchte«, sagte sie, »dass du dich jetzt neben mich setzt und still bist.«

Eine Zeitlang wich er ihrem Blick aus.

Um fünf Minuten nach zwölf hatte er das Café in Schwabing verlassen. Um zwanzig Minuten vor eins stand Grabbe vor der Wohnungstür des Killers und hörte dessen Schritte.

Als Siegfried Amroth mit klirrendem Schlüsselbund aufsperrte und mürrisch dreinblickend den Kopf herausstreckte, schlug Grabbe ihm gegen die Schulter, schob ihn zurück in den Flur und drückte mit der anderen Hand die Tür zu.

Im Halbdunkel erkannte der Versicherungsvertreter den Eindringling nicht auf Anhieb.

»Du hast uns kaputtgemacht«, sagte Grabbe. »Du denkst, du kannst uns genauso verarschen wie die Polizei. Wieso haben die dich wieder laufenlassen? Kann ich dir verraten: weil sie Dilettanten sind.«

»Herr ... Herr Grabbe ...«

»Du hast meinen Sohn verführt, du bist ein Kinderficker, ein Killer, das warst du schon immer, stand alles in der Zeitung; jetzt wirst du ein Geständnis ablegen, und zwar schriftlich, damit meine Frau es auch lesen kann, und dann verabschiedest du dich.«

Amroth begriff nicht, was der andere meinte; er hatte seine billige Stoffhose an, wie immer, wenn er zu Hause war, und seinen flauschigen, unverwüstlichen Wollpullover, den er in jedem Winter trug und der ihn so warm hielt, dass er den Heizkörper nie höher als auf Stufe zwei stellen musste.

»Du Massenmörder, du Hund«, sagte Grabbe. »Wie viele Kinder hast du auf dem Gewissen? Sag die Wahrheit. Ist's dir lieber, ich prügel sie aus dir raus? Was glotzt du so?«

Mit einem Schritt nach hinten wich Amroth in die Küche aus, umklammerte den Türrahmen; sein rechter Fuß glitt aus dem Filzpantoffel; als er versuchte, wieder reinzuschlüpfen, schob er aus Versehen den Schuh unter den Tisch, auf dem noch sein Teller mit dem Rest Kartoffelsalat stand. Er sah hin und ärgerte sich, gestört worden zu sein; von seinem ehemaligen Nachbarn; von einem Psychopathen.

Bis Amroth begriff, dass der Mann ihn mit beiden Händen am Hals gepackt hatte, schnappte er schon nach Luft. Er wollte um Hilfe schreien; aus unerklärlichen Gründen fiel ihm ein, dass er so etwas noch nie getan hatte; er kam sich klein und feige vor.

Doch der Schmerz, ausgelöst von den beiden Daumen, die sich in sein Fleisch gruben, zerstörte jeden weiteren Gedanken. Amroth stieß ein lautes Röcheln aus, Speichel rann ihm übers Kinn, seine Beine zappelten. Den Kopf im Nacken, starrte er zur Decke, sah aber nichts, weil seine Augen nass von Tränen waren. Nah an seinem Ohr ertönte eine Stimme, deren Klang ihn in einer Art grotesker Hoffnung zu einem zwanghaften Lächeln verleitete.

»Was du getan hast, kannst du nie wiedergutmachen.« Grabbe spürte fremden Schweiß über seine Finger rinnen. »Alles, was du noch tun kannst, ist, dich selbst zu richten. Vorher aber bring ich dich zu meiner Frau; neuerdings vergräbt sie sich die meiste Zeit im Kinderzimmer. Weißt du, warum? Klar weißt du das. Tust du, was ich dir sage?«

Unvermittelt ließ Grabbe ihn los, wandte sich ab, trat

einen Schritt nach vorn, hielt inne. Dann drehte er sich um die eigene Achse und schlug mit geballter Faust zu.

Oberhalb des Brustbeins getroffen, taumelte Amroth gegen die Wand und sackte zu Boden; im Schock glaubte er zu ersticken. Als der andere sich jedoch auf dem Stuhl niederließ, auf dem er selbst gerade gesessen hatte, und sich mit erleichterter Miene die Hände rieb wie jemand, der aus der Kälte in einem geheizten Zimmer Zuflucht gefunden hatte, kam Amroth allmählich zur Besinnung. Er stammelte Worte, die seinen Zuhörer zu interessieren schienen; Grabbe beugte sich nach vorn und ließ die Arme baumeln.

»Warum … warum machen Sie das … mit mir?« Der Versuch, sich mit einer Hand auf dem Boden abzustützen, die Beine anzuwinkeln und sich in die Höhe zu wuchten, misslang; Amroth konnte, indem er die andere Hand zu Hilfe nahm, gerade noch verhindern, dass er wie ein nasser Sack zur Seite kippte. Zorn erfasste ihn, wie im Verhör der Polizisten und in Gegenwart des ausrangierten Kommissars; gierig sehnte er sich nach mehr.

»Ist das eine Scherzfrage?«, sagte Grabbe.

»Bitte … Bitte was … Ich weiß nicht …«

»Du musst deutlich reden, ich versteh kein Wort. Sag ich der Samira auch immer, jedes Wort muss klar verständlich sein, kein Gast mag das, wenn die Kellnerin nuschelt. Nuschelt. Sigi?«

»Wer … wer … Samira …« Die Berührung der Wand im Rücken verschaffte ihm unverhofft Erleichterung. Der dumpfe Schmerz in seiner Brust, an der Stelle, wo die Faust ihn getroffen hatte, schien nachzulassen. So aufrecht wie möglich versuchte er, gleichmäßig zu atmen; jedes Mal, wenn er die Position seines Oberkörpers nur unwesentlich veränderte, zuckte er zusammen. Wenigstens quoll, dachte er verwirrt, keine Todesangst mehr aus seinen Poren und stempelte ihn zu einem sabbernden Opa ab, der nicht einmal mit einem kurzbeinigen Einbrecher fertig wurde.

Was der Mann zu ihm gesagt hatte, hatte Amroth schon wieder vergessen. Diese Sekundenvergesslichkeit nahm er als ein Zeichen zurückkehrender Willensstärke – auch wenn er sich sonst dafür ohrfeigen könnte.

»Verstehe«, erwiderte er und stemmte die Hände auf den Boden, drückte die Arme durch und hob den Hintern; keine gute Idee. Seine Arme knickten ein, er plumpste nach unten. Ihm kam es vor, als würde aus der Tiefe seines Arsches ein Blitz in seinen Rücken jagen und in seinem Schädel ein nie mehr enden wollendes Donnern entfachen.

Einen derart inbrünstigen Schrei, da war er sich sofort sicher, hatte er noch nie ausgestoßen, nicht einmal auf dem Höhepunkt seiner Rammlerjahre.

»Reiß dich zusammen.« Das hatte Grabbe nur so dahergesagt. Er hatte keinen Plan. Dabei dachte er seit Tagen über nichts anderes nach als über einen Besuch bei seinem ehemaligen Nachbarn aus der Weißenseestraße. Er wollte ihn zur Rede stellen; ihn zur Verantwortung ziehen; ihm ins Gesicht spucken; ihn fragen, ob es stimmte, was in der Zeitung stand: dass Amroth ein Spanner und Stalker war.

Doch wenn Grabbe ehrlich war, beschäftigte ihn das Vorhaben bloß aus einem einzigen, noch dazu grotesken und verabscheuungswürdigen Grund: Die Heimsuchung des alten Mannes, die er sich in allen Farben ausmalte, bot ihm den Vorwand zum unaufhörlichen Selbstgespräch.

Die endlos geschlossene Tür des Kinderzimmers, seine eigene, ins Unermessliche gewachsene Unfähigkeit zu Nachsicht, Mitleid und Geduld hatten Stephan Grabbe in einen grabschwarzen Zustand versetzt, und er fand nicht mehr heraus; auch nicht bei seiner Angestellten und heimlichen Geliebten Claire, bei der er immer öfter übernachtete, gelangweilt, passiv und erstaunt über die Regungen seines Körpers, die er am liebsten unterbunden hätte.

Ständig von vorn beginnend, kaute er die Geschichte des ersehnten Tages wieder, an dem er zu einem kosmischen Rundumschlag ausholen würde; an dessen Ende die Welt geheilt wäre.

Tagelang war an dieser Vorstellung für ihn nichts lächerlich.

In seinem fantastischen Zorn die Gegend, das Haus, die Wohnungseinrichtung, alle möglichen Begegnungen im Treppenhaus und auf dem Vorplatz beschwörend, fiel Grabbe erst nach unzähligen Variationen auf, dass er den Namen seines Opfers vergessen hatte.

»Er« hatte er ihn genannt, er – denn es war klar, um wen es sich handelte. Er, der Hund, der Killer; er, der unter die Erde gehörte, ins Loch der Verdammnis; er, der nichtsahnend die Tür öffnen und dann um Gnade winseln würde, für den Rest des Tages, ungehört.

Beinah hätte Grabbe aus Versehen seine Frau nach dem Namen gefragt.

Mehrere Stunden – nachts, nachdem Tanja wieder wortlos die Wohnung verlassen hatte, um sich, wie er es nannte, ihrer selbst auferlegten Putzbuße zu widmen – blätterte er wahllos in Ordnern voller Korrespondenz mit Geschäftspartnern und Urlaubskarten von Freunden. Er kramte in Schubladen voller Zettel und überflüssigem Zeug.

Angestachelt von alkoholbedingtem Ehrgeiz – kaum war seine Frau aus der Tür, öffnete er eine Flasche Weißwein, dann eine zweite –, machte er auch vor Lennards Zimmer nicht Halt. Seine Sucherei in den Regalen und im Schrank brachte ihm nichts außer einer Wucht von Traurigkeit beim Anblick des ordentlich zugedeckten Bettes und des schwarzen Fußballs auf dem Kopfkissen. Er grübelte darüber nach, warum er das Zimmer überhaupt betreten hatte; wo seine Frau sich aufhielt; welcher Tag heute war; warum die Kerze auf dem Fensterbrett brannte.

Vor Wut über seine Blödigkeit lief er in die Küche und trank Wein aus der Flasche, kippte ihn runter wie Wasser. Er wusste sich keinen Rat mehr.

Schwankend, die leere Flasche umklammernd, sah er zur offenen Tür des Kinderzimmers. Er schniefte und bekam einen Schluckauf, den er gleichgültig ertrug, bis ihm die Flasche aus der nassen Hand glitt und die Scherben über den Steinboden spritzten.

Das laute Klirren schreckte ihn nicht auf. Verbissen wartete er auf ein neues Geräusch.

Plötzlich fand er die Stille weniger bedrückend.

Nach einer Weile griff er nach dem Geschirrtuch am Haken und wischte sich, ohne das Tuch abzunehmen, übers Gesicht. Für die kaputte Flasche wirst du bezahlen, hörte er sich murmeln. Im selben Moment fiel ihm der vollständige Name seines ehemaligen Nachbarn ein.

»Tut mir leid.« Amroth hustete und fürchtete, sein Kopf würde explodieren. Krampfhaft stocherte er in Gedanken nach dem Vornamen des Mannes; den Nachnamen hatte er behalten, das war logisch; Lennard hieß Grabbe.

Wegen des Jungen war der Kerl gekommen, schoss es ihm durch den Kopf; wieso kam er erst jetzt drauf? Lenny war tot, und sein Vater hielt ihn, den Nachbarn, für den Mörder, weil das die einfachste Lösung war.

Die Erkenntnis traf ihn so unvermittelt wie der Fausthieb. Er krümmte sich wieder und spuckte aus; er spuckte, als hockte er auf einer Bank am Spielfeldrand und schaute den kickenden Buben zu, auf den Küchenboden. Fassungslos betrachtete er den Schleimpfropfen und spürte einen Rest Spucke am Kinn. Ekel überkam ihn – vor sich selbst und am meisten vor dem Mann, der sich auf dem Küchenstuhl fläzte und den Kopf schüttelte und aussah wie ein milchgesichtiger Nichtsnutz mit seinem fettigen Lockenkopf und den rot unterlaufenen Augen eines Säufers.

Amroth wischte sich mit dem Handrücken über den Mund; er nahm alle Kraft zusammen, schwang den Oberkörper nach vorn, holte Luft, streckte die Hand nach dem Kühlschrank aus und zog sich, die Hände flach dagegen pressend, an dem alten schweren Kasten Zentimeter für Zentimeter in die Höhe; schnaufend, mit pulsierenden Schmerzen im Gesäß und wackligen Knien. Die Wut, das spürte er überdeutlich, mobilisierte seine Reserven.

Zum Widerstand entschlossen, wandte er sich, nachdem er ihm beim quälenden Aufstehen notgedrungen den Rücken gekehrt hatte, zu Grabbe um. Das Erste, was ihm in den Sinn kam, war, dass er auf dessen Vornamen einen Scheiß gab. »Warum … warum?«, fragte er zum zweiten Mal. »Warum machen Sie das, Herr Grabbe?«

»Was?«

Amroth bemerkte, wie seine rechte Hand zitterte; das passierte immer wieder, und er hatte keine Erklärung dafür. »Sie haben … Sie haben kein Recht, hier zu sein.«

Grabbe stieg ein Geruch nach verschwitzter Kleidung und abgestandener Luft in die Nase. Den Grund seines Aufenthalts in dieser engen, schlecht gelüfteten Wohnung hielt er inzwischen für blanke Einbildung. Er hätte – der Gedanke löste einen unglaublichen Ärger in ihm aus – den Alten niemals auf so plumpe Weise provozieren und sich derart gehenlassen dürfen. Er hatte sich, dachte er und empfand körperlichen Widerwillen, wenn er den Vertreter bloß anschaute, auf das Niveau eines Menschen herabgelassen, der kleinen Kindern auflauerte und sie mit schmierigen Versprechungen in seine Wohnung lockte; eine Ausgeburt an Dreck; kein Wunder, dass die Wände stanken.

Die beiden Männer – Mitte sechzig der eine, Anfang fünfzig der andere – standen sich in der unaufgeräumten, ungeheizten Küche gegenüber und verachteten einander in einem kosmischen Ausmaß.

Weder Stephan Grabbe noch Siegfried Amroth kannten diese Empfindung. Beide hielten – jeder auf seine Art – eine Tat für möglich, von der ihnen augenblicklich klar war, sie würden sie hinterher bereuen. Amroth, der seit Tagen keinen Schritt vors Haus getan hatte – aus Angst vor Reportern, überflüssige Fragen stellenden und böse Blicke werfenden Nachbarn –, züchtete seine Verachtung für den Staat, die Staatsorgane und die öffentliche Meinung mit besessener Hingabe und der arroganten Geduld eines zum zwecklosen Gärtnern verdonnerten Sträflings.

Bei Grabbe speiste sich die Verachtung aus einem Pfuhl von Überdruss und Langeweile, die ihn überfiel, wenn er morgens allein im Bett aufwachte und abends allein schlafen ging, verurteilt, ein Leben zu führen, dessen Bedeutung für ihn zu einem ihn persönlich beleidigenden Rätsel geworden war, das zu lösen ihm ebenso verwehrt blieb wie eine Berührung seiner Frau oder wenigstens ein Wort von ihr.

Je länger die beiden ungleichen und in ihrem selbstauslösenden Furor sich spiegelnden Männer ihr Schweigen teilten, desto absurder und unbegreiflicher erschien jedem von ihnen die Situation.

Minutenlang tauschen sie wortlos Drohungen aus; sie schnauften hörbar in ihrem aufgestauten Vernichtungswillen und hätten jeden anderen für solches unmannhafte Gehabe ausgelacht.

Sie verzogen keine Miene. Amroth hatte die Arme vor der Brust verschränkt, Grabbe, die Hände in den Hosentaschen, hob kein einziges Mal den Kopf; Amroth blickte die meiste Zeit über ihn hinweg, an ihm vorbei, zum Abrisskalender an der Wand, der den gestrigen Tag anzeigte.

Als Amroth an seine Frau dachte und daran, was sie wahrscheinlich gegenüber der Presse und der Polizei an verlogenem Zeug über ihn erzählt hatte, stand Grabbe auf und ging in den Flur. Dann fiel die Tür ins Schloss.

Durchs schmale Küchenfenster drang das Bellen eines Hundes.

»Halt die Schnauze, Bongo«, rief Amroth.

Sie war schon an der Tür, da fiel ihr ein kleiner brauner Fleck auf der herunterhängenden Tischdecke auf. Sie stellte Salz- und Pfefferstreuer auf den Stuhl, zog die gestärkte und ansonsten blütend weiße Decke ab und holte aus dem Schrank im Büroraum eine frische. Sie strich sie auf dem Tisch glatt, platzierte die Streuer in der Mitte, warf einen letzten Blick durchs Café und öffnete die Tür.

Die Luft war eisig. Kein Mensch auf der Straße; kein Licht hinter den Fenstern des gegenüberliegenden Hauses. Tanja Grabbe sperrte ab, steckte den Schlüssel in die Manteltasche. Bis zur U-Bahn brauchte sie bloß ein paar Minuten. An der Münchner Freiheit blieb sie an der Treppe zum Tiefgeschoss abrupt stehen. Die beleuchtete Uhr an der Bushaltestelle zeigte ein Uhr vierzehn.

In den Straßen ringsum standen oder gingen junge Leute, manche mit einer Bierflasche in der Hand, andere mit Pizzastücken oder Dönerfladen aus den nahen Imbissbuden, vor denen sich ununterbrochen Schlangen hungriger, durstiger Nachtschwärmer bildeten. Tanja Grabbe schaute hin und überlegte, ob sie sich anstellen sollte – nicht weil sie

Hunger oder Durst hatte, sondern weil sie gern dazugehört hätte.

Sie wandte sich ab und sah zu den Taxis; auch die Autos standen in Reih und Glied in der Parkbucht vor dem Kaufhaus.

Mit einer ungelenken Handbewegung winkte sie niemandem Bestimmten zu und überquerte die Straße. An den wartenden, rauchenden, an ihre Fahrzeuge gelehnten Fahrern vorbei schlenderte sie in Richtung Innenstadt, lächelnd: Welches Ziel hätte sie einem Taxifahrer nennen sollen?

Sie hatte keins.

XVII

»*Tote Spur, mein Freund*«

Ewig schön, so eine Nachtstadt voller Menschen, dachte Tanja Grabbe und blieb jedes Mal stehen, wenn ihr eine Gruppe plaudernder, lachender, beschwingt einander umkreisender Partymacher entgegenkam.

Auf dem Weg von der Münchner Freiheit, entlang der Leopoldstraße zum Siegestor, war ihr der Name eingefallen, nach dem sie die ganze Zeit gesucht hatte. Partymacher. Leute, die etwas machten, das sie selbst vor ungefähr zwanzig Jahren zum letzten Mal gemacht hatte. Ewig schön ist das, dachte sie, zu sehen, wie überall das Leben tobt.

Aus einem Missverständnis heraus, da war sie sich sofort sicher, erwiderte ein Mann Mitte zwanzig, der eine bunt gemusterte, tropfenartige Wollmütze und eine grüne Wolljacke trug, ihr Lächeln. Sie vermutete, er habe es auf sich und seinen schwungvollen Gang bezogen; in Wahrheit war sie nur erleichtert, dass sie im letzten Moment noch den Fleck auf der Tischdecke entdeckt hatte. Andernfalls hätte Stephan am Montag Claire oder, noch schlimmer, die unschuldige Samira zusammengestaucht und für die Schlamperei verantwortlich gemacht. Sie kannte ihren Mann, irgendwer war immer schuld außer ihm.

So durfte sie nicht denken, sagte sie sich. Sie staunte über einen Radfahrer, der lichtlos an ihr vorbeischoss und offensichtlich die Strecke auswendig kannte; als sie sich umdrehte, war er mit seinem schwarzen, wehenden Cape schon in der Ferne verschwunden.

Sie stellte sich vor, der Radler hätte eine Verabredung vergessen und eilte nun zum Ende der Stadt, zu einer Bar, die längst geschlossen hatte; sein Mädchen aber säße auf einer verlassenen Parkbank gegenüber der Bar und schrieb eine SMS nach der anderen, von denen jede ohne Antwort blieb; als er außer Atem vor ihr vom Radl springt und sie ihn mit den Armen umfängt und flehend fragt, wo er so lang geblieben sei und warum er auf keine Nachricht reagiert habe, sagt er: Heut Morgen bin ich aus der Zeit gefallen und habe bis zur Nacht gebraucht, um den Schatten meiner Liebsten wiederzufinden.

Denn, wusste Tanja Grabbe, er war doch längst tot, und das Mädchen ein verlorengegangenes Geschöpf.

So, wie es war, wenn der Große Mörder Hof gehalten hatte.

An der Ampel am Siegestor schaute sie sich um.

Sie sah die Toten, wie sie Küsse tauschten und geheime Gesten; wie sie in ihren Autos laut Musik hörten und bei Rot über die Straße liefen. Was sollte ihnen schon geschehen?

Im Café, wo sie, weil Wochenende war, auch die Fenster geputzt und die Scheiben der Kuchenvitrinen auf beiden Seiten mit einem neuen Glasreinigungsmittel abgerieben hatte, war sie der Meinung gewesen, zwei oder drei Gläser des süffigen Artischockenlikörs täten ihr gut; die Wirkung, die er auslöste, hatte sie in eine fast erlösende Stimmung versetzt.

Erstmals seit ewigen Nächten betrachtete sie das Foto, das gegenüber vom Strandkorb an der Wand hing, nicht als Fenster zum Toten Meer. Auf einmal tauchten Menschen hinter den Dünen auf und winkten ihr zu; sie hörte das Geschrei der Kinder und der Möwen; ein gelber Drachen flatterte über dem Strand; wie Akrobaten balancierten Kitesurfer über die mächtigen Wellen der Nordsee; sie konnte sie nicht sehen, aber das Zischen der Bretter übers Wasser drang bis an ihr Ohr; sie war doch nicht taub.

Behutsam und mit einer Hand das Bild am Rahmen festhaltend, staubte sie das Glas ab, hauchte es an und hielt es schräg vor ihr Auge für einen ausgiebigen Schmetterlingskuss. Dann hängte sie es wieder an den Haken. Das flirrende Nachmittagslicht fiel vom Strand bis zu ihr; sie schloss die Augen und leckte sich die Lippen, die sandig und gleichzeitig süß schmeckten; als sie die Augen wieder öffnete, schlug Lenny in seiner feuerroten Badehose Purzelbäume im Sand.

Bis er in die Schule kam, war er der schnellste und biegsamste Purzelbäumling, der jemals über die Erdkugel rollte, daran erinnerte sich Tanja Grabbe genau; sogar Stephan stimmte ihr zu. Wenn sie ihrem Sohn dabei zusahen, wie er sich auf den Boden schmiss, den Kopf einzog, den Buckel krümmte und wie ein Ball zehn Meter weit kugelte, scheinbar ohne Anstrengung und Erschöpfung, klatschten sie vor Vergnügen in die Hände. Der Beifall schien ihn noch mehr anzuspornen. Mit einem Jahr und elf Monaten machte Lenny seinen ersten Purzelbaum, das hatte Tanja Grabbe im Fotoalbum notiert, gleich neben dem Schnappschuss, auf dem er nach seiner ersten Rolle auf dem Teppich liegt und vor lauter Lachen einen weinroten Kopf hat.

So ein Lustiger, sagte seine Mutter im festtagsbeleuchteten Café zum gerahmten Foto an der Wand; sie verspürte das berauschende Bedürfnis nach einem weiteren Glas Likör. Ein Stamperl erlaubte sie sich noch. Genussvoll legte sie den Kopf in den Nacken, schmeckte die dunkle Süße im Gaumen und hatte keinen einzigen schlimmen Gedanken.

Hinterher schämte sie sich ein wenig – fürs Nichtstun, fürs Trinken, fürs übermütige Hinschauen und am Meer-Sein ohne Stephan oder Max.

Bald darauf kehrte die unerwartete Leichtigkeit zurück und mit flinker Hand beendete sie ihre Arbeiten im Gastraum, in der Küche, der Kammer und hinterm Tresen. Sie steckte die schmutzigen Tücher in eine Plastiktüte und hängte die nassen Lappen und Lumpen übers Waschbecken. Sie räumte Bürsten und Schrubber in den Abstellschrank und sortierte ein letztes Mal die Paletten und Körbe mit abgepackten Süßigkeiten. Morgen Mittag würde sie zurückkommen und alles abholen, was in die Waschmaschine musste.

Aus einem Grund, der ihr erst später, im Zustand völliger Erschöpfung und in der Gegenwart ihres unerwartet auftauchenden Mannes, klar wurde, weigerte sie sich, das Zeug schon heute Nacht nach Hause zu schleppen.

Was sie störte, waren die stellenweise gefrorenen Bürgersteige. Mit ihren Stiefeln musste sie höllisch aufpassen, um nicht zu stolpern oder auszurutschen. Sie wäre gern schneller vorangekommen; hätte sich gern ab und zu im Kreis gedreht; wollte nicht die ganze Zeit auf ihre Schritte achten, sondern hätte lieber mit dem einen oder anderen Toten getanzt – wie sie mit dem schwarzen Ball in Lennys Zimmer getanzt hatte, nachdem sie dem Kommissar, der ihr den Fußball wiedergegeben hatte, hundertmal hatte versprechen müssen, dass sie mit Stephan reden und ihm die Chance für eine gemeinsame Trauerarbeit geben würde.

Ja, hatte sie gesagt, immer wieder ja und ja. Dann schloss sie endlich die Wohnungstür hinter sich. Stephan war nicht zu Hause, Tanja vermutete ihn bei seiner Geliebten, von der sie angeblich nichts wusste. An der Garderobe zog sie ihre Schuhe und den Mantel aus, nahm den Fußball in beide Hände, drückte mit dem Ellenbogen auf die Türklinke zum Kinderzimmer und ging hinein. Sie sperrte von innen ab, legte den Ball aufs Bett, zündete die Kerze auf dem Fensterbrett an, nahm wieder den Ball und begann, sich im Kreis zu drehen, mal in die eine, mal in die andere Richtung, den Ball an ihre Wange gedrückt, in der Stille; die Melodien des Klaviers erklangen in ihr. Der Geruch nach Leder entfachte die Erinnerung an ein Fußballspiel, in dem Lennard zwei Tore geschossen hatte und von seinen jubelnden Mitspielern auf dem Rasen fast erdrückt worden war; er stand wieder auf und riss die Arme in die Höhe; nach dem Abpfiff erwischte sie ihn in seinem verschwitzten Trikot und der verrutschten roten Hose mit ihrem Fotoapparat.

Dem gemeinen Untergrund zum Trotz vollführte sie eine Drehung auf dem Bürgersteig. Sie stürzte nicht und wiederholte die Bewegung und stürzte wieder nicht und ging dann einfach weiter, weil Lennard sie sonst auslachen würde.

Freilich, dachte sie, woher sollte er wissen, was das überhaupt bedeutete: jemanden auslachen. Ein paar Meter weiter war sie sich nicht mehr sicher: Er hatte seine Tricks, das musste sie zugeben, er war kein Kind mehr.

Erschrocken hielt sie mitten im Gehen inne; sie rutschte mit dem rechten Bein über eine Eisplatte, ruderte mit dem rechten Arm und fand mit dem anderen Stiefel Halt auf einer trockenen schneefreien Stelle. Sie spürte einen Schmerz in der Schulter und stemmte die Hand in die Hüfte. Die eisige Luft, die bis in ihren Bauch strömte, löste ein missachtetes Gefühl in ihr aus: Hunger. Seit dem Morgen – nach einer Schnitte mit Butter und einer dünnen Scheibe Gouda –

hatte sie nichts mehr gegessen und auch keinen Gedanken ans Essen verschwendet.

Alle sagten ihr, sie sähe dürr aus; sie hätte schrecklich an Gewicht verloren, meinte ihre Mutter, und müsste dringend auf ihre Gesundheit achten. Alle sagten ihr Sachen ins Gesicht, die nicht stimmten und bloß gemein waren. Wenn es nach ihrem Mann ginge, müsste sie drei Mal am Tag drei Gänge zu sich nehmen und drei Liter Wasser trinken und drei Stunden an der frischen Luft verbringen; nur so würde sie neue Kräfte sammeln und ihr Gleichgewicht zurückgewinnen. Sie breitete die Arme aus: Hier stand sie und kippte nicht um, sie hielt ihr Gleichgewicht, für jeden sichtbar, Belehrungen waren überflüssig.

Dennoch hörte sie das Brummen in ihrem Bauch. Sie ließ ihn brummen; schlug den Mantel enger um den Körper und kniff die Lippen zusammen. Drei Stunden gehen, fand sie, stellten kein Problem dar, mindestens eine Stunde lag schon hinter ihr. Außerdem hatte sie sich das ganze letzte Jahr zu dick gefühlt. Natürlich hatte sie niemand auf ihr Gewicht angesprochen, aus verlogener Höflichkeit; sie hatte niemandem einen Vorwurf gemacht; jetzt schon. Jetzt hätten sie – allen voran ihre Mutter – begreifen müssen, dass sie kein Recht hatte, sich den Magen vollzuschlagen und so zu tun, als wäre eine Mahlzeit ein trautes Heim. Die Zeit war vorbei, jeder wusste das, doch sie schien die Einzige zu sein, die sich entsprechend verhielt.

Vor einer Bar unweit des Odeonsplatzes rauchten Männer ohne Mäntel, begleitet von Frauen, eingehüllt in Kaschmirmäntel, die ebenfalls rauchten oder mit einem Weißweinglas in der Hand den Sätzen der Männer lauschten. Seliges Ensemble, dachte Tanja Grabbe und hätte gern unauffällig einen Blick in das Innere des Lokals geworfen, wo angeblich die Gesegneten der Welt verkehrten.

Vielleicht wäre sie – wenn er das richtige Alter dafür erreicht und Lust auf ein exquisites buntes Getränk verspürt hätte – einmal mit Lennard in die Bar gegangen, und er hätte ihr erklärt, was man heute so trank und was auf keinen Fall; oder sie hätten sich an einem Sommertag, abseits ihrer drögen Verpflichtungen, eine Auszeit genommen, die nur ihnen beiden galt, und im Freien gespeist, auf der Rückseite des Gebäudes, im Schatten der Kastanienbäume des Hofgartens.

Und das, sagte sie zu ihrer Mutter und den übrigen leidigen Ermahnern um sie herum – sie hörten sie nicht, denn sie hausten hinter der Schallmauer ihrer Überzeugungen –, war doch nicht so schwer zu verstehen: Wozu sollte sie essen, wenn sogar Lenny seine Lieblingsspeise, Toast Hawaii mit Schinken, Käse und Ananas, verschmäht hatte?

Die Brote blieben im Ofen liegen und wurden hart; wenn Stephan sie nicht ohne ihre Erlaubnis in den Müll geschmissen hätte, hätte sie sie eingefroren und für den Notfall aufbewahrt. Für den Fall, der Kommissar mit der Ledertasche klingelte an der Tür, in Begleitung von Lennard, der sich verlaufen und wie so oft die Zeit vergessen hatte. Dann wären die Toasts in Windeseile aufgetaut und noch mal heiß gemacht, und sie säßen um den Tisch, Lenny mit seinen Eltern und auch der wachsame Kommissar, und sie hätten beim Essen ein Zuhause.

Wohin sie unterwegs war, wusste sie immer noch nicht. In der stillen Straße, in die sie unversehens gelangt war, hallten ihre Schritte wider; das kam ihr recht unheimlich vor. Schon glaubte sie, jemand würde sie verfolgen. Sie beschleunigte ihre Schritte und erreichte den Platz mit dem Denkmal und vergaß ihre aufkeimende Furcht.

So lange war sie nicht mehr in diesem Teil der Stadt gewesen, dass sie vor Rührung und mit kindlichem Staunen zur breiten Steintreppe des Nationaltheaters hinübersah und die im Nachtlicht zaubrisch anmutende Renaissance-Fassade des ehemaligen Stadtschlosses betrachtete.

Minutenlang wurde sie von der Vorstellung einer anderen Zeit überwältigt, für die sie keinen Namen hatte, nur sagenhafte Bewunderung.

Ungelenk und ohne das geringste Zögern verbeugte sie sich vor dem auf seinem Thron sitzenden Bronzekönig; ihr wurde schwindlig. Mit wackligen Schritten wandte sie sich um. Übelkeit stieg in ihr hoch; in ihrem Bauch breitete sich ein unangenehmes Gurgeln aus.

Einer nebulösen Eingebung folgend, ging sie weiter; vorbei an auch um diese späte Stunde grell beleuchteten Schaufenstern, deren Auslagen – Schmuck, Gemälde, Mode, exklusive Accessoires – sie aus den Augenwinkeln wahrnahm und vor denen sie gern verweilt hätte.

Die Stimme trieb sie voran.

Sie durfte nicht stehen bleiben.

Lenny wollte, dass sie zu ihm kam und sich nicht ablenken ließ.

Zerzaust von Eile, verlor sie die Kontrolle über ihre Schritte.

Der Mann, der sich plötzlich wie ein Geist über sie beugte, trug schwarze Kleidung, weiße Handschuhe und einen Zylinder. Tanja Grabbe musste an einen Zirkusdirektor denken und schmunzelte.

Der Mann sagte: »Soll ich einen Krankenwagen verständigen, gnädige Frau?«

Zum Erstaunen des Portiers rappelte sie sich behände auf. An den Moment des Umkippens vor dem Hotel erinnerte sie sich nicht. Hastig klopfte sie ihren Mantel ab und fuhr sich mit einer verschämten Geste durch die ungekämmten Haare.

»Geht es Ihnen wirklich gut?«, fragte der Mann in Schwarz.

»Sehr gut«, sagte sie.

»Sie sehen etwas blass aus, kommen Sie doch rein, ich lasse Ihnen etwas zu trinken bringen.«

Nach einem weiteren besorgten Blick auf die verstört wirkende Frau zog er die Glastür auf. Tanja Grabbe sah hin; etwas irritierte sie, aber sie kam nicht drauf, was genau es war. Erst als der Portier ihr weiter die Tür aufhielt und sie das Foyer betrat, fiel es ihr plötzlich wieder ein. Mit einem strengen Blick wandte sie sich noch einmal an den Mann in Schwarz.

»Müsst hier nicht eine Drehtür sein?«, sagte sie. »Wie in den Luxushotels üblich?«

»Die Renovierung vor einigen Jahren brachte gewisse Veränderungen mit sich.« Er neigte leicht den Kopf. »Ich hoffe, Sie fühlen sich dennoch bei uns wohl. Folgen Sie mir, ich führe Sie zu Ihrem Platz.« Als er an ihr vorbeiging, umwehte sie ein kalter Hauch, und sie lächelte wieder verschmitzt.

Wie selbstverständlich folgte sie dem Mann zu einem Sofa. In der Lobby – inzwischen war es kurz vor zwei Uhr morgens – saßen nur noch zwei ins Gespräch vertiefte, afrikanisch aussehende Männer in Anzügen und in einer anderen Ecke ein Mann und eine Frau, die Champagner tranken und sich küssten.

Aus der Bar nebenan drangen Stimmen herüber. An der Rezeption telefonierte ein Angestellter; seine Stimme war ebenso wenig zu verstehen wie die der Gäste.

Bevor sie sich setzte, knöpfte Tanja den Mantel auf; ihre

zerknitterte Bluse und auch ihre Stiefel, wenn sie genau hinschaute, sahen überhaupt nicht vorzeigbar aus.

»Was möchten Sie gern trinken, gnädige Frau?«

Sie überlegte keine Sekunde. »Einen Cynar, bitte, ohne Eis und Zitrone, bitte.«

Nach einem Moment der Verblüffung erwiderte der Mann in Schwarz: »Sehr gern. Mein Kollege wird Sie bedienen.« Wieder deutete er eine Verbeugung an, dann ging er zur Rezeption. Das verwunderte Tanja Grabbe, sie hatte erwartet, er würde die Bestellung in der Bar aufgeben.

Der Mann am Empfang hatte aufgehört zu telefonieren und hörte dem Portier zu, der offensichtlich einiges zu berichten hatte. Auf dem Weg zurück zur Tür nickte der Mann in Schwarz Tanja Grabbe noch einmal zu; sie hob in einem von Schüchternheit gebremsten Reflex die Hand und ließ den Arm gleich wieder sinken.

Ihr war kalt. Vielleicht sollte sie besser einen Tee trinken, dachte sie, statt einen Likör. Sie bemerkte, dass der Rezeptionist schon wieder telefonierte.

Dauernd beschäftigte sie die Frage, was draußen passiert war; warum sie plötzlich auf dem Bürgersteig gelegen hatte, noch dazu direkt vor dem berühmten Hotel; und warum sie den schwarzen Mann nicht danach gefragt hatte, er war doch Zeuge.

Aber – das verwunderte sie am meisten – sie hatte keine Verletzungen davongetragen, zumindest spürte sie nichts. Vorsichtig streckte sie die Arme aus, beugte sich nach vorn und wieder zurück, wiegte den Oberkörper nach rechts und links, tastete ihre Beine ab; ihr Magen rebellierte, das war nichts Neues.

Sie stieß einen leisen Seufzer aus und lehnte sich ans geschmeidige Polster. Ein Schauder ungeahnter Erleichterung erfasste sie. Sie schloss die Augen. Von fern hörte sie Musik und den gleichförmigen Singsang der Stimmen aus der Bar. Motorengeräusche drangen durch die Nacht, Autotüren wurden zugeschlagen. Eine Straßenbahn klingelte.

Sie legte den Arm um ihren Sohn, der neben ihr saß, und sog den Geruch seiner frisch gewaschenen Haare ein; er war erst elf und benutzte schon ein eigenes Shampoo.

Jemand berührte sie an der Schulter. Sie schlug die Augen auf.

Vor ihr stand Stephan, ihr Mann, unrasiert und mit ungepflegten Haaren. Er schaute auf sie hinunter. Sie bemerkte, dass sie schräg auf dem Sofa lag, mit den Beinen noch auf dem Teppich, eingehüllt in eine beigefarbene Wolldecke.

In derselben Nacht, wenige Kilometer vom altehrwürdigen Hotel Vier Jahreszeiten in der Innenstadt entfernt, trafen sich Franck und Hauptkommissarin Elena Holland in einem neu eröffneten Lokal in der Albrechtstraße in Neuhausen.

Ausgezehrt vom unermüdlichen, monotonen, zum hundertsten Mal wiederholten Studium der Akte Lennard und dem Durchwühlen alter, in seinem Spezialschrank aufbewahrter Protokolle halbwegs vergleichbarer Fälle, hatte Franck die Ermittlerin im Dezernat angerufen und sie um eine, wie er versicherte, letzte Unterredung in der Angelegenheit gebeten – ohne seinen Freund André Block.

Auf die Frage der Kommissarin, warum er ihren Kollegen nicht dabeihaben wollte, antwortete er ausweichend und für sie wenig überzeugend; im Grunde war es ihr egal, da sie Block über alles informieren würde.

Franck hatte das Bedürfnis nach einem Abend mit einer Frau, mit der er auf professioneller Ebene über den Mordfall sprechen und vor der er nicht nur – wie gegenüber seiner

Vertrauten Marion – seine immer gleichen Beschwörungen und trostlosen Vermutungen vorbringen konnte.

»Wir haben alle Fakten in den letzten Tagen noch einmal gecheckt, ich hab keine Ahnung, wie oft wir das inzwischen schon gemacht haben«, sagte Elena Holland, als sie mit dem ersten Glas Wein anstießen. »Ich kenn jede Zeile in den Papieren auswendig. Kein Täter, nicht der Schatten eines Täters.«

»Doch«, sagte Franck. »Der Schatten ist da, sogar in der Nacht.«

So begann ihr Abend, und er endete zur gleichen Zeit, als Tanja Grabbe zum zweiten Mal durch die Lobby ging, diesmal nicht zum schwarzen Mann an der Tür.

»Du musst mit mir nach Hause kommen«, sagte Stephan Grabbe.

»Bin doch schon da«, sagte seine Frau.

»Was redest du für Unsinn?«

»Du redest Unsinn. Du bist der Unsinnspinsel von uns beiden.«

»Sie werfen uns gleich raus, steh jetzt auf«, sagte Grabbe.

»Das ist ein Vierundzwanzig-Stunden-Hotel und ein Vier-Jahreszeiten-Hotel.«

»Du weißt nicht mehr, was du sagst.«

»Da täuschst du dich aber sauber.«

»Wenn der Mann vom Hotel mich nicht angerufen hätte, hätte ich dich von der Polizei suchen lassen.«

»Wozu denn?«

»Bitte?«

»Wozu hättst du mich suchen lassen? Du weißt doch, wo ich bin.«

Tanja Grabbe hatte sich aufgesetzt, ihr Mann am niedrigen Tisch Platz genommen. Er war übermüdet, wütend.

Er war gerade in die Wohnung gekommen, da klingelte das Telefon, und der Mann, der seinen Namen und seinen Beruf nannte, fragte, ob er mit der Familie Grabbe verbunden sei; die Nummer habe er von der Auskunft erhalten, ein Kollege von ihm habe die Vermutung geäußert, Frau Grabbe säße im Foyer und mache den Eindruck, sie brauche Hilfe; sein Kollege habe Frau Grabbe aus der Zeitung wiedererkannt und ihn gebeten, jemanden aus der Familie zu informieren.

Grabbe zweifelte keinen Augenblick am Wahrheitsgehalt der ungewöhnlichen Mitteilung; er wusch sich Gesicht und Hände, trank Wasser aus dem Hahn, wechselte Hose und Hemd und setzte sich ins Auto. Unterwegs nahm er sich vor, keinen Aufstand zu machen. Er parkte den Wagen vor dem Hotel. Bevor er ausstieg, roch er an den Innenflächen seiner Hände.

»Ich will dich nicht verlieren«, sagte er.

»Du hast doch schon die Nächste«, sagte sie.

»So ein Quatsch.«

»Vergiss nicht, morgen die dreckigen Tücher und Tischdecken aus dem Café zu holen, die liegen da noch rum.«

Als sie ihn anschaute – zum ersten Mal ins Gesicht, seit er wie ein Geist vor ihr aufgetaucht war –, leuchtete ihr schlagartig ein, warum sie heute Nacht die Sachen nicht hatte mitnehmen können; sie wären nichts als eine Last gewesen und hätten sie auf ihrem Weg behindert, auf ihrer Reise, auf der sie die Hände frei haben musste.

Alles war vorherbestimmt, dachte sie und streckte die Hand nach dem Bein ihres Mannes aus; er saß zu weit weg, und sie gab das Fingern wieder auf.

»Was soll das, ich hätt schon die Nächste?«, sagte er.

»Hast du was gegessen?«

»Komm jetzt mit, Tanja.«

»Nein.«

»Du zitterst, du bist krank, morgen ruf ich Doktor Horn an.«

»Morgen ist Sonntag, da hat er keinen Dienst.«

»Wir müssen was ändern, Tanja, unser Leben darf nicht so weitergehen.«

»Ist schon alles verändert.«

»Es geht um uns beide.«

»Nein.«

»Was?«

»Um uns geht's doch nicht, wir sind überhaupt nicht wichtig.«

»Wir haben ein Geschäft, wir haben Verantwortung, wir haben eine Zukunft.«

»Hast du schön gesagt.«

»Hör auf. Sei vernünftig.«

»Bin ich dumm?«

Was er darauf sagen sollte, überforderte ihn. Gäste aus der Bar huschten an ihnen vorbei und warfen ihnen mitleidige Blicke zu. Hätte er den Abend in so einer Bar verbracht, könnte ihm der Anblick eines frustrierten Ehepaares um drei Uhr früh nicht minder gestohlen bleiben. Bei seiner Ankunft hatte außer Tanja kein Mensch mehr in der Halle gesessen, und sie saß nicht einmal, sondern lag in peinlicher Pose auf einem Sofa. Der Concierge hatte mit ernster Miene in ihre Richtung genickt.

»Ich bin dumm, stimmt's?«, sagte sie.

»Aufstehen, Tanja.«

Sie tat nichts.

»Lass uns gehen.«

»Wohin denn?«

»Nach Hause.«

»Ach.« Sie lehnte sich zurück, drückte die Knie aneinander. Die weiche Decke lag auf ihren Beinen, und sie vergrub ihre Hände darin; in ihrem Bauch hörte das Grummeln nicht auf.

»Wenn du nicht mitkommst, lass ich dich hier sitzen«, sagte Grabbe.

»Ja, lass mich hier sitzen, ich bin ja nicht allein.«

Er brauchte eine Weile, bis seine Wut ihn nicht mehr schüttelte. »Wir machen's so, ich geh schon mal raus, lass den Motor laufen, heiz schön ein für dich; das Auto steht gleich vor der Tür; in der Zwischenzeit gibst du die Decke zurück und bedankst dich, dass sie so fürsorglich waren. Alles klar?«

»Alles klar.« Es gefiel ihr, dass er mit ihr wie mit einem Kind redete. Wieder sah sie ihm ins Gesicht.

Ihr Blick kam ihm fremd und rührend und wie aus weiter Ferne vor. Ein wenig unbeholfen stand er auf, zögerte. »Dann wart ich draußen auf dich.«

»Das ist gut.«

»Du bleibst nicht da sitzen.«

»Nein.«

»Versprich's.«

»Ich versprech's.« Sie erwiderte sein Lächeln.

Für einen Moment, der sich ausdehnte, bis Grabbe die Glastür erreicht hatte, empfand er eine vergessen geglaubte, unbändige Zuneigung zu seiner Frau, zu ihrem Wesen, ihrer für ihn auch nach all den Jahren immer noch überraschenden, wundersamen Gegenwart.

Kaum war er aus ihrem Blickfeld verschwunden, stieß sie wieder einen Seufzer aus. Sorgfältig faltete sie die Kaschmirdecke zusammen und ging zur Rezeption. Ihre Schulter schmerzte; vielleicht, überlegte sie, hatte sie beim Hinfallen doch ein paar Dellen abgekriegt; sie würde gleich mal nachschauen.

Zuerst legte sie die Decke auf den Tresen, dann holte sie ihr Portemonnaie aus der Innentasche ihres Mantels.

»Meine Kreditkarte«, sagte sie. »Ich möchte gern ein Doppelzimmer, bitte, für eine Nacht, oder zwei, das entscheid ich später. Oder sind Sie ausgebucht?«

»Nein«, sagte der Mann hinterm Tresen, dessen Nachtschicht noch vier Stunden dauerte. Die Frau mit dem fiebrigen Blick und der Aura einer Verstoßenen beschäftigte ihn schon die ganze Zeit. Dass sie in der Lobby geschlafen hatte, verstieß gegen die Hausregel, aber er hatte beschlossen, nicht nur eine Decke über sie zu breiten, sondern sie auch gegenüber den Kollegen in Schutz zu nehmen. Er tat das, weil er den vierten Todestag seines Bruders überstanden und wie immer niemanden hatte, mit dem er darüber reden konnte. Auf versteckte Weise freute er sich über die Entscheidung der Frau.

»Herzlich willkommen, Frau Grabbe.« Er hielt die Kreditkarte in der Hand. »Haben Sie noch einen Wunsch?«

Als wollte sie, dass niemand zuhörte, beugte sie sich zu ihm. »Ich hätt gern ein Clubsandwich aufs Zimmer, mit einer Extraportion Pommes frites, bitte.«

»Das machen wir«, sagte der Mann, in der Gewissheit, dass Raban, der Nachtkoch, ihn verfluchen würde.

Kurz darauf durchquerte Tanja Grabbe lautlos – jedenfalls kam es ihr so vor – noch einmal die Lobby, diesmal auf dem Weg zu den Aufzügen. Sie ging aufrecht und drehte sich nicht mehr um.

Das Zimmer war kleiner, als sie erwartet hatte; die Spiegel und Marmorflächen glänzten im gedämpften Licht; das Bett war schneeweiß, auf dem Kopfkissen lag ein Schokoladenstück in rotem Papier. Sie warf den Mantel aufs Bett, setzte sich auf die Kante, zog die Stiefel aus und knetete ihre Zehen. Dann sah sie zur Tür.

Bevor das Essen gebracht wurde – mit der Extraportion Pommes für Lennard –, wollte sie noch etwas ausprobieren.

Auf dem blauen Teppichboden kniend, stützte sie sich mit den Armen ab und senkte so tief wie möglich den Kopf. Sie gab sich einen Ruck und stieß sich mit beiden Händen ab.

Eine Meisterin würde sie nicht mehr werden. Aber dafür, dass sie ewig nicht mehr geübt hatte, war sie recht zufrieden mit ihrem Purzelbaum.

»Ihr habt ihn nie überprüft?«, fragte Franck erneut. Er hielt es für möglich, dass er nicht genau zugehört hatte. Sie hatten die dritte Flasche dreizehnprozentigen Weißwein fast geleert, und jeder von ihnen hatte nach dem Essen einen doppelten Averna bestellt.

»Bist du betrunken? Wieso hätten wir ihn überprüfen sollen?« Elena Holland legte einen zornigen Unterton in ihre Fragen; ihre Stimme verrutschte, was Franck amüsierte. »Da gibt's nichts zu grinsen. Hör mir mal zu. Wir haben ihn nicht überprüft, weil wir ihn nicht zu überprüfen brauchten. Der Mann war tot. Ja? Was sollen wir mit dem Namen eines Toten auf der Liste? Wieso ist das Mineralwasser schon wieder alle?« Sie hielt die Flasche hoch und betrachtete sie sinnlos.

»Aber er war da«, sagte Franck. »Er war in der Nähe des Tatorts.«

»Ich muss wohin«, sagte sie und stand auf und behielt die Flasche in der Hand. »Ja, er war da, und dann war er tot, überfahren von einem Lastwagen. Außerdem ...« Sie zeigte mit dem Flaschenhals auf Franck. »... handelte es sich um einen Kollegen, und zwar um den Ehemann meiner Cousine, und das hab ich dir alles schon lang und breit erklärt. Wir haben uns auf seiner Beerdigung überhaupt erst kennengelernt, du und ich. Was ist denn los in deinem Gehirn?«

Nachdem sie nach dem Kellner Ausschau gehalten hatte – er war nirgendwo in dem leeren Lokal und hinter der Theke zu sehen –, stellte sie die Wasserflasche wieder auf den Tisch und stützte sich auf Francks Schulter ab. »Tote Spur, mein Freund.«

»Bis zu diesem Moment wusste ich nicht, dass sein Handy in der Nacht vom achtzehnten November am Tatort eingeloggt war.« Franck bildete sich ein, keinen Tropfen Alkohol getrunken zu haben. »Was hat er da gemacht? Wohnt er da? Das muss ich doch alles wissen.«

»Er hat in der Nähe gewohnt, unterhalb vom Nockherberg. Hör auf, dich schon wieder in was reinzubeißen.«

»Ich will alles über den Mann wissen.«

»Er ist tot, wir haben seinen Sarg in der Erde verschwinden sehen.« Elena Holland klopfte ihm auf die Schulter. »Wieso warst du eigentlich auf der Beerdigung? Du hast's mir gesagt, weiß ich, aber ich hab's vergessen.«

Das Fossil, dachte Franck.

Beinah wäre er aufgesprungen und hätte noch in der Nacht die Witwe aus dem Schlaf geklingelt.

Sechs Stunden später stand er vor ihrer Wohnungstür.

XVIII

Unterwegs, vaterlos

»Mein herzliches Beileid«, sagte Franck zu Melanie Dankwart, nachdem er sich vorgestellt, den Namen von Elena Holland, ihrer Cousine, erwähnt und den Grund seines unangekündigten Besuches genannt hatte.

Die Frau in der weißen Jeans und dem schwarzen Pullover sah ihn aus müden Augen an; ihr Gesicht war ungeschminkt, ihre dunklen Haare – Franck kamen sie etwas zu dunkel vor, wie gefärbt – hatte sie nachlässig gekämmt. Sie umklammerte die bauchige Teetasse mit beiden Händen. Auf Franck machte sie einen verängstigten, getriebenen Eindruck.

»Von Frau Holland habe ich erfahren, dass Ihr Mann an jenem Abend oben am Spitzingplatz war; wissen Sie, was er dort wollte?«

»Ich ...« Sie zog die Stirn in Falten und bekam einen derart starren, ausdruckslosen Blick, dass Franck fürchtete, sie könnte in Ohnmacht fallen.

»Ist Ihnen nicht gut, Frau Dankwart?«

»Doch, doch. Alles ... gut, ich bin ... Wo ist der Spitzingplatz?«

»Wollen wir nicht reingehen und uns einen Moment setzen?«

»Okay.« Sie trat beiseite, drückte den Rücken gegen die Wand. »Kommen Sie doch. Verzeihung, ich lass Sie da stehen wie einen Fremden; aber Sie sind ein Freund von Elena, das weiß ich doch, das hat sie mir gesagt, bitte, kommen Sie ...« Sie stockte, offensichtlich war ihr der Name ihres Besuchers entfallen; Franck reagierte nicht darauf.

»Danke«, sagte er. »Ich will versuchen, Sie nicht lange zu stören.«

»Sie stören nicht, ich bin bloß ...« Sie nahm die Tasse in die rechte Hand und schloss mit der linken die Tür. »Jeden Morgen, wenn ich aufwach, dann ... Wir gehen ins Wohnzimmer, gleich links.«

Die Wohnung lag im fünften Stock eines Mietshauses in der Mariahilfstraße; ein Eckhaus aus den sechziger Jahren des vorigen Jahrhunderts, dessen grüne Fassade vom Wetter verschlissen und ausgebleicht war, mit Fenstern ohne Lärmdämmung und engen Garagen im Hinterhof. Das Lokal, vor dem der Mann von Melanie Dankwart von einem Lastwagen angefahren und tödlich verletzt worden war, befand sich um die Ecke.

»Kein Kaffee, wirklich nicht?«

»Nein.« Seit dem Aufstehen um kurz vor sieben befand Franck sich in einem Zustand schmerzhafter Anspannung; er hoffte, nichts davon würde nach außen dringen. Die Bitte der Frau, sich auf die Couch zu setzen, schlug er aus. Stattdessen blieb er, mit umgehängter Tasche und ineinander verkrampften Fingern hinter dem Rücken, bei der Tür stehen; ungeduldig wartete er, bis die Frau auf dem Stuhl Platz genommen hatte und ihn mit furchtvoller Miene ansah.

»Das macht mich ganz nervös, wenn Sie da so stehen«, sagte sie.

Franck wollte mit seinen vorbereiteten, wieder und wieder korrigierten und präzisierten Fragen beginnen. Da fiel ihm etwas ein, was seiner Gastgeberin möglicherweise etwas Vertrauen einflößen oder zumindest ihre Verwirrung ein wenig mildern könnte.

»Übrigens war ich«, sagte er in verändertem Tonfall, »auf der Beerdigung Ihres Mannes, dort habe ich auch Ihre Cousine kennengelernt. Ich gehe manchmal zu Trauerfeiern für Kollegen, ich kann Ihnen nicht genau erklären, warum, eine Form von Zugehörigkeit und Respekt wahrscheinlich; außerdem bin ich seit einiger Zeit in Pension, ich habe also Zeit.«

»Das ist aber …«, begann sie, bevor sie, wie häufig am Tag, von einem Schub aus Traurigkeit und Entsetzen überwältigt wurde. Franck überlegte, ob er zu ihr gehen und ihre Hand nehmen sollte. »Danke, dass Sie das getan haben; mein Mann war nicht mal im gehobenen Dienst. Dann wissen Sie über alles Bescheid; wie er gestorben ist, wie grausam …«

»Hat er Sie an jenem Abend noch einmal angerufen?« Eine weitere Abschweifung schaffte Franck nicht. Seine Vorgehensweise kam ihm rabiat und unter den gegebenen Umständen – der tragische Tod des Polizisten war eindeutig geklärt und die Witwe eine ratlose Seele – im Grunde absolut unangemessen vor.

Nach Francks Überzeugung aber hatte der Tote seinen Frieden noch nicht verdient.

Keine anderen Worte, da war Franck sich schon jetzt sicher, würde er wählen, falls Melanie Dankwart ihm Antworten anbot, denen er misstraute oder die ihm nicht genügten, um seinen Verdacht aus der Welt zu schaffen.

Lennard, das Kind, dachte er, hatte ein Anrecht auf die gleiche Gnadenlosigkeit bei der Suche nach dem Mörder, wie sie dieser bei seiner Tat hatte walten lassen.

Überwältigt von einer Welle aus Bildern mit dem Gesicht

des Jungen, ging Franck zum Tisch und zog gleichzeitig den Riemen der Umhängetasche über den Kopf. Er warf die Tasche aufs Sofa, nahm den zweiten Stuhl, stellte ihn vor die Frau, setzte sich und beugte sich näher zu ihr. »Was ist an jenem Abend vorgefallen, Frau Dankwart? Warum war Ihr Mann am Spitzingplatz? Bitte lügen Sie mich nicht an.«

Ihre Reaktion war erstaunlich. Als hätte sie mit einer Konfrontation gerechnet, zeigte sie keinerlei Irritation; stattdessen legte sie ihre Hand auf seine und sah ihn mit einem Ausdruck von kummervollem Verständnis in die Augen.

»Wissen Sie, Herr Kommissar, was ich mir in den vergangenen Wochen am meisten gewünscht hab? Dass ich lügen könnt; dass ich sagen kann: ja, das war zu befürchten, dass mein Mann mal in der Ausübung seines Dienstes ums Leben kommt; dass ein böser Mensch ihn erschießt oder ersticht; dass ich sagen kann: ich war drauf vorbereitet, weil der Heiner mir immer wieder erklärt hat, wie gefährlich die Arbeit als Polizist auf der Straße sein kann; dass ich hätt sagen können: der Stress ist schuld, wenn er ab und zu ins Gasthaus geht und einen über den Durst trinkt; dass er nicht schlafen kann und der Job ihn auslaugt; dass ich das Schicksal einer Polizistenfrau teile.

Das alles hätt ich gern gesagt; und gelogen. Die Wahrheit ist: Mein Mann hat fast nie von seinem Beruf gesprochen, ganz selten mal, er hat mir keine Angst gemacht, weil er selber keine Angst gehabt hat. Er ist jede Nacht nach Haus gekommen; wenn er sich ins Bett gelegt hat, ist er schnell eingeschlafen, von Alpträumen hat er nie was gesagt. Getrunken hat er, aber nur, wenn er am nächsten Tag frei hatte, oder mal, wenn wir zusammen im Biergarten auf dem Nockherberg waren oder am Flaucher, oder wenn wir einfach Lust hatten, eine Flasche Wein zu köpfen oder zwei oder drei, in unseren eigenen vier Wänden. Aber auch dann war er nie sturzbetrunken.

Lügen hätt ich wollen, so viel lügen und was erzählen, nur damit ich nicht kaputtgeh unter der Wahrheit. Hat nicht funktioniert, die Wahrheit war stärker. Schauen Sie mich an, ich bin so was von aus der Welt. Und wie soll ich wieder reinkommen, in die Welt?

Ich steh vorm Spiegel und seh mich nicht, ich seh eine Frau, die das Leben nicht mehr packt. Schauen Sie doch.«

Sie ließ Francks Hand los und legte beide Hände übereinander auf ihren Bauch. »Ich bin im dritten Monat. Ich krieg ein Kind, aber das Kind wird seinen Vater nie kennenlernen. Und sein Vater hat von seinem Kind nichts erfahren; weil ich ihm nicht mehr hab davon erzählen können. Als ich ihm gesagt hab, dass er Vater wird, lag er im Gerichtsmedizinischen Institut und hat mich nicht mehr gehört. Ich hab ganz laut geschrien, so laut ich konnt. Der Assistent vom Doktor hat sich schon Sorgen um mich gemacht. Dann war ich still. Alles war still. So wie der Heiner mit seinen schlimmen Verletzungen.

Ich lüg nicht, Herr Kommissar. Wenn er mich angerufen hätt an dem Abend, dann hätt ich zu ihm gesagt, er muss sofort nach Haus kommen, weil es große Neuigkeiten gibt. Und die gab's ja dann auch, später in der Nacht, große große große Neuigkeiten. Nichts zu lügen da.

Glauben Sie, ich weiß, wieso er zum Saufen gegangen ist, ohne mir Bescheid zu geben? Das macht er sonst nie, zum Saufen gehen, wenn er am nächsten Morgen Dienst hat. Glauben Sie, ich hab da was zu verbergen? Und was soll das mit dem Spitzingplatz? Ich kenn den Platz nicht. Wer behauptet, der Heiner wär dort gewesen? Wozu denn? Alle Plätze, die er kennt, kenn ich auch. Den gibt's nicht, den Platz, das ist bestimmt ein Hirngespinst von Ihnen.«

Dann war ihm alles egal gewesen. Stephan Grabbe hatte noch einen Blick zum Eingang des Hotels geworfen, wo kein Portier mehr auf nächtliche Gäste wartete, und war losgefahren, quer über die Maximilianstraße, um zu wenden und Richtung Altstadtring Vollgas zu geben.

Den Rest der Nacht hatte er vor dem Fernseher verbracht, dösend, fluchend, die Glotze anbrüllend, zwischendurch heulend.

Zwei Mal tippte er auf seinem Handy die Nummer des Hotels; jemand meldete sich, und er unterbrach die Verbindung wieder, schleuderte das Telefon auf die Couch; zwei Mal dieselbe Prozedur.

Am meisten hasste er seine eigene Schwäche, seine Nachsicht gegenüber Tanja und deren Bruder, den Unzertrennlichen, die über Leichen gingen, wenn ihre Zweisamkeit gefährdet war.

Draußen war es schon hell, als Grabbe ins Kinderzimmer stürzte und mit dem Hammer, den er aus dem Werkzeugkasten in der Abstellkammer geholt hatte, auf das Klavier einschlug; auf das Bett; auf die Regale – Bastelein, Bücher, Hefte, Spielzeugautos verteilten sich auf dem Boden; er schlug auf den Tisch ein und wieder auf das Instrument und noch einmal, wirkungslos wie zuvor, aufs Kopfkissen und den Lederball.

Schließlich schlug er die Kerze auf dem Fensterbrett zu Wachsbrei; zertrümmerte das Glas des gerahmten Fotos von Lennard, das wie die Sachen aus den Regalen auf dem Teppich gelandet war.

Von blanker Willkür getrieben, riss er die Schranktür auf; eines nach dem anderen fegte er die Stofftiere auf den Boden, ließ sich auf die Knie fallen und hämmerte auf Löwen, Leoparden, Elche, Delphine und Bären ein, so lange, bis er vor Erschöpfung nur noch danebenschlug und dumpfe Geräusche auf dem dicken, blauen Teppich verursachte.

Das Klavier übersät von tiefen Dellen, Holzsplitter ragten aus dem Gehäuse; überall Glasscherben und Bruchstücke von verbeultem, zerteiltem Spielzeug; demolierte, teilweise gebrochene Regalbretter; zerfetztes Papier von Comicheften und Büchern.

Grabbe keuchte. Der Hammer rutschte ihm aus der schweißnassen Hand.

Dann sprang er auf.

Er streckte den Arm aus und riss mit aller Kraft, die er noch hatte, das Fischernetz von der Decke, schüttelte und schwenkte es durch die Luft; die Möwen, Seesterne, Muscheln und anderen Mitbringsel aus einer für immer in der Tiefe eines gottverlassenen Meeres versunkenen Vergangenheit flogen durchs Zimmer und zerschellten an den Wänden.

Am Ende schwang Grabbe das Netz wie ein Lasso über dem Kopf und schleuderte es ans Fenster und rannte aus dem Zimmer.

Drei Stunden lang lag er danach auf dem Wohnzimmerboden, zusammengekauert, zitternd vor Kälte und Bitterkeit, und bat seinen Sohn um Vergebung. Bitte, verzeih mir, sagte er ununterbrochen und zählte mit, wie oft er den Satz aussprach, denn er wollte ihn tausend Mal sagen.

Irgendwann übermannte ihn der Schlaf.

Beim Aufwachen hatte er einen salzigen Geschmack auf den Lippen und im Mund, bis hinunter in den Rachen.

Er bereute nichts. Nicht, dass er seine Frau im Hotel zurückgelassen hatte (er dachte an sie, und seine Wut keimte auf); nicht, dass er das Kinderzimmer verwüstet hatte (seine Frau hatte ihn dazu getrieben); nicht, dass er wie ein Feigling auf dem Boden kauerte (er würde bald etwas tun). Alles aus, dachte er, aber zu Ende war es noch nicht.

Er verließ die Wohnung, rannte zu seinem Auto.

Von unterwegs rief er seinen ehemaligen Nachbarn an und lud ihn zum Mittagessen in einem gediegenen Restaurant in Bogenhausen ein. Er wolle sich aussprechen, erklärte Grabbe, und um Nachsicht für seinen Überfall und seine schändlichen Worte bitten. Der Mann am anderen Ende sagte erst nein; Grabbe ließ nicht locker, er handele, behauptete er, auch im Auftrag seiner Frau, die ihn im Namen Lennards um ein versöhnliches Gespräch gebeten habe; widerstrebend stimmte Amroth schließlich zu.

Als der alte Mann eine Stunde später mit seinem Opel aus der Garage fuhr, stellte Grabbe sich ihm in den Weg. Sekunden später saß er auf dem Rücksitz und hielt dem Fahrer in der Lodenjacke ein Messer an den Hals.

»Wir fahren nach Höllriegelskreuth, Amroth«, sagte Grabbe mit freundlicher Stimme. »Den Weg kennst du ja.«

Beim gemeinsamen Essen mit Hauptkommissarin Holland hatte Franck von den Einzelheiten erfahren, die ihn sofort elektrisierten und nicht mehr schlafen ließen. Er fragte sich, wie seine ehemaligen Kollegen, deren kriminalistische Fähigkeiten er schätzte, mit den Informationen derart fahrlässig hatten umgehen können.

Ihm war bewusst, dass ihn nichts weiter als eine Ahnung umtrieb; im Grunde besaß er kein Recht, die Witwe von Polizeihauptmeister Heinrich Dankwart, dessen Handy am Abend des achtzehnten November am Ort des Verbrechens eingeloggt war, mit Vermutungen und einer mäßig begründbaren Überzeugung zu konfrontieren.

Dennoch blieb ihm in seinen Augen keine andere Wahl.

Der gesamten Sonderkommission unterstellte er – bisher nur im Stillen, aber der Zeitpunkt für deutliche Worte war nah – leichtfertiges, unverantwortliches Vorgehen. Unter seiner Leitung, redete er sich ein, wäre eine solche Schlamperei niemals passiert; er hätte jede noch so aussichtslos erscheinende Spur verfolgt, jeden potentiellen Verdächtigen – und käme er aus den Reihen der Polizei – vorladen und vernehmen lassen, und zwar so lange, bis dessen Unschuld zweifelsfrei bewiesen war.

(Tage später würde Marion Siedler leise Zweifel an der Selbstgewissheit ihres Exmannes anmelden. Ihrer Meinung nach bestimmte die unbedingte Solidarität zu den eigenen Leuten Francks Blick auf die Arbeit genauso wie den seiner Kollegen; vermutlich hätte er, wie er es auch als Pensionär getan hatte, den Tod des Polizisten angemessen betrauert, wäre zu dessen Beerdigung gegangen und danach zu den Ermittlungen zurückgekehrt, im Bewusstsein, dass der Mann nur zufällig in die Fahndung geraten sei und mit dem Fall nichts zu tun habe. Franck würde ihr widersprechen.)

Nachdem Melanie Dankwart ihm von ihrer Schwangerschaft erzählt hatte, hielt Franck erneut ihre Hand, und sie beruhigte sich nach und nach. Mit einem Taschentuch tupfte sie sich die Augen ab. »Ich wollt Sie nicht beleidigen«, sagte sie. »Sie waren grad so streng zu mir.«

Franck lehnte sich zurück, bändigte seine Ungeduld, indem er die Hände im Schoß faltete und sich umschaute, als gäbe es etwas zu sehen, das ihn interessierte.

Braune Schränke, ein großer Flachbildfernseher, ein Teewagen voller Flaschen und Gläser, an einer Wand Fotos, auf denen eine Frau und ein Mann in Uniform in unterschiedlichen Situationen zu sehen waren; die Gesichter konnte

Franck nicht erkennen, aber wer anderes als Melanie und Heinrich Dankwart sollte es sein?

»Ihr Mann«, begann er und suchte den Blick der wieder in sich versinkenden Frau. »Er ging an dem Abend in die Kneipe, und Sie wunderten sich darüber.«

»Sicher hab ich mich gewundert. In den Rabenkopf geht er sonst nur am Samstag, weil er am nächsten Tag frei hat.«

Der Rabenkopf war eine bayerische Gaststätte in der Ohlmüllerstraße. Nach dem tragischen Unfalltod ihres Stammgastes unmittelbar vor ihrer Tür hatten die Wirtsleute zeitweise ein Foto draußen in den Kasten mit der Speisekarte gehängt.

»Er ging hin, obwohl er am Tag darauf, am Samstag, arbeiten musste«, sagte Franck.

»Und er hat sehr viel getrunken, wie der Arzt festgestellt hat. Er ist direkt ... direkt ... Er hat den Laster nicht gesehen, und der Fahrer hat ihn auch nicht gesehen. Erich, der Wirt, hat gesagt, der Heiner ist raus und schnurstracks über die Straße rüber, der Wirt hat ihn noch zur Tür gebracht, Heiner war doch ... er war halt sturzbetrunken. Und ich versteh immer noch nicht ...«

Sie hielt sich die Hand vor den Mund und schaute weg. Franck wartete, bis sie es schaffte, ihn wieder anzusehen.

»Das tut mir sehr leid«, sagte er. »Der Lkw-Fahrer war zu schnell unterwegs, es war spät, eine halbe Stunde nach Mitternacht, kaum noch Autos auf den Straßen, der Fahrer dachte, er hat freie Bahn. Er war auf dem Weg zur Autobahn nach Salzburg.«

Er machte eine Pause. Die Frau sah ihn aus wässrigen Augen an; sie hatte den Mund halb geöffnet, als hätte sie soeben eine unfassbare Nachricht erhalten.

Franck wusste, dass der zuständige Kollege ihr die Details des Unfallvorgangs mitgeteilt hatte und Frau Dankwart diese auch erfahren wollte. Er vermutete, dass sie nicht auf das, was er gesagt hatte, so geschockt reagierte, sondern auf das unsichtbare Geschehen in ihrem Bauch, auf den sie wieder die Hände über Kreuz gelegt hatte.

Sekunden verstrichen. Sie saß da und starrte ihren Gast an, unfähig, ein Wort hervorzubringen.

»Möchten Sie etwas trinken?«, fragte Franck.

Sie schüttelte unmerklich den Kopf. »Ich ... Ich hab Ihnen gar nichts angeboten, Herr ... Kommissar.«

»Einfach Franck.«

»Einfach Franck«, wiederholte sie.

»Bei den Sachen Ihres Mannes, die Sie aus der Gerichtsmedizin mitgenommen haben, war bestimmt auch ein Handy. Darf ich das sehen?«

Nach einem kurzen Moment stand sie wie erleichtert auf; sie strich den Pullover glatt und verließ das Zimmer; kurz darauf kam sie zurück, ohne ein Geräusch zu verursachen. Sie hielt Franck das in einer schwarzen Lederhülle verschlossene Smartphone hin. »Das liegt immer auf dem Schränkchen im Flur«, sagte sie. »Ich hab nur den Ton ausgestellt, sonst hab ich nichts gemacht. Wenn Sie wollen, können Sie es behalten, was soll ich noch damit?«

Wie Franck feststellte, waren nach Dankwarts Tod lediglich vier Anrufe eingegangen, einer zwei Tage nach dem Unfall von einer Frau mit dem Namen Irina und drei noch in der Nacht des Unfalls von einem Mann namens Urban.

Wer Irina sei, wisse sie nicht, behauptete die Witwe – Franck glaubte ihr nicht –, und mit Urban habe ihr Mann in der Polizeiinspektion in Perlach zusammengearbeitet. In Gegenwart von Melanie Dankwart rief Franck den Kollegen von seinem Handy aus an.

»Hat mich beunruhigt«, sagte Jens Urban am Telefon, nachdem Franck ihm den Grund seines Anrufs erklärt hatte. »Er rief mich aus der Kneipe an, ich hab schon geschlafen, er sprach auf die Mailbox. Er müsse dringend mit mir reden, es sei irgendeine große Scheiße passiert, ich hab die Nachricht noch gespeichert...«

»Die Scheiße sei passiert oder er habe eine große Scheiße angerichtet?«

»Ich kann noch mal reinhören, aber ich bin sicher, dass er sagte, durch ihn sei die Scheiße passiert.«

»Präzisiert hat er die Aussage nicht.«

»Nein, er lallte unverständliches Zeug, dann war Schluss. Sie ermitteln auf eigene Faust im Fall des getöteten Jungen, Kollege Franck?«

»Ich stelle Nachforschungen an...«

»Klartext, Kollege. Was unterstellen Sie meinem Freund Heiner?«

»Im Moment bin ich zu Besuch bei der Witwe«, sagte Franck. »Wir unterhalten uns. Das Handy Ihres Freundes war in der Mordnacht in der Gegend des Tatorts eingeloggt, der Name wurde von der Liste gestrichen, weil Dankwart in derselben Nacht tödlich verunglückt ist. Für den Grund, warum er sich in der Nähe des Tatorts aufhielt, interessierten sich die Ermittler dann nicht mehr.«

»Und Sie graben die Sache jetzt wieder aus. Was soll das?«

»Kennen Sie den Spitzingplatz in Obergiesing?«

»Vom Namen her. Wieso?«

»Dort wurde der Schüler ermordet. Hat Heinrich Dankwart den Platz mal erwähnt?«

»Kann mich nicht erinnern. Ist der Platz bei der St.-Martin-Straße?«

»Nicht weit entfernt.«

»Heiner fuhr die Strecke oft, wenn er Staus umgehen wollte. St.-Martin-Straße und dann den Nockherberg runter. Das war sein Heimweg. Also, alles geklärt. Ich muss zu einer Besprechung.«

»Könnte Dankwart einen Grund gehabt haben, einen Zwischenstopp einzulegen?« Seine Anspannung war zurückgekehrt, Franck spürte sie vom Nacken bis in die Beine. Er konnte nicht länger sitzen und stand auf. Er ging zur Tür, drehte sich um, machte einen Schritt, blieb stehen, atmete hörbar.

»Wieso soll der wo anhalten?«, sagte Urban. »Fangen Sie bloß nicht an, die Kollegen vom Mord aufzuscheuchen und denen was einzureden. Heiner war ein zuverlässiger, großartiger Polizist; fragen Sie seine Frau, er war ein Vorbild für alle unsere Nachwuchskräfte.«

»Ich rede niemandem etwas ein. Bitte beantworten Sie mir diese eine Frage: Könnte es einen Anlass gegeben haben, der ihn zwang, seine Heimfahrt zu unterbrechen? Haben Sie eine Idee, Kollege Urban?«

Der Polizeihauptmeister rief einem Kollegen zu, er würde gleich nachkommen. »Einen Anlass? Seine Blase war ein ständiger Anlass.«

»Bitte?«

»Er hatte eine Mädchenblase, manchmal musste er bei einem Einsatz hintern Busch, um sich zu erleichtern. Schräge Sache. Hundertmal habe ich auf ihn eingeredet, er solle endlich zu einem Arzt gehen, wollte er aber nicht, lieber pinkelte er in einen Becher, wenn er wegen eines Einsatzes den Dienstwagen nicht verlassen durfte. Wenn er also angehalten hat, dann deswegen.«

»Kennen Sie den Brückenwirt in Höllriegelskreuth?« Franck ertappte sich dabei, wie er die Luft anhielt.

»Da haben wir im Sommer unseren Stammtisch, meine ganze Abteilung. Ich muss los.« Urban verabschiedete sich mit hingeschluderten Worten.

Franck steckte das Handy ein und begegnete dem erwartungsvollen Blick der Witwe.

»Er lässt Sie grüßen«, sagte er. »Wo ist das Auto Ihres Mannes?«

»In der Garage, steht da seit seiner letzten Nacht.«

»Sie sind nicht damit gefahren.«

»Ich hab einen eigenen kleinen Wagen, den werd ich dringend brauchen, wenn das Kind da ist.«

»Darf ich mir das Auto ansehen?«

»Möchten Sie es vielleicht kaufen? Ich mach Ihnen einen guten Preis.«

Einige Minuten später sperrte Melanie Dankwart das Garagentor auf und entriegelte mit der Fernbedienung die Wagenschlösser.

»Nach dem Tod Ihres Mannes sind Sie jetzt zum ersten Mal in der Garage?«, fragte Franck.

»Hab ich doch schon gesagt.«

»Ganz ehrlich?«

»Glauben Sie mir nicht? Wieso nicht?«

»Wo steht Ihr Auto?«

»Auf der Straße, ich find immer einen Parkplatz. Heiner hat seinen BMW erst vor einem Jahr neu gekauft, er stellte ihn jeden Abend in die Garage. Ich bin noch nie damit gefahren, zu viel Elektronik. Was ist mit dem Auto?«

In der Garage war kaum Platz für das breite Fahrzeug. Durch die Seitenfenster blickte Franck ins Innere; auf dem Beifahrersitz lag eine Boulevardzeitung, die Rückbank war leer.

Melanie Dankwart wartete vor dem Tor. »Suchen Sie was Bestimmtes?«

Franck öffnete den Kofferraumdeckel.

Das Auto stand am Rand der geteerten Zufahrtsstraße zum Gasthaus. Der Fahrer war gezwungen worden, den Motor abzustellen und angeschnallt zu bleiben. Der Mann auf dem Rücksitz hielt ihm die Spitze einer fünfzehn Zentimeter langen Klinge an den Hals.

»Sag: Ich hab's getan, und du darfst nach Hause fahren.«

»Ich war's nicht«, sagte Siegfried Amroth.

»Du musst es sagen, sonst stirbst du.«

»Bitte.«

»Bitte, was?« Grabbe versuchte sich zu erinnern, wann er das Messer zum letzten Mal im Haushalt benutzt und was er damit geschnitten hatte; er kam nicht drauf.

»Ich habe deinen Sohn nicht umgebracht.« Dem Versicherungsvertreter rann der Schweiß über das Gesicht und den Hals; er rang nach Atem. Auf der Fahrt von seiner Wohnung zum Südrand der Stadt hatte er mehrmals den falschen Gang eingelegt. An einer roten Ampel hatte Grabbe ihm mit der Faust gegen den Hinterkopf geschlagen; vor Schmerzen hätte Amroth sich beinah übergeben.

»Hör endlich auf zu lügen. Sag: Ich hab's getan, ja, ich hab's getan.«

»Nein. Nein.«

Je länger er im Auto saß und die Ausdünstungen des schwitzenden Mannes einatmete, desto grotesker erschien Grabbe alles, was er in der Nacht getan hatte und immer noch tat.

Er hielt einem von ihm gekidnappten Mann ein Messer an den Hals, als wolle er ihn abstechen. Er hatte keinen Plan und nie einen gehabt. Er war verrückt geworden und würde in der Klapsmühle landen. Sein Leben war ruiniert genau wie das seiner Frau, die er betrogen, belogen und beschimpft hatte. Und mit der Entführung seines ehemaligen Nachbarn, den er kaum kannte, beschmutzte er das

Andenken an seinen Sohn, der den alten Amroth gerngehabt hatte, auch wenn dieser merkwürdige Gewohnheiten haben mochte.

»Die Polizei wird den Mörder finden«, schrie Amroth und bewegte heftig den Kopf nach hinten.

Wie von selbst glitt die Messerspitze in seinen grauen Hals. Ein Blutstrahl ergoss sich über den Arm des Mannes auf dem Rücksitz.

XIX

In Reichweite das Meer
2

Sie saß im Ledersessel und vergrub – sie dachte an Max und wie sehr sie ihn vermisste – ihr Gesicht in den Händen und hoffte, wie als Kind, die Welt und ihre Bewohner würden für alle Zeit verschwinden.

Auf dem Tisch stand, unter einer silbrig glänzenden Haube, das Essen, das sie in der Nacht bestellt und dann nicht angerührt hatte. Dafür schämte sie sich. Die Pommes frites waren kalt geworden, die Extraportion hätte sie sich sparen können, das war Verschwendung. Auch dafür schämte sie sich, und weil sie dem jungen Ober, der wegen ihr mit dem wackligen Tablett den weiten Weg von der Küche bis zum vierten Stock hatte gehen müssen, kein Trinkgeld gegeben hatte; erst hinterher hatte sie daran gedacht und wäre vor Scham am liebsten im Boden versunken.

Auch hatte der Angestellte, der höchstens fünfundzwanzig und bestimmt noch in der Ausbildung war, die Unordnung bemerkt, ihre herumliegenden Stiefel, den aufs Bett geschmissenen Mantel; wahrscheinlich hatte er sich über die gestörte Frau mit den Rattenhaaren seinen Teil gedacht. Mit einem dürren Danke hatte sie ihn verabschiedet, nachdem sie die Rechnung, die er ihr beflissen in einer Ledermappe hinhielt, unterschrieben hatte; kein Cent, keine Belohnung.

Im Sessel sitzend, wurde sie von einem maßlosen Schuldgefühl überwältigt. Sie drehte sich zur Seite, das Gesicht ans Leder gepresst, hockte zusammengekauert da und wimmerte wie ein Kind; wie ihr Sohn, wenn er auf dem Spielplatz böse gefoult worden war und von den Helfern ans Seitenaus getragen werden musste.

(Einmal war sie als Zuschauerin dabei gewesen und kam sich wie eine schlechte Mutter vor, weil sie nicht wusste, was sie tun sollte; sie blieb auf der Tribüne sitzen und traute sich nicht zu buhen, wie die Mütter von Lennards Mannschaftskameraden.)

Wofür sie sich am meisten schämte, war, dass sie Lenny nicht in Ruhe lassen konnte.

Ständig redete sie auf ihn ein; überfiel ihn mit Fragen, die sie gleich wieder vergaß; sie umarmte ihn auf offener Straße; bestellte ihm was zu essen, obwohl er keinen Hunger hatte. Jedem, der ihr begegnete, erzählte sie, dass Lenny im vergangenen Jahr siebenundfünfzig Tore geschossen und dreiunddreißig Torvorlagen gegeben und dafür eine Urkunde erhalten hatte.

(Seit einem Jahr wollte sie Lenny fragen, wer eigentlich solche Statistiken aufstellte; lief da jemand bei jedem Match am Spielfeldrand auf und ab und zählte alles mit? Wahrscheinlich hätte er sie bloß ausgelacht.)

In Zimmer 322 dachte sie wieder daran und schämte sich auch dafür.

Wenn Stephan plötzlich hereinkäme, würde er sie endgültig für geisteskrank erklären. Sie nahm die Hände nicht vom Gesicht; sie hätte seinen Anblick nicht ertragen.

Alles, was war, existierte nicht mehr, und sie hatte ihren Anteil daran. Das war ihr in jenem Augenblick bewusst geworden, als der Kommissar mit der Ledertasche vor der Tür des Cafés stand und der Schnee sich schwarz färbte und das

Meer auf dem Bild gegenüber dem Strandkorb aufhörte zu rauschen.

Alles, was von der großen Meerzeit übrig war, hing verstaubt in einem Netz an der Decke des Kinderzimmers – unbeachtet, Abfall, der früher einmal, vor tausendundeiner Nacht, aus wundersamen Traumfängern bestanden hatte, die über einem kleinen schutzlosen Jungen wachten.

Ach, mein Torschützenkönig, sagte Tanja Grabbe unhörbar und nahm die Hände vom Gesicht.

Im Zimmer verbreiteten die Lampen ihren goldgelben Schimmer, vor dem das hereinfallende Tageslicht ergraute.

Beinah hätte sie aus Versehen einen Blick in den verlockenden Spiegel beim Bett geworfen; im letzten Moment wandte sie den Kopf ab und ging zum Fenster.

Sie zog die Gardine zur Seite und schaute nach unten, auf die Straße eines sonntäglich mondänen Friedens. Noch einmal horchte sie ins Zimmer.

Die Stille empfand sie wegen des Lärms in ihr als schändlich. Das Plappern hörte nicht auf, Lennard hielt sich die Ohren zu, wie er das immer machte, wenn er ihre Stimme nicht mehr ertrug; ungeniert stapfte er dann aus dem Zimmer und warf die Tür hinter sich zu; frecher Kerl, aber selbstbewusst auch, dachte sie oft, erfüllt von der Gewissheit, dass ihr Leben ohne ihn keinen Sinn ergeben hätte.

So wie sie ihn auf die Welt gebracht hatte, hatte er sie ein zweites Mal geboren; erst durch ihn, davon war sie vom ersten Tag seines Lebens an überzeugt, hatte sie ihre wahre Anwesenheit erlangt.

Und dass er nicht mehr da war, bedeutete, dass auch sie zu gehen hatte.

Einen Moment noch hielt sie, den Kopf nach hinten geneigt, inne.

Dann streckte sie die Hand nach dem Fenstergriff aus

und umklammerte ihn; sie wollte ihn nach rechts oder links drehen und das Fenster weit öffnen.

Der Griff war fixiert, das Fenster verriegelt.
Sie versuchte es elf Mal.

Dann kippte ihr Oberkörper nach vorn, ihre Stirn schlug gegen das kalte Glas; schlagartig endete alles Reden in ihr.
Sie erschrak so sehr, dass sie das Gleichgewicht verlor, am Fenstergriff abrutschte und, mit dem Hinterkopf gegen das Bettgestell prallend, zu Boden stürzte.

So fand sie die Hausdame bei ihrem Rundgang, auf dem Rücken liegend, den Blick zur Decke gerichtet.
Als die Hausdame sich über sie beugte, flüsterte Tanja Grabbe: »Bitte wecken Sie meinen Sohn nicht auf, er träumt grad vom Tauchen im Meer.«

XX

Die Verabredung

Vierzig Minuten nachdem Franck im Kofferraum des neuwertigen BMWs von Heinrich Dankwart den blauen Schulranzen entdeckt hatte, trafen André Block, Elena Holland und sechs weitere Ermittler der Sonderkommission in der Mariahilfstraße ein, kurz darauf – gleichzeitig mit dem Kranwagen eines Abschleppdienstes – vier Helfer der Spurensicherung, die das Auto noch in der Garage mit einer weißen Cellophanplane abdeckten, um zu verhindern, dass auf dem Weg zur Werkstatt der Kriminaltechniker Spuren verlorengingen oder verunreinigt wurden.

Den Schulranzen mit den auffallenden Leuchtstreifen behielten die Kommissare bei sich; sie hatten Fotos von vergleichbaren Taschen mitgebracht und auch von Lennard Grabbe, auf denen er den Ranzen trug.

Nach dem wiederaufgetauchten schwarzen Fußball waren die Fahnder nun auf den zweiten Gegenstand gestoßen, den sie im Zusammenhang mit der Ermordung des Schülers unbedingt finden mussten.

Ein pensionierter Kommissar hatte ihn entdeckt, der ehemalige Leiter der Mordkommission. Im Schulranzen befanden sich Hefte und zwei Bücher mit Lennys Namen.

Block brauchte eine Weile, bis er die passenden Worte fand. Elena Holland hatte sich bereits während der Fahrt auf den Moment der Begegnung vorbereitet.

»Ich bin dafür, dass du an der Pressekonferenz morgen teilnimmst, Jakob«, sagte sie ohne Umschweife, in Gegenwart der anderen Kollegen. »Der Staatsanwalt soll dir das Wort erteilen, und du berichtest vom Erfolg der Fahndung, nicht wir.«

»Zunächst müssen wir beweisen, dass der Kollege Dankwart der Täter ist.« Block hatte Mühe, den Satz zu sagen, aber maulfaul danebenzustehen widerstrebte ihm. »Wenn rauskommt, dass sein Name auf einer unserer Listen stand, wir aber sein Alibi nicht überprüft haben, dann wird es heißen, wir wollten einen Kollegen schützen. Keine Ahnung, wie wir aus dieser Nummer rauskommen sollen.«

»Erst mal lösen wir den Fall«, sagte Hauptkommissarin Holland. »Und das werden wir, heute noch; die Kollegen im Labor sind in Alarmbereitschaft, die ersten Ergebnisse der Spurenanalyse kriegen wir bald.«

Zwei der Männer in den Schutzanzügen schoben den BMW in den Hof, wo ihn der Kran auf den Transporter hievte. Franck wandte sich zum Haus. Auf dem Balkon im fünften Stück stand Melanie Dankwart, die Arme um sich geschlungen, wie versteinert angesichts der Ereignisse. Franck hatte sie gebeten, in die Wohnung zurückzukehren und niemanden anzurufen, seine Kollegen würden später ausführlich mit ihr sprechen.

»Ich weiß doch nichts«, hatte sie zaghaft erwidert.

Als Franck sich von ihr abwandte, sah er, wie der Kranwagen beim Einbiegen in die Mariahilfstraße um ein Haar die Hauswand gestreift hätte. Auf der anderen Straßenseite stocherte eine Frau in einem zerzausten Wintermantel mit einem Stecken in einem Mülleimer. Franck musste an den Mann auf dem Spielplatz denken; der Stadtstreicher hatte seine Plastiktüten auf einer Bank abgestellt und sich daraufhin im Gebüsch erleichtert. Möglicherweise hatte Heinrich Dankwart genau dasselbe getan – und war von Lennard dabei gestört worden.

»Er litt unter einer so genannten Mädchenblase«, sagte Franck und berichtete von seinem Gespräch mit dem Polizeihauptmeister aus Perlach; auch äußerte er seine Vermutung, was das zufällige Zusammentreffen von Dankwart und Lenny betraf.

»Der Kollege hat zugeschlagen«, sagte Block. »Und zwar so fest, dass der Junge keine Chance hatte. Danach packte der Kollege die Leiche ins Auto und entsorgte sie in Höllriegelskreuth. Warum dort?«

»Dankwart kannte die Gegend«, sagte Franck. »Die PI Perlach trifft sich im Sommer regelmäßig beim Brückenwirt.«

»Wir müssen die Eltern verständigen«, sagte Elena Holland.

»Noch nicht.« Jetzt hatte auch Block die Frau auf dem Balkon bemerkt. »Wir warten auf die Spurenanalyse, der Schulranzen allein genügt nicht.«

Nach einem Schweigen, das alle Anwesenden zu brauchen schienen, beschäftigten Block die Abläufe in der Tatnacht. »Er fuhr also von der Dienststelle los, nahm die übliche Strecke, bis er einen Stau bemerkte – wo genau, das müssen wir noch eruieren; dann bog er ab, kam auf die St.-Martin-Straße und musste dringend aufs Klo. Er denkt sich, bei dem Sauwetter ist niemand auf der Straße, da stell ich mich mal auf den dunklen Spielplatz. Er hält an, steigt aus, pinkelt. Was geschieht dann?«

»Der Junge taucht auf«, sagte Elena Holland. »Er bemerkt den Mann, lacht ihn aus.«

»Warum lacht er ihn aus?«

»Oder er lacht nicht, sondern … Er schießt ihn aus Versehen an; er hat doch den Ball dabei, er dribbelt rum, er ist

Stürmer, er schießt und trifft den Mann im Dunkeln, und der rastet aus.«

»Das werden wir nie beweisen können«, sagte Block und wandte sich an Franck. »Oder hast du eine schlüssige Theorie?«

Franck betrachtete den Schulranzen, der vor dem Garagentor stand, eingehüllt in eine durchsichtige Plastikfolie. Er konnte nicht ganz nachvollziehen, warum Block die Tasche nicht ebenfalls sofort ins Labor hatte schicken lassen; vermutlich benötigte Block sie als psychologischen Effekt bei der Vernehmung von Melanie Dankwart.

Franck war überzeugt, dass die Witwe den Jungen vorher noch nie gesehen hatte, genauso wenig wie ihr Mann.

Der Auslöser der Tat würde für immer ungeklärt bleiben.

Mit dem Tod des Täters war der Mordfall Lennard Grabbe abgeschlossen.

Kurz nach achtzehn Uhr an diesem Sonntag rief André Block an. Franck war wieder einmal rund um den Spitzingsplatz unterwegs und hatte den beiden Nachbarn, dem Parkhauswächter Lahner und dem pensionierten Straßenmeister Ritting, Fotos vom Fahrzeug des vermeintlichen Mörders und von Dankwart gezeigt (beide Zeugen schlossen die Möglichkeit, exakt diesen Wagen beobachtet zu haben, nicht vollständig aus; den Mann auf dem Foto könnten sie aber auf keinen Fall identifizieren).

»Der Kofferraum ist voll von Spuren des Jungen«, sagte der Hauptkommissar. »DNS, Blut, Fingerspuren, alles; Lennards Leiche lag da drin. Wir werden Dankwarts Leiche exhumieren und hoffentlich Übereinstimmungen finden. Die gesamte Kleidung des Mannes ist inzwischen im Labor. Die Witwe ist am Ende ihrer Kräfte, vor allem wegen der Schwangerschaft. Elena will ihrer Cousine helfen und sie eine Zeitlang bei sich aufnehmen; gefällt mir nicht, die Idee. Die Eltern leben nicht mehr, keine Geschwister, die Frau ist allein. Wir werden versuchen, die Presse von ihr fernzuhalten. Grüße von Staatsanwalt Riemer, er wird sich noch heut bei dir melden; ich hab ihm erzählt, wie wir auf die Spur des Mannes kamen. Bist du noch dran?«

Franck stand im Halbdunkel auf dem Spielplatz. Niemand außer ihm war da; in den Häusern ringsum brannten Lichter; am Straßenrand in Reih und Glied geparkte Autos; ein einziger Vogel sang verzagt im Geäst.

Im Moment als Franck antworten wollte, begannen die Glocken der nahen Kirche »Maria, Königin des Friedens« zu läuten. Er horchte auf; dann senkte er den Arm, ließ das Handy in seine Jackentasche gleiten, faltete die Hände vor dem Bauch und neigte den Kopf.

»Jakob? Was ist los?«, rief Block ins Handy. »Hör mir zu, das Neueste weißt du noch nicht, wir haben den Bruder der Mutter festgenommen, Maximilian Hofmeister. Eigentlich war es so, dass er sich gestellt hat, weil er nämlich den Mord an ... an ... Hallo? Hallo?«

Maximilian Hofmeister taumelte in Unterhose und T-Shirt durch seine Wohnung; sein Handy klingelte. Er klappte das alte Gerät auf und hielt es sich mit der rechten Hand ans linke Ohr, während er den Kühlschrank öffnete und eine neue Flasche Bier herausnahm. »Wer und warum?«, fragte er.

Die Stimme am anderen Ende klang verzerrt. »Wir müssen uns sehen. Sofort.«

»Wer bist du?«

»Stephan. Ich steh unten auf der Straße, du musst kommen, es ist scheiße dringend.«

»Stephan?« Hofmeister legte das Handy auf das von

Brotkrümeln übersäte Holzbrett; er nahm den Flaschenöffner, entfernte den Kronkorken, trank gierig einen Schluck, musste würgen, spuckte ins Waschbecken und nahm noch einen Schluck. Aus dem Handy schallte sein Name. Er knallte die Flasche auf die Arbeitsfläche.

»Geh weg«, schrie er und ließ das Telefon liegen.

Auch Grabbe schrie. »Komm runter! Ich bin mit einem Toten im Auto.«

Hofmeisters Arm schnellte nach vorn; strumpfsockig, wie er war, verlor er beinah das Gleichgewicht auf dem rutschigen Boden. Unwillig hörte er zu, was sein Schwager ihm ins Ohr brüllte; dann schlurfte er ins Schlafzimmer und zog sich an. Mit einem Mal erschien ihm dieser Tag wie ein Glücksfall.

Überraschend leichtherzig verließ er wenig später die Wohnung.

An einem geparkten Auto auf der anderen Straßenseite wurde die Fahrertür aufgerissen, Grabbe winkte hektisch und ließ den Motor aufheulen. Hofmeister lief über die Straße und sprang in den Wagen; noch ehe er sich anschnallen konnte, gab Grabbe Gas.

Im Auto hing – trotz der Luft, die durch die halb geöffneten Seitenfenster hereinströmte – ein fauliger Geruch. Da Grabbe am Telefon ein paar Dinge erwähnt hatte, löste der Zustand des Wageninneren mit seinen blutbesudelten Polstern bei Hofmeister dieselbe konzentrierte Neugier aus wie der Anblick seines Schwagers, dessen Wildlederjacke, Hose, Hemd und Hände von dunklen Flecken und getrockneten Blutspritzern strotzten.

Mindestens zehn Minuten sprach keiner von beiden ein Wort. Auf dem Weg durch den Stadtteil, in dem sein Sohn ermordet worden war, missachtete Grabbe jede Geschwindigkeitsbegrenzung; er nahm die kürzeste Strecke zur Autobahn. Auf der A8 wechselte er auf die linke Spur und jagte den scheppernden Opel mit seinen mehr als hunderttausend Kilometern auf dem Tacho in Richtung Süden.

Ihr Schweigen dauerte an, bis Hofmeister auf ein blaues Schild zeigte. »Fahr da raus auf den Parkplatz.«

Wie selbstverständlich gehorchte Grabbe. Er bremste den Wagen ab, überquerte drei Spuren und hielt vor einer Holzbank an. Kein weiteres Fahrzeug stand in der Parkbucht.

Regen setzte ein.

Die beiden Männer starrten durch die Windschutzscheibe, auf der sich, wie von geschickter Hand geordnet, gleichmäßig winzige Tropfen verteilten.

»Ich wollt's nicht«, sagte Grabbe. »Das Arschloch hat sich selber in die Klinge reingeschoben. Ehrlich.«

»Was wolltest du von ihm?«

»Dass er gesteht. Dass er Lenny gekillt hat.«

»Und?«

»Nichts. Er sagt, er war's nicht.«

»Er war's auch nicht.«

»Du weißt das genau.«

Sie sahen sich beim Reden nicht an. »Die Polizei hat ihn wieder laufen lassen«, sagte Hofmeister. »Und warum hätt er so was Schreckliches tun sollen?«

»Jeder Mensch ist zu so was fähig.«

»Das ist wahr.«

»Hä?«

»Wenn er es war«, sagte Hofmeister, »dann kann er jetzt nicht mehr verurteilt werden.«

Grabbe verspürte das Bedürfnis, auszusteigen und zu pinkeln, am besten in den Kofferraum, wo die Leiche lag. Auf noch mehr Gestank kam es hier drin nicht mehr an.

»Was soll ich machen? Sag was.«

Auf die Frage wartete Hofmeister, seit er seine Wohnung verlassen hatte. Ihn hatte, nachdem er das Telefongespräch mit Grabbe beendet hatte, die Erkenntnis überwältigt, dass ihm heute, an diesem Sonntag im Februar, die Stunde schlug und er bereit sein musste. Und das war er. Er war es von da an, als er mit dem Kommissar, dessen Nähe ihn in eine andere, nie überwundene Zeit versetzt hatte, am Fluss entlangspazierte und die Entscheidung, über Jella zu sprechen, nur deshalb nicht getroffen hatte, weil er glaubte, sich noch eine kurze Zeit lang betrügen zu müssen – um die Erbschaft seines Verbrechens bis zur Neige auszukosten.

In diesem Augenblick, auf einem verlassenen Parkplatz neben der Autobahn, in einem gestohlenen Auto, auf dessen Armaturenbrett er die Zeit ablas – vierzehn Uhr dreiundfünfzig –, überkam Maximilian Hofmeister die Reue und er stieß einen so tiefen Seufzer aus, dass Grabbe ihn mit einem Ausdruck echter Verwunderung ansah.

»Ich fahr dich nach Hause«, sagte Hofmeister. »Du nimmst ein Bad, trinkst ein Bier, legst dich auf die Couch, bist nett zu meiner Schwester; und denkst nicht mehr an den alten Mann; du streichst ihn für immer aus deinem Gedächtnis. Schaffst du das?«

»Wie viel hast du gesoffen?«

»Zu wenig. Hast du mir nicht zugehört?« Auch Hofmeister drehte den Kopf. »Ich setz dich vor deiner Haustür ab, dann fahr ich noch ein wenig durch die Stadt, stell das Auto irgendwo beim Dom ab und mach mich auf den Weg ins Polizeipräsidium. Das Messer nehm ich mit. Wo ist dein Problem?«

»Du willst dich stellen und behaupten, du hättst ihn gekillt?«

»Ich wiederhol mich: Ist das ein Problem für dich?«

Grabbe schüttelte den Kopf, schaute aus dem Seitenfenster, Regen spritzte ihm in die Augen. Er wandte sich wieder an Hofmeister. »Wieso, Max? Was soll das? Bist du irre? So wie deine Schwester, die in ein Hotel geht und nicht wieder rauskommt? Hä?«

An seine Schwester wollte Hofmeister im Moment nicht denken. Er hatte vor, sie später anzurufen, und sie würde verstehen. »Du musst für sie da sein«, sagte er. »Sie braucht dich mehr als je zuvor; ihr seid Lennards Eltern, ihr müsst sein Andenken bewahren und schützen, ihr seid ein Team. Wenn du ins Gefängnis gehst, stirbt Tanja.« Das glaubte er zwar nicht, doch worum es wirklich ging, betraf niemanden außer ihn selbst.

»Das mach ich nicht«, sagte Grabbe.

»Klar machst du's, Stephan. Ich werd überzeugend sein, das versprech ich dir, die Kommissare werden mir meine Version abkaufen; wenn ich Glück hab, werd ich wegen Totschlags und nicht wegen Mordes verurteilt und krieg fünf Jahre. Die brauchen einen professionellen Friseur wie mich im Knast; meine Karriere fängt erst an.«

»Hör auf damit.« Grabbe riss die Fahrertür auf und spuckte einen Schwall Speichel in den Regen; dann knallte er die Tür wieder zu.

»Lass mich ans Lenkrad«, sagte Hofmeister.

Grabbe sah ihn an. Etwas von dem, was sein Schwager von sich gab, erschütterte ihn; anders als noch vor ein paar Minuten hielt er es für durchaus möglich, dass Max seinen Plan ernst meinte, dass er ihm – und auf verquere Weise auch Tanja – tatsächlich helfen wollte; und dass Max sich nicht davon abbringen lassen würde, aus welch groteskem Grund auch immer.

Hofmeister öffnete die Beifahrertür.

»Sekunde«, sagte Grabbe. Er suchte nach Worten, kam sich schäbig vor, wie ein Mann ohne Hirn und Eier; ein Gefühl, das ihn verstörte und gleichzeitig – auf noch schäbigere Weise – zu beflügeln schien. »Das haut nie hin, sie werden dich durchschauen, und dann wanderst du trotzdem in den Knast. Schau dich an: kein Dreck, kein Blut, keine Spuren der Leiche. Ist mannhaft von dir, aber ich muss die Sache selber regeln; irgendwie wollte ich ... so was wie familiären Beistand von dir ... oder ... Das war gaga, dass ich dich mit reingezogen habe, ich wusste nicht, wen ich sonst anrufen soll.«

»Das war richtig von dir, Stephan. Du musst mir deine Klamotten geben«, sagte Hofmeister. »Das Blut auf der Haut hab ich mir in der Isar abgewaschen, Panikreaktion, das ist die einfachste Lösung; im Isarkanal natürlich, wo ich den Mann hingelockt hab.«

»Du spinnst, Max.« Er wollte hinzufügen, dass er auch eine gewisse Bewunderung für den Starrsinn seines Schwagers hegte. Doch Hofmeister, der bereits einen Fuß auf den Parkplatz gesetzt hatte, wandte sich noch einmal um. Bevor Grabbe begriff, was passierte, drückte Hofmeister ihn an sich, klopfte ihm sanft auf die Schulter, ließ ihn los und stieg aus.

Ein harter Wind wehte. Der Regen war stärker geworden und fiel, als wollte er die Spurensuche erschweren, in eisigen Schüben ins Wageninnere.

In ihrem weit geschnittenen roten Kleid und ihren frisch gefärbten, sonnengelben Haaren, in denen eine Unmenge von Spangen das Chaos noch zu vergrößern schien, gefiel sie ihm heute besonders gut.

Marion Siedler bemerkte, wie Franck sie ständig – heimlich, wie er meinte – taxierte, und sie freute sich darüber.

Nach ihrer Scheidung vor fast zwanzig Jahren, dachte sie manchmal, hatte die Liebe zwischen ihnen nur eine Weile pausiert, bis sie in neuem Gewand zurückgekehrt war und ihrer Nähe, auf die sich beide ohne Terminlastigkeit einließen, eine unbeschwerte Dauer verliehen hatte.

Franck schenkte ihr Rotwein nach. Seit er den Schulranzen aufgespürt und der Onkel des ermordeten Jungen allem Anschein nach einen Menschen getötet hatte, waren zwei Tage vergangen.

Inzwischen war auf Anordnung der Staatsanwaltschaft, die Gefahr im Verzug geltend machte, der Leichnam des Polizisten Dankwart exhumiert worden. Der Forensiker lieferte innerhalb weniger Stunden seinen Bericht ab; zwar war der Leichnam vor der Beisetzung gewaschen worden, doch dem Arzt gelang in den Haaren der Nachweis von Fasern, die er eindeutig dem elfjährigen Lennard Grabbe zuordnen konnte.

Zusammen mit den zahlreichen im Auto des Polizeihauptmeisters isolierten Spuren und der nächtlichen, auf ein Unheil hindeutenden Nachricht auf der Mailbox seines Kollegen Urban bildete das Ergebnis der Untersuchungen an Dankwarts Leiche ein Knäuel von Beweisen: In der Nacht vom achtzehnten November kam Heinrich Dankwart mit dem Schüler in Kontakt und wurde mit größter Wahrscheinlichkeit zu dessen Mörder.

»Hab ich das richtig verstanden?«, sagte Marion Siedler. »Die Mutter war immer noch im Hotel, als André und Elena sie mit der Nachricht konfrontierten? Und ihr Mann war nicht bei ihr? Und was ich auch noch nicht verstanden habe: Du hast deine Teilnahme bei dem doch so entscheidenden Termin mit der Mutter abgesagt, weil?«

Sie hatten ihn bedrängt, und er war bei seinem Nein geblieben. Block hörte nicht auf, ihn zu fragen, ob sein Entschluss damit zusammenhänge, dass Franck glaube, unter seiner

Leitung wäre die Sonderkommission dem Täter wesentlich früher auf die Spur gekommen. Wieder sagte Franck Nein; er sah Block und Elena Holland an, dass sie an seiner Antwort zweifelten. Ihm allein, betonten sie eindringlich, käme das Recht zu, Tanja Grabbe den Namen des Mörders ihres Sohnes mitzuteilen.

Unmittelbar vor diesem Treffen war Franck auf dem Ostfriedhof gewesen und hatte mit Lennard alles besprochen.

Mehr, fand er, gab es für ihn nicht zu tun.

»Stephan Grabbe«, sagte er zu seiner Exfrau, »haben die Kollegen vorher zu Hause abgeholt. Tanja hatte sich verletzt; wie es heißt, war sie im Zimmer gestürzt; sie wollte keinen Arzt, sondern einfach nur weiter im Hotel bleiben.«

»Gott sei Dank weiß sie nun endlich, wer ihren Buben getötet hat. Aber jetzt muss ihr Bruder ins Gefängnis. Warum hat er den Mann erstochen? Ist der so gewalttätig, der Friseur?«

»Ein eigenartiger Mensch«, sagte Franck. »Bei unseren Begegnungen hatte ich den Eindruck, Max Hofmeister schleppt eine Last mit sich; ich bin mir nicht sicher. Er behauptet, der Tod des Mannes war ein Unfall; er wollte ihn bedrohen, das gibt er zu, er wollte ihn zu einem Geständnis zwingen. Was hätte Siegfried Amroth gestehen sollen? Dann, so hat Hofmeister ausgesagt, sei ihm die Aktion entglitten, der Mann habe eine unglückliche Bewegung gemacht, und das Messer bohrte sich in seinen Hals.«

»Das Messer hatte der Friseur in der Hand«, sagte Marion Siedler. »Also hat er eindeutig Schuld.«

»Ich verstehe ihn nicht.« Franck stand auf, nahm die leere Bierflasche vom Tisch. »Wie die Aktenlage aussieht, kommt er vor Gericht und wird verurteilt. Die Leute werden sagen, er wollte seiner Familie beistehen, er habe in einem Zustand grausamer Verzweiflung gehandelt.«

»Kann doch stimmen.«

Franck schaute drein, als verursache das Geständnis ihm Übelkeit. Sie kannte den Gesichtsausdruck von früher, wenn Verdächtige versuchten – wie er sich auszudrücken pflegte –, krumme Geschäfte mit seinen Gefühlen und seinem Verstand zu machen.

»Die Liebe zu seiner Schwester stürzte ihn ins Unrecht«, sagte Marion Siedler. »Und ich weiß nicht ...« Sie griff nach seiner Hand. Sein bubenhafter Gesichtsausdruck, wenn er bei einer unerwarteten Berührung zusammenzuckte, amüsierte sie seit jeher. »Wärst du damals älter gewesen, womöglich hättest du nach dem Tod deiner Schwester ebenfalls Rachegedanken gehegt und im schlimmsten Fall in die Tat umgesetzt.«

Franck erwiderte nichts. Er hielt eine solche Reaktion bei sich für ausgeschlossen; andererseits war er zu lange Kriminalbeamter gewesen, um nicht einen jeden Menschen zu jeglicher Untat für fähig zu halten.

Dennoch: Was immer Tanjas Bruder getan haben oder was immer ihm in der Vergangenheit zugestoßen sein mochte, das ihn nach Francks Überzeugung bis heute verfolgte – dass Hofmeister mit einem Messer loszog, um einen Mann, den er doch als fußballvernarrten Freund seines Neffen kannte, aus verqueren Motiven abzustechen, mutete ihn höchst sonderbar an.

Aber: Er war nicht zuständig und würde sich in den Fall auch nicht mehr einmischen. Nach allem, was geschehen war – den öffentlichen Auftritt bei der Pressekonferenz des Staatsanwalts hatte er abgesagt –, brauchte er dringend eine Auszeit. Je abwesender er eine Zeitlang in Polizeidingen blieb, desto unbeschwerter, glaubte er, würden ihm beim nächsten Mal seine Kollegen begegnen, wenn sie um Mithilfe baten.

Dann fiel ihm etwas ein. Er stellte die Flasche zurück auf den Tisch, ließ Marions Hand los, ging in den Flur – ein wenig gebeugt, fand seine Exfrau, fast schluffig – und kam mit einem Buch in der Hand zurück, das sich bei näherem Hinsehen als DVD entpuppte.

»Die Flasche hättst du ruhig mitnehmen können«, sagte Marion Siedler.

»Ich brauche Bewegung, ich gehe gleich noch mal. Der Film ist für dich.«

»Ein Geschenk? Wieso das?«

»Vierzehnter Februar«, sagte er.

»Valentinstag.« Sie lächelte. »Daran habe ich nicht gedacht, ich habe leider kein Geschenk für dich.«

»Du bist doch da.«

Sie betrachtete das Cover. »Den Film haben wir lang nicht mehr gesehen. Antonio und sein Sohn Bruno und der Fahrraddieb. Da werde ich weinen müssen, das weißt du.«

Er zog ein frisches Päckchen Papiertaschentücher aus der Tasche. Marion Siedler stand auf und umarmte ihn.

Er dachte an die irrlichternde Frau im Hotel und deren verschlossenen Bruder in der Untersuchungshaft; an den vor Ratlosigkeit implodierenden Ehemann; an den auf mysteriöse Weise zu Tode gekommenen Nachbarn; und an den kleinen Jungen in der Regennacht, der seinem Mörder in die Arme lief, als wären sie verabredet gewesen.

Dann hörte Jakob Franck auf zu denken, denn er hatte eine Nähe zu bewohnen.

XXI

Im Himmel

»Geht's dir nicht gut?«, fragte Lina.

»Geht schon.«

»Hast du Kummer?«

»Ich schau bloß so vor mich hin.«

»Ich auch.«

Da die Zeit nicht existierte, verging sie für keinen von beiden.

»Wie heißt du?«, fragte Lina.

»Lennard. Aber in der Mannschaft sagt jeder Lenny zu mir.«

»Was spielst du?«

»Mittelstürmer.«

»Ich hätt gewettet, du bist Torwart.«

»Warum denn?«

»Weil du immer so für dich bist.«

»Bin ich als Mittelstürmer auch.«

»Da darfst du keine Angst vor dem Torwart des Gegners haben.«

»Besser nicht.« Sein Blick sank wieder nach innen.

»Was hast du?«

»Nichts. Wie heißt du?«

»Lilly. Eigentlich Lina. Sag mir, was los ist. Hast du einen bösen Traum gehabt?«

»Vielleicht.«

»Was hast du geträumt?«
»Ist nicht wichtig.«
»Für mich schon.«
»Da waren drei Clowns, und die haben mich angeschaut.«
»Das ist doch lustig.«
»Ist nicht lustig.«
»Drei Clowns sind superlustig.«
»Nein.«
»Doch.«
»Sind nicht lustig.«
»Fürchtest du dich etwa vor denen?«
»Nein. Ja.«
»Aber wieso? Wieso, Lenny? Wieso hast du Angst vor Clowns?«
»Weil ich ihre Gesichter nicht sehen kann.«

Lina, nah bei ihm, vier Jahre älter und sechsundzwanzig Zentimeter größer als er, drückte sacht ihre Lippen auf seinen Kopf und verharrte. Augenblicklich vergaß Lennard den Traum.

»Und du?«, fragte er. »Hast du auch vor was Angst?«

Lina sagte: »Dass mein Bruder Polizist wird und jemand ihn ermordet.«